Schreibsache

Schreibsache

ANNETTE TOLKSDORF

Schreibsache

Bibliografische Information der Deutschen Nationalbibliothek
Die Deutsche Nationalbibliothek verzeichnet diese Publikation
in der Deutschen Nationalbibliografie; detaillierte bibliografische
Daten sind im Internet über https://portal.dnb.de/ abrufbar.

© 2021 Annette Tolksdorf

Satz, Umschlaggestaltung, Herstellung und Verlag:
BoD – Books on Demand, Norderstedt

ISBN: 978-3-7534-6773-3

»Ich ist ein anderer«

Arthur Rimbaud

1

Ach bitte!«

Die Frauenstimme verriet die Anstrengung der Sprecherin.

»Ach bitte«, dann brach sie ab.

Der Weg war steil, bisweilen nass und steinig, ein Bergpfad, auf dem man mit Bedacht die Füße setzte und feste Schuhe trug, wenn man nicht unvernünftig war. Da er der Einzige zu sein schien weit und breit, nahm Felix an, dass er gemeint sei, legte den Rucksack wieder ab und setzte sich erneut. Der Rastplatz, obgleich der allerwinzigste, bot neben seiner Bank noch einen Brunnen – ein ausgehöhlter Baumstamm, in den aus einem Eisenrohr das Wasser plätscherte. Trinkwasser aus einer Quelle. Das Schildlein aus Emaille, arg abgestoßen an den Rändern, war wie die Kreuzesinschrift oberhalb des Rohrs ans Holz genagelt. Dies alles schien recht alt. Aber die Bank war neu. Helle Eiche, frisch lackiert. *Schreibkurs 2019* war in dunklen Lettern in die Lehne eingraviert.

Durchs Fernglas sah er talwärts.

Ein Nadelbaum mit abgebrochener Spitze bot einen kahlen Ast, den eine Frau umklammert hielt, um sich zu bücken und ihre nackten Füße nacheinander in der freien Hand zu halten und zu prüfen, wie es um diese stehen mochte in der Zwischenzeit. Sie schüttelte den Kopf, schlüpfte zurück in ihre Schuhe – Schühchen eher, dem Anschein nach und kaum der Rede wert –, richtete sich auf, während sie das Haar nach hinten band mit etwas, das sie irgendwo blitzschnell hervorgezogen hatte.

Ihre Tasche, hell wie die Schuhe und der Gürtel, lag achtlos auf einem Brocken Fels mit schräger Oberfläche hinter ihrem Rücken. Adieu, auf Nimmerwiedersehen, wenn sie ins Rutschen käme, war sein Gedanke, da es an dieser Stelle steil hinabging.

»Ach bitte«, rief sie erneut mit hoher Stimme.

Worum sie bat, blieb unverständlich. Zu groß war die Entfernung vorderhand.

Das lose Ende ihres Gürtels begann zu schwingen, als sie gleich darauf zügig weiterstieg, ein helles Pendel vor ihrem weißen Sommerkleid, das an ein Herrenhemd erinnerte. Auf halber Strecke blieb sie noch einmal stehen, warf einen Blick hinunter in die Tiefe, als prüfe sie die Höhe, die sie dazugewonnen hatte.

»Bitte«, es kam mit Dringlichkeit, wenngleich noch immer schön, »geh'n Sie vielleicht –«

»Schon möglich!«, rief er, halb und halb von seiner Bank erhoben, »zu Alma Stein sind Sie hier richtig.«

Zum Schreibkurs, dachte er, sieh an, und Neugier packte ihn auf diese Frau, die mittlerweile unter seinen Augen zügig weiterstieg. Er musste daran denken, wie er selbst an diesen Kurs geraten war. Hineingerutscht, um es genau zu sagen. Als die Idee in ihm erwacht war, aus heiterem Himmel, er wusste wirklich nicht, was ihn auf einmal dazu trieb, war die Bewerbungsfrist längst abgelaufen, ein Umstand, der ihn keineswegs entmutigt, sondern, wie stets in solchen Fällen, kurzerhand zum Hörer hatte greifen lassen, und mit Erfolg. War es Glück, Begabung, Chuzpe? Es spielte keine Rolle. Alma Stein hatte ihm den Platz gegeben, der Warteliste ungeachtet. Und er »Ich Glücklicher« ins Telefon hineingejubelt, und

Alma Stein gelacht, gefragt, ob er denn Schreiberfahrung habe, worauf er »um Himmels Willen, nein! – Nicht literarisch, jedenfalls« gerufen, im gleichen Atemzug jedoch sehr deutlich hatte machen können, dass er ansonsten durchaus das eine oder andere niederschrieb. Was man so schrieb. »Sie wissen schon.« »Nein«, hatte Alma Stein gesagt, erneut gelacht, auch Felix, alle zwei gelacht, und er »ich bin ein Leser, wissen Sie« hinzugefügt und aufgehört zu lachen, auch Alma Stein. »Ich bin ein Leser von Geburt.« Sie hatte darauf nichts erwidert.

Er hatte keineswegs dahingesprochen. Die Geschichte, die dahintersteckte, handelte von Mama und ihm selbst. Sie war intim. Sie war so schön, dass ihm der Blick verschwamm und die Konturen jener Frau, die zu ihm hochstieg, während er an seine Mutter dachte.

Er hätte sie als eine Lesende beschrieben. Vom Grundsatz her. Sie war, wenn man so wollte, aus purem, lupenreinem Lesestoff gebaut. Die Mama war infolgedessen, als Kinder kamen, mit Mutterstoff nicht unbedingt gesegnet. Was niemand wunderte. Es hieß, sein Bruder hätte Pech gehabt und seine Schwester auch. Felix aber war der Jüngste. Als er geboren wurde, hatte seine Mama ihn an keine fremde Brust gelegt. Felix nannte es ohne Wenn und Aber wunderbar, wie Mama im Sinne eines Multitaskings in seinem Fall das Stillen hatte integrieren können in ihre Lesetätigkeit, die keine Unterbrechung duldete. Die Mama war mit sechzehn Bänden *Angélique* so gut wie durch gewesen, als ihre Milch versiegte. Weil Felix aber ruhig weitertrank an ihrer Brust, des ungeachtet, dass diese leer war, hatte Mama die dreiundsiebzig Seiten, die noch fehlten, in aller Ruhe fertig lesen können. Wer die Geschichte kannte, hielt sie in einem höheren Sinne für berechtigt. Dass dies genau die Stelle war, an der er seinerseits das Buch ergriffen hatte, lag nicht gerade fern, rein bildlich ganz gewiss nicht, sodass, wenn Mama davon sprach und Papa nickte, auch jene nickten, die es hörten.

Felix nahm es wörtlich. Nicht etwa, weil er sich erinnerte im Sinne eines Vorgangs, den er beschreiben hätte können, sondern weil es in ihm war, und er nicht Felix wäre, andernfalls. Es war das Buch, das seinen Hunger stillte, auf Anhieb und recht schön. Als er heranwuchs, und weil es ihn vergnügte, sprach er des Öfteren darüber. Stets waren sie in Lachen ausgebrochen, wenn er etwa behauptet hatte, die Wiege habe er mit Goldmarie und Winnetou geteilt. Und andere viel später, von denen weiter nichts bekannt gewesen war, sein Bett.

Felix liebte schöne Sätze. Er liebte Sätze überhaupt. Es war nicht zu weit hergeholt, wenn er, um dieses zu verdeutlichen, bekannt gab, ein Einkaufszettel könne schön sein, und hinter *ene, mene, muh* stecke eine Welt. Er rede Müll, hatte er sich sagen lassen müssen. Aber lustig war es doch und weil ein Ernst dahintersteckte, dem sich die Leute am Ende nicht verschließen konnten, ward Felix gern gehört, zumal er sich zurückhielt mit dergleichen, was seinen flotten Sätzen Glanz verlieh und jenen, die sie hörten, auch. Felix selber sagte dazu nichts.

Dass alles schön gewesen war oder doch recht flott, was im Lauf der Zeit aus Felix' eigener Feder floss, hatte sich von selbst verstanden. *Die hohen Buchen wölbten sich zu einem grünen Dom* schrieb er im Schulaufsatz mit sieben Jahren. Es hatte *Blätterdach* geheißen, ursprünglich. Aber die Lehrerin saß in der Kinderkirche hinter ihm. Er hatte *Blätterdach* durch *Dom* ersetzen wollen, als seine Schwester mit dem Tintenkiller über ihn herabgekommen war, »löschen« geschrien hatte, »nicht herumradieren«, und herumgefuchtelt, gestöhnt »mein Gott, bist du naiv«. Franzi war acht Jahre älter als er. »Wo nimmst du das her«, hatte die Lehrerin gesagt am Tag darauf und seinen Aufsatz vorgelesen, »so schön und tief.«

Auch Felix' Doktorarbeit war schön gewesen. Auch seine E-Mail an Susanne, in der er ihr den Laufpass gab. Das mit Susanne war noch frisch. Was ihn dazu getrieben hatte? Das alte Lied. Es mochte schäbig klingen. Da steckte keiner drin. Was nämlich ihn betraf, so war er, als Mann von vierunddreißig, in der Blüte seiner Jahre. Er hätte nicht in den bodenlangen Spiegel sehen müssen, wenn er am Morgen aus der Dusche stieg, um zu konstatieren, dass es mit ihm zum Besten stand. Er tat es dennoch, weil ihm sein nasser Körper im Licht der Deckenfluter besonders gut gefiel. Susanne stand als Frau von siebenunddreißig Jahren auch in Blüte, dies ganz bestimmt, aber doch ein bisschen weniger als Felix. In der Tat war ihm zuletzt sein eigener Körper schöner vorgekommen als der von Susanne neben ihm, wenn ein Vergleich sich im Einzelnen auch verbot. Susannes Hintern ausgenommen. Der war üppig. Mit einer Formensprache, der es an Deutlichkeit nicht mangelte. Er sah ein Herz, das klare Kante zeigte, gerade dann, wenn es erblühte unter ihm. So was von dialektisch wie Susannes Po – darüber wäre doch mal einiges zu sagen. Apollinisch war das Wort in seinem Kopf, das ihm den

Kick gab, wenn er mit ihr schlief. Mehr von Susanne hatte er nicht nötig.

Susanne schon: »Ich will ein Kind.« Sie hatte ihm dies mitten in der Nacht eröffnet. Noch keinen Monat war das her. »Wie jetzt«, hatte er nur fragen können. Sie hatte ihn aus tiefstem Schlaf gerissen. Susanne hatte anschließend behauptet, er habe »nie« gesagt. Und er »da täuschst du dich«. Sie hatte ihm das Wort im Mund verdreht, um ihn ihrerseits der Täuschung zu bezichtigen, in Bausch und Bogen. »Alles Täuschung«, hatte sie geschrien, »alles Lug und Trug«, und er zu ihr ein weiteres Mal, »da täuschst du dich«. War aufgestanden und gegangen.

Von einem Kind war nie die Rede. Er wollte keines. Sie wollte keines. Doch, hatte sie behauptet, tags darauf, doch, aber Felix habe die Zeichen nicht erkannt. »Welche Zeichen«, hatte er erwidert. Sie schliefen miteinander. Hätte da was von ihm kommen müssen diesbezüglich? War von ihr etwas gekommen? War hier etwas, das ihm entgangen war? Und jetzt so. Er war da nicht mehr hinterhergekommen. Eine Uhr, hatte sie gesagt, es ticke bei ihr eine Uhr. Susannes Uhr wurde augenblicklich Felix’ Uhr. Sie tickte grauenhaft. Es taten ihm die Ohren weh.

»Nein.« Ganz ohne Dialektik. Klare Kante, die er in seinen Laptop hämmerte, nur Stunden später, und wieder ganz bei sich. »Kein Kind.« Dies war nicht alles, was er schrieb. Aber alles, was der Fall war. Die E-Mail war sehr schön. Susanne selber hatte zugegeben, dass sie schön war. In seines Herzens Tiefe aber, da, wo mit Worten nichts zu machen war, lag die Gewissheit, dass es nicht an der Uhr allein gelegen hatte.

Ob all dies zu Alma Stein hinüberwies? Er hielt er für

möglich, als einen Akt der Treue Susanne gegenüber, die ausnahmslos jedes Buch der Stein verschlang. Kriminalromane, die er nicht las. Auch wenn ihr Name, wenn er Susanne glauben durfte, schon einmal auf der Shortlist für den nationalen Buchpreis gestanden hatte. Ihr Thema, soweit er selber Einblick hatte, war psychologisches Profiling. Krimis, harter Stoff, um den er einen Bogen machte. *Mord und Zeit*, brandneu, hatte er begonnen aus gegebenem Anlass und nach gut der Hälfte abgebrochen, weil ihm speiübel war. *Though this be madness, yet there is method in't* lautete der Untertitel. Alle Bände dieser sogenannten Schwefelgelben Reihe trugen diesen Untertitel. Er war das Credo der Autorin. Es war weiß Gott nicht seines. Aber apart war es doch. Sollten ihm Sätze auf der Seele brennen – rein theoretisch, so böte dieser Kurs Gelegenheit, diese aufs Papier zu bringen. Obgleich nichts brannte und ihm von Sätzen nichts bekannt war, die sich, wenn ihnen danach wäre, nicht selbst aus seinem Mund herausgeholfen hätten. Der Gedanke kam so rasch, wie er verflog. Anfangs hatte er geglaubt, er sei der Einzige unter seinen Freunden und Bekannten, der schreiben ging. Von wegen. Jeder schrieb. Dergleichen Kurse waren sehr in Mode. Unter Dutzenden jedoch, hieß es, war jene kleine Handvoll, zwei oder drei genau genommen, darunter der von Alma Stein, wohin man strebte. Weshalb hineinzukommen schwer, wenn nicht unmöglich war. Dass Felix es probieren solle, auf jeden Fall, hatte einer ihm gesagt, ganz frisch zurück von einem Grundkurs Liebeslyrik auf Sizilien, weil es so toll war. »Nicht billig. Nee.« Das sagte er dazu. »Mein Kurs liegt bloß im Allgäu«, hatte Felix ihm erwidert. »Die Stein hat mich genommen.«

2

Burckartsried – Perle im Oberallgäu. Schrittgeschwindigkeit.«

Das Ortsschild war bekränzt mit Edelweiß und Enzian. Die Straßen säumten Blumentröge. Bekränzt schien jede Eingangstüre, jede Tafel, jedes Schild. Ganz Burckartsried schien durchbekränzt – und ausgebucht. An jedem Gartenzaun las Felix *Fremdenzimmer*. Bei jedem stand *belegt*.

Hingegen gab das Sebastiani in Sachen freier Zimmer nach außen nichts bekannt. Alma Stein hatte das Hotel empfohlen. Es lag am Marktplatz und war prächtig. Nur widerwillig machte man ihm Platz. Er sah den Unmut in den Gesichtern der Flaneure, als er sein Auto, statt kehrtzumachen, bis vor den Eingang steuerte mit der Erlaubnis, abzuladen, bevor er auf den Parkplatz fuhr, der zum Hotel gehörte. Bei seiner Ankunft war es Mittagszeit. Als er die Fahrertüre öffnete, drang durch die Hecke gedämpftes Reden und das Klappern von Besteck herüber.

Alles lag im Glanze. Alles blühte. Marktplatz. Kirche. Zwiebelturm und Gottesacker. Ein Meer von Blumen auch an den Häusern, alle weiß verputzt mit reichlich Schnitzwerk an Giebeln, Fensterläden und Balkonen. Pracht, wohin das Auge reichte. Aus seinem Fenster sah Felix hinunter auf die Friedhofsmauer, ganz mit wildem Wein bewachsen, die Trauben üppig, ihre Farbe schon leicht ins Bläuliche hinüberspielend. Sein Zimmer, wiewohl nicht groß und nicht besonders teuer, war ihm sofort sympathisch. Sonnenlicht fiel schräg herein, ein helles Viereck auf dunklen Eichendielen. Ihm war das Wohnen eine Herzensangelegenheit, aber die Sparsamkeit lag ihm im Blut. Eine Sache der Erziehung, die Susanne nicht hatte nachvollziehen können. *Von nichts kommt nichts.* Mit dem Motto war er groß geworden. Papas Motto. Mama lebte, was dies betraf, auf einem anderen Stern.

Laut Flyer wohnte Alma Stein ein Stück oberhalb des Ortes mit Blick ins Tal. Man ging zu ihr hinauf am Morgen und kehrte ins Hotel zurück am Abend. Gemessen daran, was er in kurzer Zeit von Burckartsried gesehen hatte, schien Felix dies kein Nachteil.

Kaum angekommen, hatte er sich hingelegt, ein Mittagsschläfchen, das kurz genug gewesen war, weil er an Mama hatte denken müssen und an Susanne, die Almas Buch, das er nicht hatte fertiglesen können, in den höchsten Tönen pries. Die Mama auch. »Wenn zwei dasselbe lesen, ist es noch lange nicht dasselbe.« Eine Äußerung wie diese war typisch für Susanne. Sie mochte Mama nicht. »Der Satz ist für die Katz«, hatte er gesagt, »weil man ihn nicht versteht.« Susanne hatte eine Braue sehr hochgezogen, wie immer, wenn sie keine Antwort wusste. »Du armer Tropf«, hieß das. »Du Blinder.« Mama war überragend. Susanne war nicht gut beraten, dagegen anzurennen. »Wer blind ist, sei dahingestellt«, hatte er erwidert. Dass Susanne mit seiner Schwester Franzi eine Zeit lang sehr befreundet war, wunderte ihn nicht.

Er hatte am Nachmittag ein Stündchen auf dem Marktplatz zugebracht, um einen Tisch gekämpft und ihn bekommen – direkt beim Brunnen. Der war ein

Prachtwerk. Wasser strömte von vier Seiten aus Löwenmäulern in ein helles Marmorbecken. Auf einem Sockel, der aus dem Wasser ragte, stand ein Heiliger in Überlebensgröße und im Festgewand. Der goldene Reif des Heiligen stand ein gutes Stück ab vom Kopf. Er war jedoch im Nacken festgemacht, damit er nicht herunterfiel ins Wasser.

Der sehr viel kleinere goldene Reif der Statue des Jesuskindes wog dennoch ungleich schwerer, gemessen am Kopf des Knaben, der in die Richtung sah, in die der freie Arm des Mannes zeigte, der ihn hielt. Ringsum gediegene Geschäfte, Schnitzwerk, Handarbeit – und anderes, das aus China kam und billig war. Es hing in Fülle von den Decken, verstopfte Läden und Passagen, wuchs herauf von unten her. Berggeister neben Krippen und Madonnen, Trinkflaschen, Schnaps und Birnenbrot. Quer über den Schaufensterscheiben stand in roten Lettern *Sale* geschrieben.

Ein einzelnes Ladenfenster stach hervor, das leer war, bis auf drei Figuren. Nur diese drei. Ein Buddha, ein Horusfalke und ein Krokodil. Aus Holz, eine jede, die Farben blass, vom Licht erschöpft. Die Echse ohne Hinterleib. Sie seien winzig klein geworden mit den Jahren, die niemand für sie zählte, so Felix' Eindruck, und standen dort seit Anbeginn der Welt auf dunkelrotem Sammet. *Sale* hätte sie zu Staub zerfallen lassen, wie Mumien an der frischen Luft. Auf dieses Trio wies der Arm des Heiligen im Brunnen.

Wenn Burckartsried als schönstes Dorf im Oberallgäu galt, so war dagegen nichts zu sagen. Auch Felix sah dies ein. Es sprang ins Auge. Dass ihm persönlich Burckartsried nicht lag, trotz alledem, konnte er sich eingestehen. Da war er ehrlich. Schön aber war die Landschaft. Nein, sie war herrlich. Es hatte sich von selbst verstanden, dass er sein Auto unten stehen ließe. Der Weg zu Fuß von Burckartsried zu Alma Stein hinauf war steil, aber die Wiesen und der Blick hinab ins Tal wogen alles auf. Wer gut zu Fuß war, nahm die Anstrengung in Kauf, stand auf dem Faltblatt, das Felix bei sich trug. Der Fahrweg, wiewohl schmal und kurvenreich, war in der Sommerzeit ein Kinderspiel. In diesem Fall, hieß es im Faltblatt, das Auto vor die Tenne stellen. Zu einem informellen Abend, hatte Alma ganz zuletzt geschrieben, lud sie auf einen Teller Suppe. Freitag, achtzehn Uhr. Der Kurs als solcher startete Samstag in der Frühe.

Jetzt trug der Wind das Sechs-Uhr-Läuten vom Tal zu seiner Bank herauf und auch die Frau, schon fast auf seiner Höhe mittlerweile, die so unbeschreiblich schmal war, groß und leicht beschuht. Ja, es schien alles leicht, was sie am Körper trug, und alles schien Bewegung, die Tasche an dem Riemen über ihrer Schulter, erst recht das Haar von unbestimmter Farbe, schon wieder lose. Und weil jetzt Böen kamen vom Tal herauf und keine Brisen, Windstöße, die ihr unters Kleid und in den Ausschnitt fuhren und drinnen spielten nach Belieben, denn außen blähte und senkte sich der Stoff, als atme er entschlossen gegen das, was er bedecken sollte, stand zu befürchten, dass sie sich treiben ließe mit der nächsten Böe. Ganz zweifellos war es an ihm, die Frau zu packen und herabziehen auf die Bank. Nur eine Sache des Augenblicks.

In ihren Augen lag vollkommene Überraschung, auch

Belustigung, die sie zurückhielt vorderhand, so schien es, da sie sofortige Erklärung forderte mit einer Geste ihrer Schultern, einem leichten Ruck nur, mehr war es nicht. Herrisch, gerade deshalb. Mit kühlem Blick auf ihren Oberarm wies sie ihn darauf hin, dass seine Hand diesen nach wie vor umklammert hielt.

Tatsächlich hatte sich der Wind gelegt. Das feine Plätschern war zu hören, ein schlanker Ton vom Brunnen nebenan. Weil wieder Wind aufkam, neigte sich der Strahl zur Seite, und Tropfen sprühten bis zu ihm herüber, als er stärker wurde. Der Brunnen war Teil von Almas Wegbeschreibung. Danach ein kurvenreiches Steilstück, kürzer dennoch, als man zunächst denken mochte. Der strikte Hinweis der Autorin, auf dem Weg zu bleiben. Nicht durch die Wiesen, auf denen Jungvieh graste. Niedervolt, aber nur für die Kühe schmerzhaft, die ja keine Schuhe trugen.

»Achtgeben«, sagte Felix. Ob auf die Zäune oder auf den Wind, ließ er offen. Sie nickte, während sie mit den Fingern über eine Stelle ihres Arms strich, die gezeichnet war von seiner Hand, ein schwaches Rot, schon im Verblassen. Sie kräuselte die Oberlippe. Sie war belustigt. Vor allem war sie spöttisch. Der Spott saß in der Mitte ihrer Augen, zwei Pünktchen, hell und scharf.

»Der Schreibkurs«, fragte sie, »ob Sie zum Schreibkurs gehen.«

»Kommt darauf an.«

Worauf es ankam, wusste Felix selbst nicht. Er hatte Lust, mit ihr zu schlafen, und weiter nichts.

Von Weg war keine Rede mehr auf dieser letzten Strecke. Sie tat sich leicht, auch hier. Hielt sich an Gras und Wurzeln fest, kletterte über Brocken, mied nasses Erdreich, stieg wie eine Gämse. Er hielt sich hinter ihr, zu ihrer Sicherheit. Die Tasche schaukelte am Schulterriemen, alles schwang, alles hielt. Es schien, der Wind, der wieder unters Kleid fuhr, bausche alles und blase sie hinauf. Einmal, als sie innehielt, um Tritt zu fassen, stand er unterhalb, nah genug, um sie zu packen, an den Knöcheln diesmal, die überzart schienen im Hinblick auf die Länge ihrer Beine. Seine Perspektive trog womöglich, oder sicher. Das Räumliche war überwältigend und immer eine Illusion.

Er dachte an die Wahl der Daten, die Algorithmen trafen. An jedem Anfang stand die Wahl. Fragen wie diese erregten seine Neugier und weckten sein Interesse und waren unbedingt zu stellen im Hinblick auf das Digitale, das ihnen allen die Dinge aus der Hand zu nehmen schien. Wer Daten eingab, nicht nur in einen Rechner, hegte Wünsche, hegte Ängste. Entsprechend traf er seine Wahl. Wer Daten eingab, auch dies galt es zu wissen, stand zumeist in Lohn und Brot.

Ich bin befangen, dachte er, als er den Blick nach oben wandern ließ, Pigmente sah und eine aufgesprungene Blase an der linken Ferse, kleine Härchen, eine aufgeschürfte Stelle oberhalb des Knies. Ein dunkles Muttermal von der Größe einer Linse an der Innenseite ihres Schenkels, da, wo der Zwickel ihres Slips ins weiße Fleisch schnitt. Sie duftete – nicht unbedingt vertraut, aber doch von fern bekannt, obgleich er wusste, dass er sich täuschte.

Keine fünf Minuten später waren sie am Ziel.

Der Einzelhof stand mit der Giebelseite talwärts weiß
und frei auf einem Höhenzug. Über dem Erdgeschoss
drei Reihen Balkone quer über die ganze Front, Blumen-
kästen dicht an dicht, Fensterläden, grün gestrichen alles, auch das Balkenwerk des Dachs, das weit vorgezogen
war und Wohnung, Stall und Tenne unter sich vereinte.
Das Haus war offensichtlich für die Ewigkeit gebaut und
tadellos in Schuss. Zwei weitere Einzelhöfe waren in der
Ferne sichtbar, in großem Abstand voneinander. Auch
wenn Alma Steins Hof sich prominenter gab als jene, waren alle drei auf gleicher Höhe, nach Süden ausgerichtet,
und sie schimmerten im Abendlicht.

An einem langen Tisch im Freien winkten Leute.

Es waren vier mit Alma Stein, die sich erhob. Felix
hatte keinen Zweifel, dass sie es war, vom Kopf her,
sozusagen, den die Autorin in die Welt hinausgegeben
hatte, ins Netz und auf die Klappentexte. Ein grober
Kopf. Die Bilder trogen nicht. Man hätte eine Metzgerin
vermutet oder aber eine, der man das Weibliche genommen hatte, bevor man sie zum Richtplatz fuhr. Dass
Alma Stein die Dinge durchfocht bis zum Ende, stand
für Felix fest. Keine Milde, nicht mit sich selbst und
nicht mit dem Betrachter. Aufreizend nackt war dies Gesicht, fast schamlos. Worüber er sich ganz gewiss nicht
täuschte. Sie mochte dick sein, klein gewachsen, nicht
eben leicht zu Fuß in derben Schuhen und im Pullover,
grobe Wolle, vermutlich handgestrickt und ungefärbt,
ein Sackgewand, genau genommen, das nichts verriet
von dem, was es verhüllte, und bis zu den Knien reichte,
die ins Freie traten, bläulich weiß und nackt und feist wie
ihr Gesicht mit Augen, die hinter Knochenwällen lagen,

eng beieinander, in einer Art von Hinterhalt, sie mochte plump sein, ungeschlacht –ausgelöscht, im nächsten Augenblick, war alles, als diese Frau ihn an sich riss, ihn musterte mit Äuglein, in denen Funken tanzten, und wieder fortstieß in Sekundenfrist, zurücktrat, nickte. Ja, das war der Mann, lautete die Botschaft. Er war nicht falsch. Er stand auf ihrer Liste. Mehr war nicht nötig, von ihrer Seite. Im Augenblick.

›Sie weiß um mich.‹ Der Gedanke blitzte auf, verschwand so rasch, wie er gekommen war. Was ihm blieb, war eine Art von Glück.

»Felix«, sagte er erschüttert, »Felix Kammerlander.«

»Ev«, sagte die Federleichte hinter ihm und grinste spöttisch.

Zum Essen gingen sie hinein. Zu schade, wenn die Suppe kalt geworden wäre. Auf dieser Höhe, sagte Alma Stein, zog die Kälte hoch von unten her, sobald die Sonne sank, und Herbstduft breitete sich aus, schon jetzt, selbst Schneefall war nicht ausgeschlossen, wenn auch nicht sehr wahrscheinlich. Schnee, der nicht liegen blieb. Dies nun gerade nicht. Im Allgäu, sagte Alma, war es mit dem Wetter wie mit der Menschenseele und mit dem Schreiben auch. Unverfügbar.

»Man steckt nicht drin.« Felix grinste.

3

Alma Stein war nicht Herrin über Haus und Hof. Sie hatten dies geglaubt – und sich geirrt. Die Hand auf Haus und Hof und insbesondere auf Alma hatte Ludwig Winterhalter, Almas Koch. Dies zu erkennen hatte es nicht viel gebraucht. Ja, ich bin's. Hier kommt, wonach ihr dürstet, stand diesem Menschen ins Gesicht geschrieben, als er die Suppe brachte. Ein Blick auf Alma löschte jeden Zweifel daran aus. Entsprechend souverän gab er sich äußerlich. Die Kopfhaut im Ton von dunkler Eiche schimmerte im Deckenlicht der Stube wie frisch versiegeltes Parkett. Das Wenige, das ihm von Haar noch blieb, trug er am Hinterkopf zu einem Zopf geflochten. Er mochte um die fünfzig sein, war eine Bohnenstange, die die Bänder der blau-weiß karierten Schürze auf dem Rücken über Kreuz und danach um den spindeldünnen Leib geschlungen hatte. Die Schleife war überm Hinterteil gebunden. Ein großes rotes Herz war vorne aufgenäht, in das er links und rechts die Hände stecken konnte wie in eine Hosentasche. Röhrenjeans gaben Knöchel frei, Wucherungen, spitz und kantig, über denen weiße Haut sich so stark dehnte, dass sie zu platzen drohte. Die roten Socken waren fast zur Gänze hineingerutscht in Lederschuhe, die keinen Rückschluss mehr erlaubten auf Ursprung, Beschaffenheit und Art. Der Wollpullover, womöglich dicker noch als der von Alma, ließ Felix beim bloßen Anblick für ihn schwitzen. Ungewöhnlich große Nasenlöcher drohten die schmale Nase jeden Augenblick zu sprengen, deren Spitze steil nach oben wies. Am Kinn wuchs ihm ein Ziegenbärtchen.

Alma wedelte humorig. Mehr tat sie nicht.

»Da schau her!« Das Ziegenbärtchen fuhr hoch und nieder.

»Ja«, sagten sie. »Ja.« Und lachten.

»Wiggi.«

»Wiggi«, wiederholten sie, beeindruckt. »Alles klar.«

Als er zum zweiten Mal erschien, um abzutragen, hob er die Suppenschüssel hoch, wog sie in seinen Händen für einen kurzen Augenblick und nickte, hob Kinn und Nase, machte kehrt, trug sie fort in seine Küche, ein Priester, der das Heiligtum zurück ins Innerste des Tempels brachte. Sie folgten ihm mit Blicken, auch Alma Stein, in deren Augen etwas lag, das auch Ev gesehen haben musste, mit der Felix Blicke tauschte – verstohlen, rasch, als sei verboten, was sie gefunden hatten. Es war Zärtlichkeit und Sorge, unendlich beides und von einer Art, dass sie erschraken. Ev nicht minder als er selbst.

Im nächsten Augenblick erhob sich einer, der Theo hieß, und schloss die Türe hinter Ludwig Winterhalter. Theo, da man sich mittlerweile duzte. Befohlen, das Du, geradezu, von Alma Stein, die von Nähe sprach, weil nichts persönlicher als Schreiben war. Wer nämlich Abstand suchte, war hier falsch. Weil man sich beim Schreiben zu erkennen gab. Und jeder auf dem Holzweg war, der glaubte, er könne dies umgehen. Man gab sich sozusagen hin. Das sagte sie, und Felix sah die drei am Tisch erschauern, Ev und die andere Frau ihm gegenüber und jenen Theo zu seiner Rechten, der die Tür geschlossen hatte und einen Anzug trug. Weil dieser Kerl den ganzen Abend über die Augen nicht von Ev gelassen hatte und beim Suppelöffeln so getan, als sei es Ev, und

nicht Kartoffelsuppe, die er schlürfe, mochte Felix ihn
nicht leiden. Auf einen Beau wie diesen hatte er gewartet. Er sah ihn von der Seite an. Erkannte Muskelspiel,
fortwährend, im Gesicht, was ihn noch stärker gegen
ihn in Stellung brachte, weshalb er, um nicht vor Gift
und Galle zu ersticken, den Blick, so oft er konnte, hi-
nüberlenkte auf die Frau schräg vis-à-vis, die ihm sympathisch vorkam, ja, angenehm, ein Eindruck, der sich
verfestigte im Lauf des Abends. Sie trug nichts weiter bei
sich als Papier und »S-tift«. Und einen Zimmerschlüssel.
Diese drei, hatte sie gesagt beim Essen. Man glaubte ihr,
obgleich die Schlangenledertasche, die alles andere war
als klein, mehr aufgenommen hätte als einen Block im
DIN-A4-Format. Jette war aus Hamburg. Passt, dachte
Felix. Jette klang nach Pöseldorf. Franzis Hautarztpraxis
war in Pöseldorf gewesen und piekfein. Auch Franzis
Ehe war piekfein gewesen. Sie hatte jedoch ihren Sinn
verloren, als Franzi Pöseldorf den Rücken kehrte. Franzi
war Mitglied einer NGO. Wo Franzi augenblicklich tätig war, wusste Felix nicht. Schon lange wusste man von
Franzi nichts mehr. Mama hielt Franzi für verrückt.

»Ich ges-tehe.« Die Dame sprach durch ihre Nase, wo
es eng zuging offenbar, denn der Satz kam ganz dünn
heraus und spitz, was vornehm klang. Und sie gestand,
dass die Idee zu schreiben ihr nie in den Sinn gekommen
war. Nie Lust dazu gehabt. Was dies betraf, verwies sie
auf die Schriftenreihe ihres Hauses. Jette Ditters war
grundsätzlich »nicht in Büchern«. Jette war aus Hamburg. Die Räumlichkeiten an der Außenalster, der Park,
die Jolle und vor allem James, der sie auf Händen trug –

kurzum, da war kein Tag, den sie nicht hätte glücklich nennen wollen. Was hätte Jette bitte schreiben wollen? Schrieb einer, der wahrhaft glücklich war? Der möge sich bei Jette Ditters melden.

Alma trug ein Pokerface.

Melden, wer nicht glücklich war? Oder wer nicht schrieb? Bei Jette Ditters? Am Tisch war man verwirrt.

»Und du selber?«, erkundigte sich Alma freundlich.

»Ich?«, in Jettes Augen saß der Schreck.

»Du bist hier«, sagte Alma, »das wollen wir verstehen.« Jette rang um Antwort, die Hände auf der Schlangenledertasche, die Knöchel weiß. Hatte sie etwa Tränen in den Augen? Felix sah zu Ev hinüber. Die richtete den Blick auf Jette, fuhr zusammen, und alle anderen auch, als diese plötzlich schrie – man musste es so sagen, es war auf alle Fälle laut genug – »du liebe Güte!«. Vor Zorn brach ihr die Stimme weg. Sie hustete, verschluckte sich. Die Schlangenledertasche gab offensichtlich nicht heraus, nicht schnell genug, was Jette dringend nötig hatte. Weshalb sie, heftig nickend, das blütenweiße Taschentuch ergriff, das Theo Markwart – so hieß der Kerl mit vollem Namen, den hatte Felix sich gemerkt – blitzschnell und routiniert in Jettes Richtung hielt, vor Felix' Augen, quer über den Tisch. Die nahm es an und schnäuzte sich heftig. Die Hustenpillen aber wies sie ab. Kein Bonbon, vielen Dank, ganz lieb, es ging schon wieder. Die offene Bonbonniere wurde eingeholt, verschraubt und eingesteckt, da, wo sie hingehörte. »Oh, bitte«, die Stimme aus dem Anzug kam aus der Maniküre, »jederzeit« – die Dragees, im Falle, dass es nötig sei. Es war nicht nötig.

Wie anders war das zu vers-tehen – es kostete Jette Kraft, das war ihr anzumerken –, als dass es keinen Mann mehr gab seit Neuestem, der sie auf Händen trug. Ja, wäre sie sonst hier? Was hätte sie hier zu gewinnen, um Himmels Willen?

Ja, was? Auch Felix hatte mitgebebt. Was sie gewinnen hätte können? Vermutlich nichts. Die Antwort lag begründet in Jettes Frage, die keine echte war. Am Tisch begann man zu verstehen. Jetzt lagen also, gewissermaßen, die Dinge – anders?

»Anders?« Jette war wieder Herrin ihrer selbst, es war ihr anzumerken. Rot funkelte der Lack auf ihren langen Nägeln im matten Schein des Lampenschirms, der auf den Tisch herabgezogen war, naturbelassenes Leinen mit Efeuranken, grün hineingewoben, und einem Kranz aus dunkelroten Herzen.

»James ist tot.«

Jette Ditters winkte ab. Nichts weiter. Da bat sie um Verständnis.

Beim Abschied wies Almas Hand zur Zimmerdecke, die niedrig war und holzvertäfelt – Tannenholz im Ton von Wiggis Wimpern. Darüber lag ihr Arbeitszimmer. Mit Blick ins Tal. Ihr Schreibtisch. Wo man sie träfe, wo sie verfügbar sei, während man am Text, am eigenen, schrieb, und jederzeit behilflich. Sie sei gebucht. In vollem Umfang stehe sie, was dies beträfe, zur Verfügung. Almas ausgestreckte Finger waren kurz, kompakt und an den Enden breit wie Wiggis Zähne.

Theo Markwart erbot sich, Ev und Felix mitzunehmen. Ev aber sprang der Alsterwitwe hinterher, die ihren Wagen rückwärts aus einer Lücke manövrierte, eng genug, dass man sich fragen konnte, wie sie vordem hineingekommen war. Felix stieg zu Markwart, der seinen BMW durch den Kies der Zufahrt pflügte und, kaum auf der Straße, sich auf die Spur der Alsterwitwe setzte, beschleunigte und bremste, die Kurven schnitt. Felix hielt den Sitz umklammert. Markwarts Hände, groß, gebräunt und gut gepflegt, lagen locker auf dem Leder seines Steuers. Jazzpiano aus sechzehn Hi-Fi-Boxen maximal herabgedämpft. Töne, licht und leicht. Der Raumklang war betörend. In der dritten Serpentine aber klingelte das Telefon. Beim dritten Mal nahm Theo ab.

»Ja?«, sagte er. Sein Augenmerk galt weiterhin der Straße.

Eine hohe Stimme. Felix, der tat, als sei er über Nacht ertaubt, starrte durchs Seitenfenster in die Nacht hinaus.

»Später«, sagte Markwart. »Beruhige dich.«

Das Display erlosch. Er hatte aufgelegt.

Sie wohnten alle drei im Sebastiani. Der Lancia der Alsterwitwe stand bereits in einer Schneise, womöglich schmaler als die erste droben, als Markwart auf den Gästeparkplatz fuhr. Ein Wunder, wie sie ausgestiegen war. Jetzt stand sie mitten auf dem Weg, giftgrün im weißen Xenonlicht von Theos Sechszylinder, und Felix nutzte den Moment, in dem das Auto hielt, bis sie den Weg freigab, um blitzschnell auszusteigen. Markwart, die Hand schon an der Tür, musste weiterfahren, weil hinter ihm ein Wagen folgte, an Ev vorüber, die auf der Seite stand und wartete. Felix lächelte in sich hinein. Pech gehabt. Felix hatte das Vergnügen, den Damen Ev und Jette Ditters ins Hotel voranzugehen. Sein eigenes Auto beachtete er nicht. Ließ es stehen, sozusagen, unter einem der Kastanienbäume, die den Parkplatz säumten.

Siebzehnhundertneununddreißig. Jetzt, da es Nacht war, fiel der Schein aus zwei Laternen links und rechts der Eingangstüre auf die Jahreszahl in mattem Elfenbein, das aus sich selbst heraus zu leuchten schienen. Die Eichentüre war stumpf vom Alter, widerständig und so schwer, dass Ev sie nicht alleine aufbekam. Was auch nicht nötig war, weil Felix in die Bresche sprang. Es ging erstaunlich leicht, denn einer zog bereits von innen. Gepflegte Barttracht, Kniebundhosen mit Hosenträgern überm Hemd, Haferlschuhe und gestrickte Strümpfe. Er verbeugte sich, wich zur Seite, wies nach drinnen mit der Hand, die eine Pfeife hielt.

»Willkommen.«

Es kam mit Routine und mit Distinktion und mit lokaler Färbung – nur leicht und angenehm im Ohr. Das Hemd war weiß, das Samtband anstelle einer Fliege und die Strümpfe waren dunkelrot. Er war der Hausherr. Sein Händedruck war fest. Vom Schreibkurs, richtig?

Bitte, das hatte Herr Sebastiani ihnen angesehen. Weil er es ihnen mittlerweile ansah. Weil sie beileibe nicht die ersten waren. In diesem Augenblick jedoch verneigte er sich vor der Schönheit – sein Blick ging flink zu Ev und sehr ausdrücklich auch zur Alsterwitwe – und der Eleganz. Im Falle, dass die Herrschaften zu speisen wünschten, sein Hinweis, dass in der Hörnerstube à la carte um diese Zeit noch möglich war. Die Bar schloss gegen Mitternacht. Wenn sie ihm die Freude machen wollten.

Auf einen Schluck zum Ausklang, als seine Gäste. Weil Herr Sebastiani nämlich mit von der Partie war, tags darauf. Beim Schreibkurs. Ja. Ganz recht.

Er griff nach dem gestrickten Janker im Sessel neben ihm und zog ihn über. Musterte Felix, Ev und Jette aus dunklen, warmen Augen, verströmte Behaglichkeit, die wohlig machte, Felix nicht weniger als die beiden Frauen, die schon erlegen schienen und zum Feuer strebten, das ganz hinten brannte im Kamin.

Louis Sebastiani hatte das Hotel in siebter Generation geführt. Es war noch keinen Monat her, dass er an Louis den Achten übergeben hatte. Der Junge hatte im Sacher Wien begonnen und aufgehört in Singapur. Mit achtunddreißig war der reif genug und jung genug, dass er ihn machen ließ. Machen lassen, das hatte Sebastiani sich geschworen. Er war komplett heraus. Weil es nicht guttat. Noch nie gutgetan, wenn der Alte mit dem Jungen. Der durfte seine eigenen Fehler machen. Das Recht auf eigene Fehler. Geschichten, die Sebastiani schreiben könnte, was dies betraf, traurige, das durften sie ihm glauben. Mit einundsiebzig war es ihm wichtig, aufzuschreiben, was ihm wert schien. Um es zu behalten, nicht wahr, für die kalten Zeiten, wenn das Gedächtnis trog. Oder einen ganz verließ. Was sie nicht hoffen wollten. Sehr zum Wohl. Und eines noch, weil ihm das wichtig war. Er war nicht einer, der vom Schreiben kam. Er war ein Mann der Mündlichkeit. Das Schriftliche aus seiner Feder, da war er ehrlich, wäre kümmerlich. O bitte, das wollten sie ihm einfach glauben. Aber hinauf, gerade deshalb. Nicht zuletzt, weil Herr Sebastiani einer war, der eine Frau wie Alma Stein zu schätzen wusste. Die er nicht häufig sah. Verstand sich. Ihr Wohnsitz war Berlin. Berlin war unverzichtbar. Das Allgäu in seinen Augen eine Herzensangelegenheit.

Ev, die Alsterwitwe, Felix und der siebte Louis saßen an der Bar bis weit nach Mitternacht. Wo Theo Markwart abgeblieben war, scherte Felix einen Teufel. Da, wo der Pfeffer wuchs.

Der Gedanke, gerade dieser wohne direkt nebenan, oder doch in seiner Nähe, schoss ihm durch den Kopf, als er bereits im Bett lag. Im Geiste sah er die federleichte Ev den langen Gang entlangflottieren. An seiner eigenen Tür vorüber, weil die geschlossen war. Er sah sie in die Arme Markwarts sinken, der seine eigene Türe sperrangelweit für sie geöffnet hatte. Es überlief ihn heiß und kalt. Dies war der Augenblick, die Dinge ein für alle Mal zu klären. Hinunter an die Rezeption. Den Zimmerplan verlangen. Notfalls mit gezogener Pistole.

Als er im Gang stand im Pyjama, die nackten Füße auf dem dicken, dunkelroten Teppichboden, der ins Goldene changierte im Schein der Nachtbeleuchtung, erkannte er, dass er sich gleich zum Narren machen würde. Mit dem Gedanken an das Frühstück kehrte er zurück, schloss seine Zimmertür von innen ab und sank erneut mit einem schwachen Seufzer in sein Bett. Er schlief nicht gleich. Süß waren Fantasien von ihm selbst mit Ev, Bilder, holdselige, vom nächsten Morgen, vom Frühstück etwa, von ihr, die sie ihm gegenübersaß. Vom Ei, dem sie den Kopf abschlug, vom Messerchen in ihren schlanken Fingern und von der Morgensonne Strahl. Von einem ihrer Ärmel, der beständig auf den

Ellbogen rutschte. Von ihrem nackten Unterarm. Der Arm allein, dachte er im Halbschlaf, hätte ihm fürs Erste schon gereicht.

Er zählte durch. Sebastiani mitgerechnet waren sie zu fünft. Sechs hatte im Prospekt gestanden. Einer stand noch aus. Er drehte sich zur Seite, glitt vollends in den Schlaf hinüber.

Im Traum graute schon der Morgen. Es nieselte. Zum Aufstehen war es viel zu früh. »Der frühe Vogel fängt den Wurm.« Papas Stimme aus dem Off. Im nächsten Augenblick sah er sich an der offenen Tür zum Frühstückszimmer stehen. Es brannte Licht. Ev war schon da. Von Weitem sah er sie mit Markwart am Zweiertisch im Erker in lebhaftes Gespräch vertieft. Von einer Fächerpalme nur halb verborgen, sah er ein Stück entfernt die Alsterwitwe. Er sah die Kaffeetasse vor ihrer stolzen Nase, Louis' Tasse, die dieser ihr entgegenhielt. Sie schenkte ein. Ihr Lächeln ward von Louis erwidert. Sie trugen beide Trachtenjanker. Der dritte Stuhl an ihrem runden Tisch war frei. Sie winkten Felix, er möge sich zu ihnen setzen. Er tat ein paar Schritte in den Raum hinein. Zögerte, die Hände in den Taschen seines Bademantels. Barfuß. Die nackten Zehen, er sah es, ohne sich zu bücken, waren frisch gebürstet. Er spürte, dass er sich bei ihnen niederlassen durfte. »Grütze«, stöhnte Jette, kaum dass er saß. Sie wies mit dem rosenrot lackierten Nagel ihres Witwenzeigefingers – welk und ermattet von der Trauer – auf einen roten Klecks in ihrem Haferbrei, tauchte den Löffel in die Schale, hob ihn empor ins Licht der Kerzenflamme, die ruhig brannte neben einem Sträußlein Enzian in einer Vase. Ihr Mund war rosenrot und glänzte. Es dauerte geraume Zeit, bis sie die Lippen öffnete. Die Rüschen am Kragen ihrer weißen Bluse dehnten sich, als sie den Brei hinunterschluckte. »James«, sagte sie. Sie stieß ein wenig auf, nahm einen Schluck Kaffee. »James«, wiederholte sie.

»Ihr Mann ist tot und lässt Sie grüßen«, sagte Felix.

Als er erwachte um sechs Uhr in der Frühe vom Glockenläuten, fiel ihm auf, dass es hätte heißen müssen »dein Mann ist tot und lässt dich grüßen«, weil die Alsterwitwe mit ihm auf Duzfuß stand.

4

Die echte Ev frühstückte erheblich später. Ihr galt sein erster Blick, als er den Speisesaal betrat. Sie saß im Erker, badete im Sonnenlicht. Sie schien sich zu verflüssigen. Lichtpunkte zitterten im Haar, das sie mit einem Reif nach hinten hielt. Vis-à-vis saß Markwart im weißen Hemd und im Pullunder und hatte beide Augen an ihr festgeschraubt. Aber der Mund bewegte sich. Das Kinn fuhr hoch und nieder. Der Kerl war im Profil markant. Die Nase ausgeprägt. Der wusste, was er wert war. Der wusste, wie sein Outfit wirkte. Gerade weil es spießig war und jeden anderen verkleinert hätte, wies es in seinem Fall ausdrücklich darauf hin, dass da ein Körper war darunter, auf den er bauen konnte. Das zeigte seine Haltung, die troff vor geiler Sicherheit. Als ob dies alles nicht schon reichte, war da noch der Dreitagebart. Der schlug dem Fass den Boden aus. Der stand dem Kerl nicht zu. Der Bart war nagelneu. Der war dem über Nacht gewachsen. Womöglich aber litt Felix unter Amnesie. Es nähme ihn nicht wunder. Die Fahrt zu zweit vom Einzelhof herab saß ihm noch in den Knochen. Dreitagebart, aber im Pullunder. Vertrug sich das? »Wieso nicht? Bist du neidisch?« Susannes Stimme kitzelte sein Ohr. Susanne war nicht da.

Er frühstückte allein. Behielt den Tisch im Auge, wo man sich selbst genug war. Ev nickte. Theo sprach. Auch er in Sonnenlicht getaucht. *Die Sonne schien auf Gut und Böse.* Der Satz war nicht von ihm. Oder doch. *Das Böse unter der Sonne* hingegen lautete der Titel eines Buches, das er vor langer Zeit gelesen hatte. Nur dieser Titel war ihm noch geblieben. *Nichts ist so fein gesponnen, es kommt doch an die Sonnen* schickte ihm der Himmel. »Siehste«, hätte er Markwart gerne ins Gesicht gesagt, »siehste, siehste.«

Sebastiani entdeckte er in einer Nische. Ein Lampenschirm aus Leinen warf rötlich warmes Licht auf Tisch und Stuhl und auf ihn selbst. Sein Haupthaar, grau meliert und dicht und drahtig, verhältnismäßig lang gehalten, ein Wuschelkopf beinahe, war ihm doch ausgegangen auf dem Hinterkopf. Die runde, spiegelglatte Stelle schimmerte im Ton von wie frisch poliertem Eichenholz. Felix sah ihn Espresso trinken. Auf seinem dunkelgrünen Unterarm lag Jettes rosenrote Hand. In ihren Witwenaugen schimmerte ein ruhiges Wissen um jedwedes, was der der Fall sein mochte.

Felix griff zur Gabel, spießte die Bratwurst auf, nahm reichlich scharfen Senf und biss hinein.

Zwischen Wiesen, noch feucht vom Tau, der in der Nacht gefallen war, wanderte er zu gegebener Zeit zum Einzelhof hinauf – allein. Es war gerade mal halb neun. Halb acht, genau genommen. Er war kein Freund der Sommerzeit. Noch war es frisch. Die Hitze aber würde nicht mehr lange auf sich warten lassen. Jungvieh hinter Drähten, die tickten, weil Strom durch sie hindurchfloss, rupfte hart und heftig Gras. Ganz nah am Zaun das Reißgeräusch der Halme, der Atemstoß aus feuchten dunklen Nasenlöchern, die Schelle. Weil das Rind, bei dem er schließlich stehen blieb, sich wand und drehte während seiner Rupfarbeit und unermüdlich zuckte mit dem Fell und um sich schlug mit seinem Schwanz, um Fliegen zu vertreiben, schwang die Glocke unablässig unterm Hals. An allen Hälsen schwangen Glocken. Alle Kühe läuteten. Es bimmelte auf allen Wiesen bis ganz hinauf zur Bergstation, wo eine Fahne wehte.

Die Welt schien ihm auf einmal wunderbar gesegnet. Sein Herz schlug hoch in Festesfreude. Aber da war die Fliegenplage. Fliegen, grünlich schillernd, in Klumpen zwischen langen, dichten Wimpern. Die Augen der Kühe waren sanft und dunkel wie manche Frauenaugen. Nicht Susannes Augen. Nicht die von Ev.

Als ihn das Rind aus größter Nähe ansah, wobei es fortfuhr mit seinem Zungenschnalzen und mit Kauen, beschlich ihn die Gewissheit, dass er an eine Frau mit jenen Augen verloren wäre – es schien dies unabwendbar und so verlockend, dass der Gedanke ihn beschäftigte, den ganzen Aufstieg über, bis er kurz unterhalb des Hauses den Zylinder sah auf einem ausgehöhlten Kürbis. Die Vogelscheuche, mit weißem Schal und Schwalbenschwanz und einer Möhre im Gesicht, stand im Gemüsebeet und richtete den Blick ins Ungefähre aus toten Augenlöchern.

»Morgen«, rief er hastig, als ein Strohhut mit einer roten Schleife aufstieg hinter ein paar Stauden. Er sah Wiggis Lippen sich bewegen, hörte Sätze, nicht laut genug, um zu verstehen. Der Eindruck war nicht von der Hand zu weisen, dass Felix nach Ludwig Winterhalters Ansicht ein weiterer von denen war, die ihm nicht passten, und die schon oben saßen und wieder winkten, wie tags zuvor. Dass Wiggi dieser Hof gehörte, in der Tat, hatte Sebastiani am Kamin bestätigt. Ludwig war ein jüngerer Sohn und erst zurückgekommen in die Heimat, nachdem der ältere und Erbe vor der Zeit verstorben war. Alma war Wiggi in Berlin begegnet. Details hatte Sebastiani nicht genannt.

»Morgen«, rief Felix ein weiteres Mal, als die Frau in Sicht kam, die ein Tablett mit Gläsern aus dem Haus zum Tisch hinübertrug und sich den Anschein gab, als hielte sie die Reichsinsignien auf einem Sammetkissen. Ein zweiter Blick aus größerer Nähe zeigte nackte, weiße Beine mit bläulichem Geäder, das zu den Oberschenkeln hochwuchs und sich verzweigte, bis es im engen, kurzen Rock verschwand. Als sie sich zu Alma niederbeugte und irgendetwas sagte, stand zu befürchten, der enge Ledergürtel platze auf. Um nicht beim bloßen Anblick zu ersticken, atmete er mehrfach heftig ein und aus.

Die Frau hieß Uschi Lammerskötter und nahm am Schreibkurs teil. Auf einen Wink von Alma setzte sie die Reichsinsignien nieder, die mittlerweile drohten abzurutschen, zog tiefe Furchen in den Kies bei dem Versuch, den rechten von zwei Gartenstühlen vom Tisch ein Stück weit abzurücken, um darauf Platz zu nehmen, blieb endlich stecken. Stand ratlos. Markwart, der sich schon halb und halb erhoben hatte, um ihr zu helfen, sank wieder auf den Stuhl zurück, als ihn ihr Blick traf. Finger weg, hieß das. Ich brauche nichts. Man sah weiße Fingerknöchel die Lehne mit aller Kraft umklammern. Es wurde still am Tisch.

»Guten Morgen«, Alma. Die Sitzung war eröffnet.

Uschis Hände, die sich augenblicklich lösten. Die Not in himmelblauen Augen: jetzt doch der Stuhl –, und wieder Markwart, der ihn rückte, und Uschi, die sich setzte.

»Danke.«

Ein Stimmchen wie von einer Puppe, die etwas hatte, drinnen, was außen blechern klang.

Ev, Louis und Jette saßen an der Hauswand auf der Bank. Drei Farben: Weiß, Grau, Grün. Wolle, Seide. Materialien, mit welchen Licht und Winde spielten. Felix' Stuhl stand vis-à-vis, dicht neben dem der Lammerskötter. Markwart hatte Alma gegenüber angedockt. Dass er gewissermaßen unten saß, verstand sich. Wer an den schmalen Seiten unten und wer oben saß, war eine Sache der Betrachtungsweise.

Alma schwieg vorderhand. Dafür schloss sie sie der Reihe nach ins Herz mithilfe eines Blicks, in welchem Felix Neugier sah und etwas anderes, das ihm die Fassung raubte. Die Möglichkeit zu prüfen, wie es den anderen erging, war ihm verbaut, infolgedessen. Er hätte wirklich gern gewusst, woran er war.

»Schreiben ist ein Wunder.« Alma.

Sie ließ es wirken. Sah wieder jeden an, der Reihe nach.

»Kein Wunder, wenn es nicht klappt.«

Die Alsterwitwe klatschte liebenswürdig. Wie sie das macht, hieß das, wie reizend und wie klug. Evs Lächeln blies der Wind den Berg hinauf. Sebastiani grinste. Markwart blickte wie einer, der guten Kognak trank. Die Lammerskötter fuhr den Laptop hoch. Almas Leibesstärke ließ Felix, während er ihr zusah, wie sie weiterredete, an jene Koffer denken – Trunks von dunklem Tropenholz mit funkelnden Beschlägen, die Diener packten und wieder andere schleppten in jenen

Zeiten, als Herrschaften für Monate verreisten. Zwar war bei Almas Sackgewand von Funkeln keine Rede. Und doch schien alles, einmal hineingelangt, in diesem derben Leib geborgen. Was man ihr überließe von sich selbst, es bliebe bei ihr, weil es der beste Platz war. *Denn einen besseren findst du nicht.*

Es war der Höhe zuzuschreiben, dass er so wolkig dachte und ihm erneut die Tränen in den Augen standen. »Weiß der Kuckuck, was ich noch alles träume«, sprach er zu sich im Stillen, »ich seh' es kommen, dass mir in diesem Kurs die Feder übergeht.« Oder hieß es überläuft? Beide Varianten waren schön. Es war ein wundersames Denken. Er schob es weg, streckte die Beine aus und ließ die anderen machen.

Die stellten sich gerade vor.

»Ladies first.« Theo, bräsig.

»Ladies?« Uschis Lider flatterten.

Ladies. Alma nickte.

»Ach so. Ja klar. Ja sicher. Ladies. Okay. Dann ich?«

»Ja.« Almas Miene zeigte: Sie hatte Schlimmeres erlebt.

»Okay, ganz kurz. Wer ich bin.«

Uschi kicherte, fuhr mit der Hand durchs Haar, ein Pagenkopf, der jetzt zu Berge stand.

Wer sie war? Felix wollte es nicht wissen. Kaum hatte sie begonnen, verlor er auch schon das Interesse. Was ihr Mündchen formte, was aus ihrer Kinderkehle kam, was es mit ihr auf sich hatte, es war ihm herzlich einerlei. Seinetwegen war sie Lehrerin. Seinetwegen Deutsch, Geschichte Oberstufe. Seinetwegen Arbeitskreis Asyl und Kirchenchor, Feldenkrais und Frauengruppe. Seinetwegen schrieb sie. In Krefeld, wo sie wohnte. Und zwar allein.

»Fertig«, sagte Uschi.

Na bitte, geht doch, dachte Felix.

Ach ja. *Isolde* lautete der Titel von Uschis Manuskript.

»*Tristan und Isolde*«, sagte Theo fein. Die Betonung lag auf *Tristan*.

Das hatte kommen müssen, dachte Felix.

»Wie nett«, sagte die Alsterwitwe, »ich hatte den Gedanken auch.«

»Wieso«, Uschis Mündchen, nicht größer als ein Kirschkern, stülpte sich nach außen, »reicht *Isolde* nicht?«

Die Stimme dieser Frau, die ihn von Anfang an befremdet hatte, allein schon, weil sie viel zu laut war und irgendwie beschädigt, scheuerte in Felix' Ohr und rieb es wund. Mit dieser Stimme mochte alles richtig sein. Und dennoch schien sie falsch auf eine Art, die nicht ganz leicht zu fassen war. Man hätte meinen können, ein Sounddesign von Disneyland sei installiert in Uschis Kehle. Daisy Duck. Es war verstörend. Die Stimme und der Mensch, so schien es Felix, waren nicht verbunden und würden sich verbinden müssen, in seinem Ohr. Dann wäre Uschi menschlich. Er vermied es, diese anzusehen. Es half, bemerkenswerterweise.

Die Alsterwitwe hob die Hand. Das ärmellose Sommerkleid war hochgeschlossen. Ein Stoff, der schimmerte wie dunkles, feuchtes Moos. Sebastiani hob den Blick. Kam er ins Spiel, als Mann der Mündlichkeit? Rein ritterlich, womöglich?

»Ich finde Ihren Titel schön.«

»Deinen« – Sebastianis Blick wanderte zu Uschi und zurück zu Jette, die ihn fragend ansah – »deinen Titel.«

»Meiner? Wie kommst du, ach so«, sie unterbrach sich, »du liebe Güte.«

Sah sie erschrocken aus? Wenn nicht, was tat Sebastianis Hand auf ihrem Unterarm? Dachte Louis etwa, er müsse sie beruhigen? Hier lag ein Irrtum vor. Henriette Ditters war ein Geschöpf der Außenalster und beruhigt vom Grundsatz her. Ihr Blick sprach Bände.

Mal von der Bonbonniere abgesehen, dachte Felix, und von dem Taschentuch. Das sagte man jedoch nicht laut.

»Ich finde deinen Titel schön.«

Jettes Art und Weise war charmant und liebenswürdig. In alledem lag eine Prise Scham, die ihr entzückend stand. Es mochte echt sein oder nicht. *Isolde, Tristan.* Er fand, dass sie sich überhob. Die Lammerskötter. Dann freilich stockte ihm der Atem.

»Es ist doch wunderbar, wenn immerhin Isolde Freude gibt.« Jette legte eine Pause ein. »Nicht wahr?«

Was war denn das?

Sie ist angezählt, dachte Felix, der Uschi kämpfen sah. Kein Laut aus ihrem Mündchen. Erbarmungswürdig der Ausdruck der Verwirrung in einem himmelblauen Augenpaar, das nicht zu finden schien, was es verzweifelt suchte.

»Verzeih die Neugier«, Sebastiani, rasch, »mich würde interessieren, was du schreibst.« Es kam mit Ehrlichkeit und Wärme. »Was da passiert, in dem Roman.«

»Was da passiert?«

»Die Leute, Isolde, was sie tut.«

»Ja, also«, Uschis Stirn zog sich zusammen, »das ist, na ja, was sie erlebt?«

»Oder so.« Sebastiani lächelte. Ihm war alles recht.

»Also, nein, beziehungsweise –« Uschi wusste ersichtlich weder ein noch aus, ein Stimmchen, das fast menschlich klang, und Felix schämte sich, weil er so dachte – »erlebt Isolde ja sehr viel. Rein von der Seitenzahl her, bis jetzt.«

Unendlich schien die Dankbarkeit für Louis, der mit dem Lächeln fortfuhr, ein Lächeln, das er nicht für die Alsterwitwe hatte. Herzstärkend, würde Felix sagen, und irgendwie auch innig, auf jene Art, die er bei Alma Stein gefunden hatte.

»Abenteuer«, sagte Theo Markwart, »gibt es auch im Innern eines Menschen.«

Evs Lächeln war ein Hauch.

»Ev«, sagte Alma, »vielleicht machst du weiter?«

Was sie behaupteten, wie sie die eigene Person zu fassen suchten – es mochte stimmen oder nicht –, es wurde willig aufgenommen. Der Beichtstuhl, sagte Sebastiani, sei woanders.

»Was ist Wahrheit«, stellte Felix zur Verfügung.

»Wahrhaftig«, Ev machte große Augen, »wenn man das immer wüsste.«

»Nun«, sagte Jette, »was James betrifft, so ist er tot.«

Was dies betraf, es war ihr anzumerken, vertrug sie dergleichen Hin und Her nur schlecht.

»Ja«, sagte Felix ernst, »der Tod ist groß.«

»Und die Liebe«, sagte Uschi Lammerskötter fein.

Man war bewegt. Auch Felix, oder gerade Felix. »Ich weiß, was es bedeutet«, sagte er zu sich im Stillen. Er hatte Mama leiden sehen müssen, wie sehr er auch sich mühte, sie zu trösten. Papa war siebzehn Jahre tot. Mamas Trauer war nicht weniger geworden. Felix wusste, was er wusste. Mamas Trauer war nur stiller. Mamas Liebe zu Papa war stärker als der Tod. Franzi kam ihm flüchtig in den Sinn. Franzi war ein weites Feld.

Das mit der Wahrheit erwies sich im Alltag allerdings als hieb- und stichfest. Ev hatte Mann und Kinder. Einjährige Zwillinge, die nur die Eltern auseinanderkannten.

»Nicht möglich!«, riefen sie, »wie absolut entzückend!«

Wer kannte wohl die Bübchen besser auseinander? Die Alsterwitwe blickte schelmisch. Womöglich der Papa?

»Oh, ja.« Ev lächelte holdselig. Im Zweifelsfall war sie es, die sich täuschte. Der Papa aber, ehrlich, nie!

Nicht schön, dachte Felix. Wirklich nicht. Die Wahrheit hatte eine Wucht. Mein lieber Herr Gesangsverein. Hier war sie unumstößlich. Und doch blieb eine Lücke, in die er grätschte. Das war mal sicher. Bei ›Papa‹ nämlich hatte er den Unterton gehört. Evs Unterton, ihr ganz spezieller Blick. Er glaubte nicht, dass er sich täuschte. Wenn er nicht gänzlich auf verlorenem Posten stand, dann wehe dem Papa. Wenn der nicht schwer dagegenhielt mit seinen Buben, blies ein Lüftlein im Handumdrehen die Allerliebste fort. Sie triebe, verdammt noch mal, gar lustig mit den Wolken und den Winden und mit Felix Kammerlander. Auf Nimmerwiedersehen.

Der Kaffeeduft war überwältigend und mischte sich betörend mit dem Duft der frisch gebackenen Brezen. Wiggi lieferte um Punkt halb elf. Der Strohhut, der einen roten Rand auf seiner Stirne hinterlassen hatte, baumelte an einer Schnur auf seinem Rücken. Das weiße Muskelshirt war unterm Arm und zwischen seinen

Schulterblättern durchgeschwitzt. Selbst seine Zähne schienen feucht vom Schweiß.

»Frühstück.« Aber dalli, hieß das. Sachen runter. Tisch frei.

Sie sprachen im Verlauf der Pause über ihre Texte, die sie gleich schreiben würden, die sie vielleicht bereits geschrieben hatten.

»Kleine Sachen«, sagte Ev, »für Kinder. Zwei, drei Märchen.«

Sie hatte als junges Mädchen Tagebuch geführt und immer sich gewünscht, Geschichten, die sie sich ausgedacht, zu formulieren.

»Als junges Mädchen«, Theo, es ging glatt rein.

Jede Stelle seines Körpers sprühte Charme. Felix sah das. Wer, wenn nicht er. Was Theos Beißer anbelangte – Beißer war ein Wort, das ihm jetzt guttat –, so sprühten die am allermeisten. Und zwar vor Richtigkeit. Unikate. Aber die Reihung makellos mit jenem klitzekleinen Minus an prominenter Stelle, das dem Richtigen, anstatt es zu vermindern, den letzten Pfiff verlieh. Wenn Theo lachte, konnte Felix sich des Eindrucks nicht erwehren, es tanze oben rechts ein Frontzahn ganz für sich. Der war um eine Winzigkeit verschoben. In Felix Augen war dies eine Unverschämtheit. Der Anblick reizte ihn aufs Blut. Auch Theos weißes Hemd, die Ärmel, die er hochgekrempelt trug, die schön gebräunten Unterarme reizten ihn aufs Blut. Alles war an Theo angenehm und alles reizte ihn aufs Blut. Das musste er sich eingestehen. Sein Braunton reizte ihn, weil der wie bei den Blonden war und golden schimmerte. Das hatte Transparenz und Tiefe und ließ an Sylt und Segel setzen denken. Der

Strickpullunder, sah Felix, hing über Theos Rücken-
lehne.

»Wenn ich sage, du bist zwanzig, dann«, Theo ließ es
stehen. Samt und Seide. Alles, nur nichts Grobes.

Ev war siebenundzwanzig. Sobald die Kindertagesstätte grünes Licht gab, ging sie beruflich wieder an den
Start.

»Warteliste«, schnurrte Theo.

Was wusste der von Warteliste? Felix' Hände ballten
sich zu Fäusten unterm Tisch.

»Sobald der Kinderwunsch sich regt«, Theos Augen
schimmerten, »muss man bereits den Namen auf die
Warteliste schreiben.«

Auch das noch! Felix rang nach Luft. Schon sah er
seinen eigenen Namen am Ende einer Warteliste stehen.
Susannes Kinderwunsch. Er atmete tief ein und aus, so
lange, bis er sich beruhigte.

Almas Augen schienen Wiggi mit Blicken zu verschlin-
gen, der schmutziges Geschirr zum Eingang trug und
mit dem Hintern wackelte bei jedem Schritt. Die Schleife
über dem Gesäß ging dabei rhythmisch hin und her, sodass man hätte meinen können, sie zierte ein Gesicht,
das grimassierte. Alma stand ins Gesicht geschrieben,
dass sie nichts anderes begehrte in diesem Augenblick,
als diesem Hintern auf die Spur zu kommen.

5

Felix' Schreibplatz war die Tenne.

Sie hatten wählen dürfen. Almas Hinweis, sehr ausdrücklich, dass Rückzug möglich sei. Den sie empfahl mit Nachdruck. Alma, die persönlich Stille nötig hatte. Einsamkeit. Weil Alma andernfalls nichts schrieb. Nicht einen Satz. Aber bitte, jeder entschied dies ganz für sich allein. Es gab die Bank entlang der Südwand mit dem irren Blick ins Tal. Bergwärts war das Dach herabgezogen, insofern schattig. Der Tisch am Eingang sowieso. Dort saßen sie beim Essen, und wenn man sich besprach, dort saß man bei gutem Wetter ganz grundsätzlich. Zwei Stunden blieben bis zum Mittagessen. Alma bat um Pünktlichkeit. Bis dahin stand sie zur Verfügung, im Oberstock, für jedermann, der Fragen hatte oder irgendetwas, im Kopf, im Herzen oder anderswo.

Am Schreibplatz lag es nicht. Er war perfekt. Denn was half der Blick ins Tal? Was half der Blick auf Ev, was sollten ihm die andern? Von der Sonne ganz zu schweigen. Nein, Felix schrieb im Dämmer unterm Tennendach, das jeden Blick versperrte bis auf das Stückchen Nachbarwiese vor seiner Nase, das im Augenblick verlassen schien. Entferntes Glockenläuten erhöhte noch das Privileg der Stille. Kein Mensch und keine Kuh in seiner Nähe. Am Schreibplatz lag es nicht, dass ihm nichts einfiel.

»Felix war ein Wunschkind«, schrieb er und sprach danach das Sätzchen laut. Flugs löschte er es wieder. »Felix' Mutter, heißt es, liebe keine Menschenseele, nicht einmal sich selbst, was eine Lüge ist«, verwarf er ebenfalls, weil er nicht weiterwusste. Warum er »Felix war erst siebzehn, als sein Vater starb«, überhaupt geschrieben hatte, verstand er selber nicht. Der erste Satz war kinderleicht. Hier war er König. »Felix war stark für drei.« Wie süffig. Er löschte dies mit Wehmut. Er war ein König Ohneland. Er lächelte in sich hinein – und fuhr zusammen, als es läutete. Die Kuh kam auf ihn zu, blieb stehen hinterm Draht, schlug Fliegen weg und sah ihn an. Die Glocke war gewaltig, hing unterm Hals am breiten Lederband. Als das Tier sich schüttelte, den Nacken beugte und mit der Rupfarbeit begann, schlug die Glocke warm und tief. Ein Ton, der seine Sehnsucht weckte. Wonach, hätte er nicht sagen können. Er schloss die Augen, lauschte, ließ es laufen. Das Läuten tat seiner Seele gut.

»Aus die Maus«, beschied er schließlich, nahm einen Schluck von der Apfelschorle, noch unberührt im Henkelkrug und mittlerweile abgestanden, sah auf den leeren Bildschirm und dehnte seine Glieder. Das Autobiografische war ihm zumindest nicht gegeben. Dies hatte er erkannt.

Nicht im strengen Sinn.

Weil autobiografisch, wenn es nach Alma ging, nur eine Hilfestellung war. Das eigene Leben bot reichlich Stoff, war so, war ja klar, gerade wenn man mit dem Schreiben erst begann. Ob sie die Wahrheit fänden, ob die Erinnerung sie trog, ob sie das Blaue vom Himmel herab erzählten, wen ging das etwas an? Was hatten sie im Sinn? Wer nahm sie in die Pflicht? Dichtung, Wahrheit, Wunsch und Illusion – das Autobiografische war ein weites Feld. Kurzum, ob autobiografisch oder nicht, sie konnten schreiben, was sie wollten. Was Alma erwartete, und zwar von allen, war ein Text, wenn möglich abgeschlossen, am Ende dieses Kurses. Ein Text, der, wenn er wahrhaftig war, berührte. Wahrhaftigkeit, nicht Wahrheit war Almas Credo. Es hatte ihnen eingeleuchtet. Uschi hatte mitgeschrieben. Auf Uschi war Verlass.

»Prost, Uschi«, er hob das Glas, als säße diese vis-à-vis, trank Apfelsaft, betrachtete die Kuh, die unaufhörlich läutete und rupfte, stieß das Tischlein mit den Füßen von sich weg, machte lange Beine, tat einen tiefen Atemzug, verschränkte die Hände hinterm Kopf und schloss erneut die Augen. Freute sich aufs Mittagessen. Frieden und Behaglichkeit erfüllten Körper und Gemüt. Spätmorgenstund hat Gold im Mund, dachte er. Der Satz, der sich ihm anverwandelt hatte, durchströmte seine Glieder sonnenwarm und süß. Papa war widerlegt. Wahrhaftig. Das mit dem frühen Vogel nämlich – der Gedanke verblasste, glitt vorüber, süßer Schlummer breitete die Arme aus, er sank hinein mit einem leisen Seufzer.

Als etwas seinen Arm berührte, schlug er die Augen wieder auf.

»Mittagessen«, sagte Ev. Sein Blick glitt von den dunklen Gläsern ihrer Sonnenbrille hinunter zu den Brüsten, eher zu vermuten als zu sehen, als sie sich zu ihm niederbückte. Bevor er reagieren konnte, stand sie schon wieder aufrecht. Schon im Gehen, drehte sie sich nach ihm um.

»Kommst du?«

Sie bogen um die Ecke, wo man gewaltig aß.

Die dritte Scheibe Leberkäse, frisch aus dem Ofen und unverändert dick, ließ Wiggi von der Platte schräg in

Almas Teller gleiten, als Felix bereits satt war nach kaum der Hälfte seiner ersten, an der er weitersäbelte und rosarote Schnitze aneinanderreihte, die er nicht essen würde. Als eine Fliege sich daran gütlich tat, gab er die Sache auf. Auch Henriette Ditters' rosarote Scheibe lag abgetrennt von ihrer Kruste auf dem Teller, schrumpfte unter Jettes Blick, der nichts verriet, und fiel in sich zusammen. Uschi hingegen stach nach allen Seiten, holte Krusten ein von Theo und von Ev, weil die das Beste waren. Von Leberkäse hatte sie ja bis zu diesem Zweitpunkt nichts gewusst. Was sie bislang nur vom Discounter kannte, war Kappes. In Uschis Mündchen war ein Hin und Her von Worten und von Leberkäse, der dahinunter musste, wo die Hardware installiert war, die Halleluja auswarf. Ein Babystimmenhalleluja, mit einer Prise Daisy Duck.

»Lecker, lecker, lecker.«

Uschi schaufelte und stöhnte. Alma hingegen gab sich hin. Kaum, dass sie sprach, kaum, dass sie hochsah, kaum, dass sie hörte. Herz und Sinne, Almas ganze Seele schien erfüllt vom Speisenwunder, das sich ereignete in ihrer Nase, auf ihrer Zunge, in ihrem Körper, der zarter schien, ja, offenporig unter Wiggis Augen, die auf ihr ruhten. Wiggi hütete die Essende, und was er sah, entzückte sein Gemüt. Nur deshalb war er hier. Er hielt damit nicht hinterm Berg. Auch dies war nichts, was man am Tisch bezweifelt hätte.

»Nichts geschrieben?«

Sebastianis Ton war Interesse mit jener Spur Besorgnis, die kleinen Nöten galt, die im schönen Ganzen rasch verflogen wären. Nichts Ernstes, hoffentlich, hieß das. Um Louis war heitere Gewissheit, dass alle Ernste weggeblasen wäre, von Louis persönlich weggepustet. Weil dies so war in seiner Sphäre, in dieser Landschaft, die ihn hervorgebracht, den siebten Sebastiani. Ein Hochgewächs. Der Senn, der Gastwirt und der Bergfex – mit einer Spur von Edelmann. Die Route von Italien herauf, die Gen-Spur. Louis war ein Höfling. Darin bestand sein Reiz. Felix hegte Sympathie für diesen Mann, der Garn auslegte mit Anmut und Geschick. Der um die Alsterwitwe warb.

»Gar nichts?« Louis konnte das nicht glauben. Wie war dies möglich?

»Gar nichts. Wirklich nichts.«

Louis sprach zu Jette. Felix war außen vor, für den Moment.

»Nicht einen Satz?«

Jettes Augenlider flatterten. Sie schüttelte den Kopf.

»Durchgestrichene Sätze«, sagte Theo Markwart, »mein Vorschlag, dass du sie einbeziehst.«

Was für durchgestrichene Sätze? Sie hatte nichts. Was war denn hier nicht zu verstehen? Was war das überhaupt? Jette strich nichts durch, was sie nicht geschrieben hatte. Jette verbat sich – bitte? Nicht die Einzige? Was sollte das nun wieder heißen. Was wurde damit besser?

Sie schüttelte verständnislos den Kopf, tupfte sich die Augen mit dem Taschentuch aus ihrer Schlangenledertasche, winkte ab mit ihrer freien Hand, schnäuzte sich ergiebig.

»Geh her, nicht tragisch nehmen. Sei so gut«, sagte Louis.

Es half nicht viel. Jette, wiewohl sie Klasse hatte, echte Klasse, schien ernsthaft aus dem Tritt. Die Lady hatte nichts geschrieben. Ja und? Was war das hier? Was hatte sie erwartet? Dass das zu machen sei wie Brezen backen? Auch Felix hatte nichts geschrieben. Ihm war dies einerlei. – Nein, war es nicht. Er wusste, dass er etwas zustande bringen würde, und sei es in der Nacht. Weil er die Blätter in der Klarsichthülle neben Theos Teller nicht ertrug. Der Kerl war vorbereitet. Der hatte was geschrieben. Der fächelte sich Luft zu mit einem Manuskript. Haha. Hehe. Der lachte Felix aus. Dem briete er eins über, wenn der so weitermachte. Gegen Markwart schrieb ein Mann wie Felix dreimal an. Ihm fiele schon noch etwas ein. Es war noch jedem etwas eingefallen, wenn die Not nur groß genug gewesen war. Als Historiker schrieb er durchaus. An Stoff gebrach es nicht. Sein Forschungsthema lag im Trend der Zeit. Die Quellenlage war infolgedessen üppig. *Kein Kinderspiel. Kindheit in der Vormoderne* lautete der Titel eines Buches, an dem er mitgeschrieben hatte. Es las sich blendend. »Und? Wer kriegt das Geld?«, hatte Susanne wissen wollen, weil sich das Buch im Handel gut verkaufte. »Dreimal darfst du raten«, hatte er erwidert. Felix war Assistent am Lehrstuhl für spätmittelalterliche und frühneuzeitliche Geschichte. Die Tantiemen flossen automatisch auf das Konto seines Chefs.

»Durchgeben«, rief Uschi.

Ilse Bilse – keiner will se, schoss es Felix durch den Kopf.

Markwarts Manuskript ging rasch von Hand zu Hand, drei Seiten, die Wiggi zwar kopiert, aber nicht getackert hatte, weil es auch so ging.

»Hand heben, wer nachher Eis will«, rief er.

Ein Windstoß fegte um die Ecke. Ev blies die Backen auf. Sie lachte mit den Augen.

»Drei Seiten«, rief Felix, »her damit.« War er verrückt geworden?

»Mittagspause«, rief Alma. »Um zwei Uhr alle wieder hier!«

6

*O*n *Myself*
von Theo Markwart

Cilly spielte Horn. Dass ich schreiben sollte, war von ihr gekommen. ›Mach was du willst‹, rief sie, als sie mich verließ, ›schreib meinetwegen, oder was weiß ich.‹ Der Hohn in ihrer Stimme und die Bosheit ließen keinen Zweifel, wie sie darüber dachte, und zielten gegen Minni, meine Schwester, die nach einer Schreibwerkstatt zur Lesung eingeladen hatte mit Butterbrezeln und Getränken. Minni war vergeblich an Cilly herangetreten mit der Bitte, den Abend musikalisch zu umrahmen. Sie spielte im Orchester. Es wäre eine Kleinigkeit für sie gewesen und keine Mühe, der Bitte zu entsprechen, und hätte vor allem Papa gutgetan in seiner Einsamkeit, die sich bald jährte. Unsere Mutter nämlich lag begraben unter dem Geröll der Steinlawine, die sie erfasst und mitgerissen hatte in die Tiefe bei einer Tour im oberen Bergell. Zwar gab der Berg zumeist heraus, was ihm gehörte – in hundert Jahren oder tausend. Mit leeren Händen war Papa zurückgekehrt.

Mir war Mamas Gedächtnis teuer. Ich hätte aber nicht behaupten können, dass sie mir fehlte. Mein Herz war sozusagen nicht besonders schwer. Im Grunde gar nicht. Minni sprach ihrerseits von stillem Weh, aus dem sie Trauerverse schöpfte, die sich reimten, wie alles Übrige, was Minni schrieb und Papa vortrug, so oft sie konnte. Zweifellos hielt Minnis schöne Art des Dichtens den Vater über Wasser, nach allem, was man sah.

Cilly hingegen raunte dies und das, was aus der Luft

gegriffen war. Als ich sie schweigen hieß, blies sie ins Horn, rein bildlich, laut und ungepflegt, ein Ton, der alles andere als sauber war. ›Von wegen Dichtkunst‹, rief sie, hielt inne, züngelte mit der rosenroten Zungenspitze, als gelte es, ihr Mundstück zu befeuchten und machte runde, feste Augen.

›Eine Neue‹, rief sie machtvoll. ›Eine neue Frau!‹ ›Frau‹ dehnte sie hoch hinauf, bis ihr der Atem ausging. Und bitte, hatte sie hinzugefügt mit maliziösem Lächeln, die Sache lief schon länger und ging nur meinen Vater etwas an. Dass sie nichtsdestotrotz die Rede darauf brachte, war ein Racheakt, den sie an mir verübte, ganz zweifellos. Was nämlich uns betraf, so war Routine eingekehrt in unsere Nächte, und Cilly gab mir die Schuld daran. Sie täuschte sich. ›Es war die Langeweile‹, sagte ich zu Cilly, ›und nicht die Leselampe.‹ Ich hatte zwischenzeitlich leistungsstarke Leselampen angebracht zu beiden Seiten unseres Betts. Wir waren froh darüber, Cilly nicht weniger als ich. Unsere intimen Augenblicke hatten an Bedeutung eingebüßt, da gab es nichts zu deuteln. Cilly war in diesem Punkt nicht anders disponiert als ich. Allein der Bücherstapel neben ihrem Bett, den sie in Windeseile aufgetürmt und wieder abgelesen hatte, war Beweis genug. Sie legte blitzschnell nach und reichlicher womöglich, sodass er höher wuchs mit jedem weiteren Mal, was sie bestritt. Den Nachweis mit dem Lineal aus meinem Wäscheschrank ließ sie nicht gelten.

Den flüchtigen Momenten des Begehrens überließen wir uns um der Zerstreuung willen, wenn wir das Lesen unterbrachen, wie man das Fahren unterbrach auf langen Strecken, um sich die Beine zu vertreten. Der milde Spott auf Cillys Gesicht, wenn wir uns liebten, war jetzt herabgedämpft zu kühlem Understatement. Ja, Cilly gab sich ausgesprochen kalt, wenn ihre Lust am größten war. Umgekehrt sprach sie von Pokerface, was mich betraf.

›Verwaltungssache‹, ließ sie verlauten während eines Liebesspiels, das weit fortgeschritten war. Es sollte unser letztes sein. Die Linie des Spotts ein wenig oberhalb der Oberlippe trat scharf hervor im Schein der Leselampen, die wir nicht löschten oder doch wenigstens herunterdimmten, um unsere Passion ins rechte Licht zu setzen, wie wir es früher taten. Die Mühe lohnte sich nicht mehr.

›Akt‹, gab ich zurück. ›Es heißt Verwaltungsakt.‹

Hier nahm ich es genau, denn mein Gebiet war die Verwaltung. Ursprünglich Pädagoge, war ich dem Ruf ins Ministerium gefolgt. Mein Posten gab mir die Mittel und die Kompetenzen, der Digitalisierung der Behörde Richtung und Dynamik zu verleihen. Administration, nicht Pädagogik, war mir Freude und Berufung. Es war nicht zu weit hergeholt, wenn ich behauptete, dass meine innere Person im besten Sinne administrativ beschaffen war. ›Einunddreißig‹, hatte ich bei früherer Gelegenheit gesagt, ›einunddreißig, und schon so.‹ Dies war mitnichten Prahlerei. Es war der Stolz auf eine tadellose Ordnung meines Inneren, die hohen Ansprüchen genügte und immun war gegen äußere Versuchung.

›Verwaltungssache‹ war ein Fehdehandschuh, den Cilly mir hingeworfen hatte. Wir wussten beide, dass irgendetwas darauf folgen würde, was uns die Dinge aus der Hand schlug, gewissermaßen, sodass ›Verwaltungsakt‹, von mir mit Sorgfalt aufgelegt, sogleich von Cilly als Äußerstes empfunden wurde, was keiner Antwort mehr bedurfte, von ihrer Seite.

Als ich nach jenem Schlagabtausch erwachte in der

Frühe, war das Bett zu meiner Rechten leer. Unten fiel die Haustür zu. Trocken wie Knöchlein, die aneinanderschlugen, war gleich darauf das Klick der Ledersohlen von Cillys Ballerinas auf den Sandsteinfliesen, klick, klack – das Klack ein wenig zeitversetzt, als ob sie hinkte, was nicht der Fall war – der heisere Klagelaut des Gartentors, das sich in den Angeln drehte wie auf der Folterbank, als sie es aufstieß. Der scharfe Schlag der Eisenstäbe gegen Stein, als es auf seine Pfosten prallte. Die Stille.

Ich rief etwas durchs Fenster, worauf sie ›was weiß ich‹ schrie, ehe sie ins Taxi stieg, das am Straßenrand auf sie gewartet hatte. Ich sah den dunklen Kasten mit dem Horn und ihre Hand, die sich bewegte, nachdem sie eingestiegen war, als ob sie winkte.

›Mach, was du willst‹, hatte sie gerufen und das Horn geschwenkt. Das mit dem Schreiben war das Letzte, was ich von ihr hörte, bevor sie die Wagentüre zuzog. Ich hätte nicht behaupten können, dass ich sie vermisste. Die kühle Zeit des Niedergangs hatte Spuren hinterlassen. Keine Rede mehr von Tristan und Isolde. ›Weiß Gott nicht‹, hatte Cilly gesagt. Weil Tristan und Isolde mit Leselampen nicht zu machen war.

›Was kümmert's dich‹, sagte Minni. ›Schau mich an. Tu dich um.‹

Ich tat mich um – nicht Minnis wegen. Es war die Neugier. Auch eine Leere, rein zeitlich, die es zu füllen galt. Cilly mochte leichthin gesprochen haben, als sie mir riet, zu schreiben. Ich nahm die Sache ernst. Mir schien, dass schreiben sich wenig unterschied von meiner Tätigkeit im Ministerium. Ordnung schaffen. Jedes Wort an seinem Platz. Ordnung war Schönheit. Mit Kraut und Rüben war keine Kunst und kein Gedicht zu machen. Entsprechend schön war das Gewand, in das ich die Bewerbung kleidete. Schön war der Inhalt. Schön und ernst. Man käme kaum daran vorbei.

›Alma Stein?‹ Minni saß am Küchentisch, wie immer, wenn sie dichtete.

Ich sah, wie ihre Brust sich hob und senkte.

›Mich schaudert.‹ Dass sie beleidigt war, und schwer, verriet der hohle Ton, den ihre Stimme angenommen hatte. ›Was Alma Stein betrifft, bin ich auf einem anderen Stern.‹

›In der Tat‹, gab ich zur Antwort, ›da du Gedichte schreibst und keine Kriminalromane.‹

Bisweilen war meine Schwester – ich will nicht sagen maßlos, nein, wirklich nicht – aber doch von sich selbst berauscht. Cilly trat mir vor Augen, die Linie des Spotts war scharf wie ihre Klinge, mit der sie die Körperhaare abrasierte. Minni dichtete? ›Ein Schmarren!‹ Cilly stach dahinein, wo ich verwundbar war. Weil ich, in allerletzter Konsequenz, nicht hätte sagen können, mit Sicherheit, wie ich es mit Minni hätte halten sollen – und mit mir selbst, wenn es Spitz auf Knopf stand, sozusagen.

›Ich habe bereits zugesagt‹, entgegnete ich kühl.

7

Ev und Felix lasen Theos Manuskript am Tischlein unterm Tennendach. Jeder las still für sich allein. Ev hielt den Kopf gesenkt. Zu tief, hätte Felix sagen müssen, Evs Augen wegen. Er tat es nicht. Sie tat sich leicht, auch mit dem Lesen.

»Fertig«, sagte sie.

Sie sprachen nicht darüber. Felix hätte nicht gewusst, wie er es machen sollte. Auch Ev schien nicht geneigt. Der Text blieb liegen. Drei Blätter DIN-A4. Nein, Ev brauchte keine Sonnenbrille. Hier war es alles andere als hell. Die Brille legte sie wohl besser auf das Manuskript, dermaßen windig, wie es war. Gerade hier, wo es um die Ecke zog. Ev sprach leichthin. Felix tat sich mit der Brille schwer. Evs dunkle Brille auf Theos Text. Zorn kochte hoch. Es kostete ihn Kraft, dass er sie liegen ließ.

Schlag zwei Uhr fing Theo an zu lesen. Er kam nicht weit.

»Stopp«, schnappte Felix, »der Text ist uns bekannt.«

Uschi nickte. Der Text war Hausaufgabe. »Ja«, sagte Louis, »wir haben ihn gelesen.« Jette Ditters sprach von Zeitverlust. Sie hatte sich gefangen, zwischenzeitlich. Hatte sich »gelegt« – im Zwischenzimmer. Vormals Spülküche, hatten sie sich sagen lassen, und mittlerweile überflüssig. Man war, was dies betraf, mit allem ausgerüstet. Felix hatte in der eigentlichen Küche Edelstahl und Kupfer blitzen sehen. Von einem riesenhaften Aga war die Rede. Das sogenannte Zwischenzimmer aber war himmelblau gestrichen, die weißen Bodenfliesen schienen neu. Ein dunkelblauer Läufer lag vor dem blauen Kanapee. Man durfte darauf ruhen, sagte Alma. Es war erlaubt. Wenngleich nicht selbstverständlich. Weil Wiggi diesen Raum nur hergab, wenn Leute erkennbar angedellert waren.

Henriette Ditters saß makellos am Tisch. Auf ihrem Platz, demselben wie am Vormittag. Jeder saß am alten Platz. Sie hätten keinen Grund gewusst. Es schien ihnen richtig. Jette lächelte, flüsterte mit Louis. Sie war charmant und kühl, geblümt und seidig, mit Sonnenhut, ein Wagenrad aus Stroh, das ihr Gesicht verschattete.

Zeitverlust?

»Ich glaube nicht.« Almas Augen lagen in Bereitschaft hinter ihren Knochenwällen. »Theo, bitte noch einmal von vorn.« Und fortan nicht mehr unterbrechen.

»*Cilly spielte Horn*«, las Theo noch einmal, »*dass ich schreiben sollte, war von ihr gekommen …*«

Sie unterbrachen nicht mehr. Felix schloss die Augen.

»*›Mach, was du willst‹, sagte sie, als sie mich verließ, ›schreib meinetwegen, oder was weiß ich.‹*« Markwarts Stimme war die allerangenehmste.

Felix hörte keine Schwankung. Keinen Fehler, kein Verhaspeln. Geläufigkeit und Ruhe, Eleganz und Ironie – ein Hauch, da, wo es nötig schien –, auch Anmut, die Felix befremdete und rührte, je länger er ihn hörte. Ihm wurde nachgerade wohl. Es lag an Theos Stimme, in erster Linie. Aber auch an diesem und an jenem, wovon die Rede war, was ihn für diesen nicht geradezu erwärmte, das nicht, aber doch einnahm, in Maßen, und ihm ermöglichte, sich dessen Manuskript zu nähern und damit umzugehen, anstatt zu fliehen auf die Wiesen in Gedanken, wo es still war mittlerweile, weil die Kühe das gute Gras vom Morgen wiederkäuten.

Das mit den Leselampen hatte die Erinnerung an seine eigene Lesetrübnis wachgerufen. Der Fall lag bei Susanne und bei den Kinderbüchern, die sie beruflich illustrierte. Ausgesprochen niedlich, das musste man ihr lassen. Sie hörte, um sich ins Kindliche hineinzuschwingen, allabendlich im Bett *Burg Schreckenstein*. Auch er hatte keineswegs gelesen, wenn er die Nacht bei ihr verbrachte, sondern auch *Burg Schreckenstein* gehört. Schuld war die Lampe. Auf seiner Seite ihres Bettes war sie kanariengelb und von geringer Leuchtkraft. Das Lämpchen war das allerwinzigste und ein Relikt aus Kindertagen. Hingegen bot das Designerstück auf ihrer Nachtkonsole schier grenzenlose Möglichkeiten bequemsten Positionierens und eine Wattzahl, die auch den Grund des Meeres ausgeleuchtet hätte. Schon beim geringsten Zeichen des Begehrens – stets war das Zeichenhafte Felix' Sache – erlosch das Licht auf ihrer Seite. Sein gelbes Lichtlein aber durfte weiterbrennen. Der Gedanke, Susannes Mutter käme jeden Augenblick herein, um nachzusehen, was sich im Kinderzimmer tat, hatte ihn bis ganz zuletzt begleitet. War das der Grund, dass er bei ihr nur selten übernachtete? Von wegen Kinderwunsch. ›Es war die Leselampe, die uns getrennt hat‹, hätte er Susanne schreiben müssen. ›Lebewohl. Adieu.‹ – Donnerwetter. Solche Sätze hätten eine Wucht gehabt.

Die Leselampen hatten sich entpuppt als regelrechte Schlüsselstelle in Theo Markwarts Manuskript, auch wenn es Schnee von gestern war, zumindest, was ihn selbst betraf. Susanne war einmal. Er war davongekommen. Mit Theo kannte Felix sich nicht aus. Ob jene Cilly tatsächlich im Orchester saß, ob sie das Jagdhorn blies und jagte, vorausgesetzt, sie existierte, hätte man doch gern gewusst. Felix versuchte vergeblich, sich Theos Freundin vorzustellen. Auch jene Minni blieb ihm dunkel. Das mit den Steinen aber war ihm unerträglich. Mehr noch. Es war makaber. Hier hörte, wenn man Felix fragte, die Sache auf. Das ging ihm gegen die Natur.

Auch Theo schwieg. Er war zu Ende.

Ein Lächeln vollkommener Zufriedenheit umspielte seinen Mund, den er geschlossen hielt. Weil er geraume Zeit nicht blinzelte, wirkten seine Augen wie in Stein gemeißelt. Theo war ein Monolith. Damit hatte Felix nichts zu tun. *On Myself* warf Fragen auf, die Felix sich zu stellen hütete. Der Text für sich genommen gefiel ihm aber gut. Verdammt noch mal.

Sie klatschten Beifall. Sebastiani pfiff. Zwei Finger auf der Zunge. Die Pfiffe waren bis nach Burckartsried zu hören. Jette, in dem Versuch, es Sebastiani nachzutun, führte zwei spitze, brombeerrote Fingernägel in den Hals bis dahin, wo das Zäpfchen war – der Einblick war für eine kurze Zeit gegeben –, hustete augenblicklich und ruderte nach Leibeskräften. Das alles brauchte seine Zeit.

»Schön.« Alma klatschte lautlos. »Das Manuskript weckt meine Neugier.«

»Der Wäscheschrank«, keuchte Jette, »das Lineal. Ganz köstlich.«

»Das mit der Lawine«, Wiggi riss die Nasenlöcher auf, »einwandfrei!«

»Schatz –«

»Genau«, Wiggi entblößte seine Spaten. Jeder einzelne ein scharfes Blatt, »die Schneckennudeln wären auch so weit.«

»Schatz –«

»Okay. Sie fallen halt zusammen!«

Im Gehen löste er die Schleife über seinem Hinterteil, ließ die Schürze Schürze sein, stürmte in den Flur und schmetterte die Türe ins Schloss. Alma hatte nur flüchtig hinterhergesehen. Ihr brennendes Interesse galt in diesem Augenblick nicht Winterhalter, sondern Markwart, dessen Manuskript sie festhielt, als fürchte sie, es mache sich davon, wenn sie nur im Geringsten nachgab.

»Theo, dies wäre der Moment, wenn du darüber sprechen möchtest.«

»Steht alles drin.« Theo lächelte zufrieden.

»Tatsächlich – alles?« Alma grinste.

»Mir reicht's.« Theo zuckte mit den Schultern.

»Mir auch. Mein Kompliment, Kollege!« Louis klatschte wieder.

Er war ein Routinier und Menschenfreund. Was andere Leute schrieben, war ihm in Wahrheit herzlich einerlei. Sebastiani, das konnte jeder sehen, hatte alle Sinne bei der Alsterwitwe. Er schien verrückt nach ihr und steuerte in eine Richtung. Wie Jette disponiert war, hätte man nicht sagen können. Sie atmete noch immer heftig. Während eine Hand auf ihrer Brust die Wogen dämpfte, ruhte die andere auf dem Tisch. Auch Sebastianis Hand lag auf dem Tisch. Zwei Zentimeter, allerhöchstens drei, betrug der Abstand zwischen Sebastianis Männerhand, die schmucklos und behaart war, und Jettes tadellos gepflegter Damenhand, vielleicht ein bisschen sehr im Hinblick auf die Maniküre. Felix würde darauf wetten, dass die beiden keine Zeile schrieben, wenn das so weiterginge. Die hätten nicht einmal die Hände frei.

»Mich würde interessieren, was du mit ›alles‹ meinst«, fragte Felix, ganz gegen seinen Willen.

Er fing Evs Blick auf. Sie schien nicht amüsiert.

»Wie ich es sage.«

Theo betrachtete angelegentlich die Diamanten seiner Armbanduhr. Ein Kranz rund um das Ziffernblatt im Stahlgehäuse auf bronzebrauner Haut.

Wie ich es sage. Das war frech. Sollte er dem eine runterhauen? Felix war drauf und dran. Besann sich. Der wollte nicht darüber reden. Musste man ihm lassen. Felix war Manns genug, dies zu erkennen. Uschi nicht.

»Mit *alles* wäre ich vorsichtig.«

Vorsichtig. Jetzt aber.

»Uschi, bitter weiter.« Alma nickte Uschi zu.

»Man kann ja sowieso nicht *alles* schreiben, ich meine« – Uschi wirkte mädchenhaft – »schlechthin alles«, sie errötete, »nee, wirklich! Also, das ist klar. Das weiß man doch.«

»Da bin ich ja beruhigt«, sagte Theo kühl.

»So war es aber nicht gemeint!« Uschis Ton war scharf.

»Verehrte Uschi –«, Louis lächelte begütigend.

»Liebes Kind –«, Jette, es war ihr anzusehen, hatte von alledem genug.

»Uschi, bitte weiter.« Alma lächelte ermunternd.

»Keine Lust mehr.« Uschi verschränkte die Arme vor der Brust.

»Was hätten Sie denn gerne noch gewusst, Frau Lehrerin?«, fragte Theo kalt.

Es wurde still am Tisch. Was war hier los?

Uschis Mündchen war geschrumpft auf Erbsengröße. War sie angedellert? War Felix angedellert? Es wäre möglich. Der süße Duft von Hefeschnecken zog um die Ecke, und Sehnsucht nach dem Zwischenzimmer packte ihn. Was dieser Mann zusammenschrieb auf ein paar Seiten, mein lieber Herr Gesangsverein. Der häufte Fakten über Fakten. Der Kerl war reich. Wie bitterarm war Felix, im Gegenzug, der nichts als Sätze vorzuweisen hatte. Haufenweise erste Sätze, die nicht lebensfähig waren. ›Kauft Sätze! Frische Sätze!‹ Felix handelte mit Sätzen unterm Ladentisch. Gerne nahm Felix auch Sätze in Kommission. *Ich liebe dich. Mich reizt deine schöne Gestalt.* Premiumsätze. Nach denen nichts mehr kam.

»Ist doch wohl selbstverständlich, dass man darüber spricht. Würde unsereiner denken. Geht ja um dich.« Sebastiani war gereizt.

»Weiß man's?«, sagte Felix.

»Nee«, Uschi schwenkte den Zeigefinger hin und her, »nee, nee, nee!"

Wie, nee, nee?

»Die Frage könnte lauten«, Alma sprach mit Nachdruck, »ob der Erzähler identisch ist mit seiner Hauptfigur.« Das hatte Uschi sagen wollen, oder?

»Haargenau!«, rief Uschi. »Haargenau!«

Die Alsterwitwe richtete den Hut. Sebastiani richtete sich auf.

»Ich muss schon sagen, ihr bringt uns hier auf Sachen, wo man sich fragt«, Sebastiani wandte sich an Theo,

»Kollege, was du geschrieben hast, das ganze Ding, sag bloß, das ist erfunden!«

Drinnen schlug die Wanduhr drei.

»Pause«, rief Alma. »Hefeschnecken!«

»Sag ich ja.« Wiggi wischte eine Fliege von der Platte, auf der sich Schneckennudeln türmten. »Aufbacken ist nicht. Nicht mit mir!«

»Du bist die dritte, die ich mir einverleibe«, Felix wickelte die Schneckennudel ab in seiner Hand, die sich fast von alleine löste. Auch die davor, im Ganzen drei, hatte er entrollt mit Vorsicht und Vergnügen. Betörend war der süße Duft der watteweißen Innenseite, an welcher die Rosinen hafteten. Er war betörend wie der Duft der Frauen, nach denen er sich sehnte. Susanne zählte nicht dazu. Nicht einmal Ev.

»Du bist die dritte«, wiederholte er, »und aus die Maus.«

Wieder fasste er das freie Ende mit den Zähnen, aß die Schnecke, ohne diese zu zerreißen, im Entrollen auf. »Du bist begabt, mein Freund«, sprach er zu sich und seufzte vor Behaglichkeit. Mit Mühe hob er nur die Augenlider. Er war allein. Sie hatten ihm ohne Weiteres erneut das Tischlein überlassen unterm Tennendach. Es schien, dass, einmal ausgewählt, der Schreibplatz eine Pfründe war. Ihm war es recht. In weiter Ferne läuteten die Glocken. Auch Stimmen drangen an sein Ohr. Nicht laut genug, dass er sie hätte voneinander unterscheiden können. Aber es schien klar: Sie machten weiter ohne ihn. Er stieße ganz gewiss dazu. In etwa fünf Minuten.

Er döste. Bilder tauchten auf und Sätze. *Mir war Mamas Gedächtnis teuer.* Das war schon allerhand. Das stand auf Gräbern. Aber doch nicht so! Theo mochte seine Mutter nicht. So viel war sicher. Er selber würde Theo keine Fragen stellen. Nein, das würde Felix nicht. MIR WAR MAMAS GEDÄCHTNIS TEUER. Gab es ein Grab? Das war der Punkt. Es gab kein Grab mit einer Inschrift für eine Mutter, die verschüttet war. Es würde niemals eines geben. Wie würdig umgekehrt, wie absolut bedeutend war seines eigenen Vaters letzte Ruhestätte. Papas Grabstein war aus Marmor. Der Block, heraufgekommen aus Italien, hatte beim Begräbnis bereits fix und fertig dagestanden, ein wenig schräg versetzt nach hinten. Gewaltig groß für sich genommen, war er doch angemessen für die Fläche der Parzelle, die beträchtlich war, wie alle, die im neuen Teil des Friedhofs zur Verfügung standen.

»Papa liegt links«, hatte sein Bruder Benno, der sechs Jahre älter war als er, bei der Beerdigung in Felix' Ohr geflüstert, als sie die Seile unterm Sarg mit einem Ruck hervor- und wieder in die Höhe zogen, brüsk, als gelte es, den Toten in der Tiefe, falls er noch Zweifel hatte, mit Nachdruck darauf hinzuweisen, dass er da war, wo er hingehörte. Felix' schreckliches Gefühl, dass er den Vater preisgegeben hatte. Dass er nicht ›halt‹ gerufen hatte, um dies dem Vater zu ersparen, hatte er sich nicht verziehen. Stattdessen hatte er genickt, getan, als sage der Bruder etwas, was sich von selbst verstand. Was ihm in Wahrheit Rätsel aufgab, während er die Hände schüttelte und »danke« sagte, wer weiß wie oft. Felix neben Mama. Benno neben Felix.

Wieso lag Papa links? Wieso ein neues Grab? Was hatte Papa hier zu suchen? Es war ja Platz genug auf dem Familiengrab im alten Friedhof, wo es im Sommer dämmrig war und in den Wintermonaten fast dunkel, und sie die welken Blätter lasen von den Chrysanthemen und von den winterharten Erika. Feuchte braune Blätter, bis die Kastanienriesen nichts mehr zu verlieren hatten. Der Marmorengel auf dem hellen Sandsteinblock, fast lebensgroß und weiß, die Flügel ausgebreitet, lächelte seit jeher auf das Grab herab, den Kopf ein wenig schräg nach rechts geneigt. Wo Papas Platz gewesen wäre.

Papa hatte nach der Diagnose aufgehört zu rauchen. Ein Bronchialkarzinom mit Metastasen. Für eine Operation zu spät. Mit Chemo noch ein Jahr. Unbehandelt nur sechs Wochen. Die Ärzte redeten zur Sache. Sechs Wochen – zu kurz für Papa, um mit dem Sterben hinterherzukommen. ›Das schaff' ich nicht.‹ Also Chemo. Papas Lebenslust nahm ab von Tag zu Tag mit rasender Geschwindigkeit. Papa starb zügig weg. Elf Monate hatte er benötigt, um mit dem Sterben hinterherzukommen. Nur war das Krankenhaus nicht hinterhergekommen mit dem Morphium, als er erstickte.

Er musste dann doch eingeschlafen sein. Er war im Liebesspiel mit einer Frau, die sanfte Augen hatte und nach Hefeschnecken duftete, als er erwachte, weil jemand seinen Arm berührte.

»Ich schlief nicht«, sagte er zu Ev, »ich schrieb. Rein in Gedanken.«

Ev trat den Heimweg an. Vielleicht war Felix auch so weit? Ihr Lächeln verriet nicht, was sie dachte.

Sie stiegen ab zu zweit, wie tags zuvor. Worüber sie im Kurs gesprochen hatten, wollte Felix wissen.

Na, über Theos Manuskript. Was sollte das, im Nachhinein?

Er werde doch noch fragen dürfen?

Aber sicher. Bloß, dass von ihr nichts kam. Wenn einer wegblieb, einfach so.

Tat ihm ja auch schon leid. Ganz ehrlich. Er lächelte bezaubernd.

Schon gut. Die Perspektive. Darüber hatten sie geredet. Weil Theo ja aus seiner Sicht geschrieben hatte. Oder ihretwegen der Erzähler aus seiner Sicht geschrieben hatte. Dass alles eine Sache der Betrachtungsweise war. Wenn er so wolle.

Felix blieb stumm.

»Die Perspektive«, Ev machte große Augen, »dass es halt darauf ankommt. Klar?«

»Logisch«, sagte Felix.

Sie ließen es dabei bewenden.

»Pause?«, fragte Ev.

Der Rastplatz war in Sicht. Die Bank war leer. Kein Mensch. Kein Laut. Die Wiesen schwiegen. Ev und Felix, jetzt beieinandersitzend. Ev mit Felix' Weste, weil es schon kühler war und feucht, von unten her, wenngleich das Holz der Bank noch wärmte.

»Das mit der Perspektive«, sagte Ev nach einer Weile, »willst du, dass ich es dir noch einmal erkläre?«

8

Der Garten des Sebastiani verlief entlang der Friedhofsmauer. Verhältnismäßig schmal, bot er Platz für etwa sechs bis sieben Tische. Tatsächlich waren es nur fünf in großem Abstand zueinander. Zwei Linden von enormer Größe stellten Tische, Rasen und Rabatten fast zur Gänze in den Schatten. Ein Goldfischteich in einiger Entfernung mit Wasserlilien und Schilf, in dem es unkte, gurgelte und quakte, blieb einzig ausgespart, sodass an schönen Tagen die Wasseroberfläche glitzerte im Sonnenlicht, und Wasserflöhe, Libellen, Vögel und Insekten, auch Fische, die aus dem Wasser in die Höhe schossen, ein Frosch, der es nicht besser wusste und auf den Rasen hüpfte, den Ort zur besten aller Welten machten für die Katze, die am Ufer lag. Sie war im Paradies. Die elegante Nonchalance der Haltung verriet, dass sie es wusste. Cyrill war ein Kater mit gelben Augen im rabenschwarzen Fell und einem Schwanz, so lang und buschig, wie man ihn selten sah. Das Sebastiani diente ihm seit Jahr und Tag.

Jetzt, da es dunkel war, brannten bunte Birnchen in den Lindenkronen und eine Lichtspur säumte alle Wege. Eiförmige Lampen rund um den Teich tauchten Wasser, Schilf und Kater in weißes Licht. Der war auf Fischfang. Goldfische, sagte Louis. Nach solchen Nächten mussten sie, weil nichts mehr da war, am nächsten Morgen neue kaufen. Gedämpftes Lachen, auch an den Nachbartischen. Man war schon beim Kaffee. Vielleicht noch einen Weißwein, oder doch irgendetwas, weil eine

Sommernacht wie diese nicht leicht ein zweites Mal zu haben wäre.

Die Nacht war schön.

Ev und Jette, Felix und der siebte Louis ließen nach des Dichtens Mühe, nach *On Myself* und nach den Hefeschnecken die Seelen baumeln. Dem Fischlein im Gemüsemantel, das sie gegessen hatten, war es zwar nicht gegeben, sie zu beleben, dies wirklich nicht. Es fügte ihnen jedoch keinen weiteren Schaden zu. Die Küche des Sebastiani trug dem Speiseplan von Ludwig Winterhalter mittlerweile Rechnung. Es war bekannt, dass oben stark gegessen wurde. Was im Oberallgäu etwas heißen mochte. Prost. Es war ihnen so leicht ums Herz. Die Seele baumeln lassen. Ganz genau. Man konnte es nicht schöner sagen. Und deshalb jetzt ein Grauburgunder Jahrgang neunundneunzig Weingut *Schanzlmeyer*. Louis sprach von sechzig Flaschen. Mehr gab die *Schanzlmeyer* nicht heraus. Die Wachau trank ihre guten Weine selber. Louis fuhr persönlich jedes Jahr zur *Schanzlmeyerin*. Mit Schicken war da gar nichts.

Louis' Ton war leicht. Man ließ ihn reden, auch dann noch, als man drinnen Zeichen gab. Die Louis gesehen haben musste, so gut wie Felix, Ev und Jette. Der Wunsch jedoch bei allen vieren, es möge bleiben, wie es war. So unfassbar gemütlich.

Der harte Bruch, dann doch, als Louis jäh aufsprang, sein anderer Ton, mit dem er sich entschuldigte. Sein fast brutaler Griff, mit welchem er die Hand der Alsterwitwe drückte. Am Tisch die Furcht, er könne fallen. Aber er fiel nicht und war verschwunden, bevor sie Worte fanden. Ließ sie am Tisch zurück, wo nichts mehr war mit

Seelenbaumeln. Rein gar nichts. Jette, nach einem Augenblick des Zögerns, schob ihren Stuhl zurück und eilte hinterher. Sie blieb nicht lange fort. Bei ihrer Rückkehr schimmerte in ihren Augen erneut das ruhige Wissen um jedwedes, was der der Fall sein mochte.

Nicht dass sie über alles Kenntnis hatten, was der Fall war, als sie um Mitternacht sich trennten. Wie wäre das auch möglich. Aber das Nötige hatte ihnen Jette doch gesagt. Fakt war, dass die Demenz von Louis Sebastianis Frau schon früh begonnen hatte, und Louis seit bald zwei Jahren nicht mehr mit ihr lebte. Die Einrichtung am Bodensee bot jene Sicherheit und Sorge, die jemand nötig hatte, der nichts mehr von sich wusste. Dies alles sagte Jette. Und dass vom Bodensee Bescheid gekommen sei. Marie Sebastianis Zustand habe sich verschlechtert. Louis fahre noch diese Nacht zu seiner Frau. »Selbstverständlich« war dies unvernünftig. Aber Henriette wusste, wo man besser schwieg.

Sebastianis Frau. Da war sie also. Ev und Felix tauschten Blicke. Sie hatten sich schon längst die Frage nach der Frau gestellt, da jener achte Louis, den man nur selten sah, nicht aus dem Nichts entstanden war.

»Ich kann vers-tehen, wie ihm zumute ist.«

Jettes Stimme war erstaunlich fest. Hier, wo es nichts aufzuschreiben gab, stand sie auf sicherem Grund. Die Außenalster war entschieden eine Bühne nicht nur für Sonnentage. Jetzt, da das Menschliche ins Schwierige und Schmerzliche hinüberspielte, entfaltete sich wunderbar vor Evs und Felix' Augen, was an Takt und Mitgefühl und Selbstbeherrschung in der Lady steckte. Wunderbar war auch die routinierte Selbstverständlichkeit, mit welcher sie das Seidentuch, das ihr ob seiner Glätte alle Augenblicke von der Schulter rutschte, sogleich aufs Neue tadellos justierte – wohl an die hundertmal. Es war, fand Felix, ein ganz besonders schöner Schal mit einer seltenen Ornamentik.

»Von James«, sagte sie.

Für einen kurzen Augenblick schien es, als falle Jette auseinander. Der Schal war nämlich ein Geschenk. Das letzte, das James ihr hatte machen können.

Sie nickten. »Sicher«, sagten sie, »ach ja.« Was hätten sie schon sagen können. Es war nicht der Moment, dergleichen zu vertiefen. Ein Grandseigneur wie James, der seine Frau auf Händen trug, war unersetzlich. Papa, dachte Felix, hatte Mama nicht auf Händen tragen können. Seine Arme blieben leer. Wie hätte die Mama wohl auf Papas Armen lesen wollen.

»Man kann ihn selbstvers-tändlich nicht alleine fahren lassen«, sagte Jette und erhob sich.

Sebastiani. An den Bodensee. Sie nickten. Sie sahen das genauso.

Auf halbem Weg nach drinnen glitt Jettes Schultertuch zu Boden. Sie blieb nicht stehen, um es aufzuheben.

Die Nacht war schön.

Cyrill schenkte Ev und Felix nicht im mindesten Beachtung, als sie den Gartenweg entlang zum Teichlein gingen. Er selber hielt sich hinter ihr – der Pfad war schmal – und blieb auf halbem Wege stehen, sah zu, wie sie nach einer kurzen Strecke Wegs am Ufer zögerte und schließlich da verharrte, wo auch der Kater schlief, sehr hart am Wasser. Nach Felix wandte sie sich nicht mehr um. Schmal hob sich ihre dunkle Silhouette ab vom Uferlicht, eine Statue, in Stein gehauen.

Nach einer guten Weile schien es dem Kater angezeigt, die Frau an seiner Seite mit Blicken zu bedenken. Ein gelbes Augenpaar glitt über nackte Haut nach oben. Sekunden später schnurrte es vernehmbar aus Cyrill in die Nacht hinaus. Ev gab sich unbeteiligt, blieb nach wie vor dem Wasser zugewandt, wo man sich tummelte im Lampenlicht. Die zwei am Ufer taten weltvergessen. Felix aber hätte wetten können, dass Frau und Katzenvieh des Dritten gegenwärtig waren. Des Paares Gleichmut täuschte. Als Felix näher kam, peitschte Cyrill heftig mit dem Schwanz. Danach war Stille, wie zuvor.

Am nächsten Morgen probierte Felix Sätze vor dem Spiegel, halblaut, während er Rasierschaum auf Gesicht und Hals verteilte. Weiße Flocken, leicht wie Ev, leicht wie sein Herz und seine Seele und alle seine Sinne. Die Welt hielt beide Arme für ihn ausgebreitet. Und umgekehrt war Felix der Welt in Liebe zugetan! Dies alles war recht wundervoll. Und schön gesagt. Premiumsätze. Er hatte sie im Dutzend. Nicht falsch. Dies nicht. Was ihn jedoch im Augenblick durchströmte, war reine Euphorie. Mit Worten war hier nichts zu machen. Was wirklich in der Nacht am Teich geschehen war, war wortlos. Das Unerhörte lag einzig aufbewahrt in Cyrills gelben Augen.

Felix traf den Kater nach dem Frühstück schlafend im Entree, ein schwarzes Knäuel zwischen roten Polstern im tiefsten aller Sessel. Ein gelbes Auge funkelte, als Felix stehen blieb –, und schloss sich wieder. »Mein Freund«, hieß das, »die Liebe ist ein weites Feld. Ich weiß es, und du auch.«

Von Ev, von Theo Markwart war an diesem Morgen bislang keine Spur.

Was Theo anbelangte, so holte er ihn auf dem Weg zu Alma ein. Von Weitem sah er ihn auf dem Rastplatz auf und nieder rennen, immer zwischen Bank und Brunnen wie ein Tier im Käfig. Im Näherkommen hörte er ihn reden, die Hand beschwichtigend erhoben, das Telefon am Ohr. Die hohe Frauenstimme aus dem Hörer war am Überschnappen, schien irgendetwas immerfort zu wiederholen, und lauter jedes Mal. Theo stand ersichtlich unter Druck, war Felix' Eindruck, als er kurz darauf am Brunnen Wasser schlürfte aus der hohlen Hand. Theo zeigte mehr als deutlich, dass er auf Zeugen gern verzichtet hätte und dringlich suchte, der Sprecherin in irgendeiner Weise beizukommen, indem er gegenhielt, nicht unbedingt mit Worten, obgleich das eine oder andere zu verstehen war. Was Felix eigenartig rührte, war jener unverkennbar mütterliche Ton in Theos Männerstimme, ein Ton von süßer Allmacht – ja, dachte er, so muss es heißen –, der Babys in Verzweiflung von sich selbst erlöst.

Die Sache hier jedoch war offensichtlich leider nicht zu machen, das Ende jäh und Theo fix und fertig, obgleich er tat, als sei nur eitel Sonnenschein, sich lässig gab, die Hände in den Taschen seiner Wanderhose, die Softshelljacke locker über einer Schulter, in weißem Poloshirt und leichten Kletterschuhen. Felix kam es vor, als säße jener Rest Verzweiflung aus dem Hörer im klitzekleinen Spalt des nicht ganz fehlerfreien Zahns, der Theos Lächeln Lügen strafte. Die Situation, ganz klar, war schwierig. Verwirrung herrschte, groß genug, dass man sich eine

Zeitlang wortlos gegenüberstand. Felix hielt es als Erster nicht mehr aus.

»Die Frau«, platzte er heraus, »entschuldige, geht mich nichts an – sie ist doch die von gestern Nacht? Im Auto, du weißt schon.«

Theo starrte Felix ins Gesicht.

»Die Frau, mit der du gesprochen hast. Gerade eben.«

»Gesprochen, ich?«

Wie blöd musste einer sein, dachte Felix.

»War bis nach Burckartsried zu hören«, beschied er trocken.

»Und wenn?«

Die Luft schien aufgeladen, der Augenblick gedehnt bis zum Zerreißen. Theos Fäuste beulten die Taschen seiner Wanderhose. Die Backenmuskeln waren Stricke unter schön gebräunter Haut. Theos Schotten waren dicht. Auch Felix stand bewegungslos. Was auf dem Spiel stand, hätte er nicht sagen können. Was war in ihn gefahren? Was wollte er von Theo hören? Wer diese Frau war?

»Na ja«, sagte er, »ich hab' mich halt gefragt –«

»Wer sie ist«, sagte Theo, »das ist es doch.«

»Gewissermaßen. Doch.«

»Ist meine Sache. Klar?«

»Klar«, sagte Felix.

Es stand, so schien es, mit Theo Spitz auf Knopf. Ein Schleierwölkchen verdeckte das Gesicht der Sonne.

»Ich sprach mit meiner Schwester.«

Seine Schwester.

»Und? Zufrieden?«

»Selbstverständlich.«

»Was jetzt?«, fragte Markwart.

Was jetzt? Das wusste Felix auch nicht.

»Mich packt die Neugier«, sagte er stattdessen, »ich kann nichts dafür. Ich denke an dein Manuskript.«

Manuskript?

»*On Myself*, ganz recht. Ich muss an Minni denken, diese Schwester. Die mit den Margeriten.«

»Mal was gehört von Perspektive?«

Die Ich-Figur war nicht der Autor. Felix hatte das kapiert. Jeder, der auf Schreibkurs war, lernte, dies zu trennen. Ev hatte ihm das eingebläut. Er hatte es ihr abgenommen. Er hätte noch ganz anderes von ihr abgenommen. Von Theo aber hatte dies jetzt kommen müssen.

»Du«, sagte er laut, »mich geht das alles überhaupt nichts an. Mich hat dein Manuskript beeindruckt. Ich dachte, weil diese Minni sich so echauffiert, und deine Schwester auch, dass da vielleicht was eingeflossen wäre. Ist ja auch gar nicht wichtig.«

»Doch«, sagte Theo.

»Stimmt«, sagte Felix.

Theo nahm die Hände aus den Hosentaschen. Weil er die Ärmel hochgekrempelt hatte, funkelte die Uhr am Handgelenk im Morgensonnenschein.

Weil du mich störst, durchfuhr es Felix. Weil die Figur, die du beschreibst, kotzunsympathisch ist. Die Ich-Figur. Weil du das bist. Du und kein anderer.

Etwas blieb. Sie wussten es beide.

»Wenn du es wissen willst, mit meiner Schwester, meine ich –«

Felix nickte. Die Schwester. Die Stimme aus dem iPhone.

»Seit Mamas Tod ist Minni – so.«

»Komm«, Felix wies auf die Bank, »nur einen Augenblick.«

»Unsere Mutter«, Theo sprach rasch und leise, »wurde letztes Jahr verschüttet. Papa nicht.«

Theos Eltern. Die Tour im Hochgebirge. Kurz vor dem Abstieg die Lawinenwarnung. Anders als der Vater hatte die Mutter die Warnung in den Wind geschlagen. Sie hatte keine Chance, hatte es geheißen. Dies alles lag ein Jahr zurück. Seither war Minni, seine Schwester, aus dem Tritt.

Er habe seine eigene Theorie dazu. Das sagte Theo auch.

Welche Theorie, hätte Felix gern gefragt. Er war erschüttert und verwirrt. Aus Verlegenheit, nicht weil er durstig war, trank er erneut am Brunnen ein paar Schlucke aus der hohlen Hand. Während er sich niederbeugte, sah er im Wasser ein Gesicht, das sich verschob und unaufhörlich zuckte.

»Ja«, brachte er hervor, nachdem er wieder saß, »ist gewiss nicht einfach. Könnte ich mir denken.«

»Minni ist, wie soll ich sagen –«, Theo zog die Schultern hoch.

Felix schwieg und wartete.

»Sie ist nicht einfach. Wenn du verstehst.«

»Für deine Schwester kannst du nichts«, sagte Felix, der an Franzi denken musste.

»Nein. Ja. Ist nicht einfach. Wie gesagt.«

Beide saßen weit nach vorn gebeugt. Sie mieden es, einander anzusehen.

»Sicher nicht«, sagte Felix.

On Myself. Die Steinlawine. Jetzt wunderte ihn nichts mehr. Dergleichen erfand man nicht. Er suchte mit den Augen die Hänge gegenüber ab. Von Steinlawinen sah er keine Spuren. Aber der Hörner Sessellift, entdeckte er, war mittlerweile in Betrieb genommen. Seine scharfen Augen unterschieden leere Sitze von den anderen, auf denen Leute saßen. Meist zwei und zwei und ausnahmslos bergauf um diese Zeit. Man sah die Masten in der Schneise, die man geschlagen hatte in den Hang, der mit Tannen dicht bewachsen war.

»Ja«, sagte Theo.

Es war Zeit, aufzustehen.

»Danke.« Theos Ton war brüchig.

Die Mutter zerschmettert unter einem Haufen Steine. *Ich kann nicht sagen, dass ich Mama vermisste.* Er wurde den Gedanken an diese fremde Mutter nicht mehr los. Sah deren Körper im Weitergehen zwischen riesenhaften Brocken Fels – und sah ihn doch nicht. Weil es nicht möglich war. Weil Felix' Kraft nicht reichte, ein Bild wie dieses festzuhalten. Sein inneres Auge versagte ihm den Dienst. Der Gedanke, dass die Erschlagene nichts hatte, was unter freiem Himmel auf die Stelle wiese, wo sie zu suchen wäre, erschütterte ihn tief. Ihm schien, dass die auf diese Weise ganz und gar Verlassene keine Ruhe fände. Ihm war, als rufe Theos Mutter unentwegt: »Hier bin ich. Hier. Schreibt meinen Namen auf mein Grab!« Sie konnten aber oben nichts dergleichen tun. Das lag dort, wie es lag, gewaltig groß, für eine weitere lange Ewigkeit.

Die Beerensträucher waren schon in Sicht. Da war es wieder Minni Markwart, die sich meldete. Der Stimme nach war sie jetzt außer Rand und Band. Was Theo sagte, viel war es nicht, blieb unverständlich. Felix Kammerlander hielt sich, um zu lauschen, nicht die Hand ans Ohr.

9

Uschi breitete ein Tischtuch aus. Sie dehnte sich und reckte sich, sie beugte sich nach vorne, zog und zupfte, strich in diese und in jene Richtung. Der bunte Stoff warf Falten und lag schief. Ein Zipfel reichte bis zum Boden. Dies alles suchte Uschi auszugleichen mit Augenmaß und mit Geduld. Nicht eben leicht zu machen. Es brauchte seine Zeit. Gewann sie hie, verlor sie da. Schließlich aber fehlte kaum noch etwas bis zum Ebenmaß der Proportionen, als Ev sich ihrerseits am Tuch vergriff und Wiggi aus dem offenen Küchenfenster mit dem Zollstock winkte.

Hallo? Den brauchte Uschi nicht. Sie einfach machen lassen! Das Menschenauge war nämlich so was von präzise. – Ev, bitte, alleine, hatte sie gesagt. Nicht böse sein – Sekunde – sie prüfte rasch aus der Entfernung. Sorry, musste sein. Sie machte das nicht erst seit heute. Wenn erst mal eingedeckt war, nee, nee, nee.

Ihr grünes, kurz geschnittenes Sommerkleid schob sich zurück, als sie drei Schritte weiter in die Hocke ging. Blau leuchtete im Morgensonnenglanz das Netz der Adern durch weißes Schenkelfleisch hindurch. Sie kniff ein Auge zu. Sie schob das Mündchen vor. Sie schüttelte den Kopf. Sie sprang zurück und zog erneut und schob und blinzelte und nickte. Zu guter Letzt stieg sie noch auf die Bank des Überblickes wegen und tänzelte in diese und in jene Richtung. Rief endlich »passt« und strahlte. Tat einen weiteren Schritt. Weil sie jedoch schon an der Kante stand, war da nur Luft. Sie schrie – und schlug am Boden auf.

Es war der Knöchel.

Ihr Bein lag dann auf einem Hocker. Jedoch war der nicht hoch genug, um ihren Fuß auf gleiche Höhe mit dem Stuhl zu bringen, auf dem sie saß.

»Das Hockerchen ist reizend«, sagte Jette.

»Ikea«, sagte Ev.

Ev hatte zwei davon in Blau und Grün. Das glich die Höhe an im Bad, rein kindertechnisch. Die Buben übten selber Händewaschen. Fünf Euro fünfundneunzig, falls einer ihn bestellen wollte. Den Hocker, wie gesagt. Sie googelte das gerne.

Buuben. Üüben. Felix fand, die Praxis ihrer Mutterschaft ging ihn nichts an. Er starrte dennoch ungeniert zu ihr hinüber, genoss das Licht- und Schattenspiel auf dem Gesicht, die dunklen Stellen an der Nasenwurzel, die feine Linie der Konturen ihres von Natur aus vollen Mundes, der sich beim Sprechen zu einem Zipfelchen verdichtete, wenn Hintersinn und Witz die Spannung um eine Kleinigkeit verstärkten, was zugleich dazu führte, dass dieser Spitz, der ihm zu Herzen ging, die Richtung änderte – nicht viel, aber doch sichtbar, jedenfalls für ihn – und nicht mehr aus der schönen Mitte von Evs superber Oberlippe geradewegs nach vorne wies, sondern um ein Winziges nach rechts, von Felix aus betrachtet. Der Anblick verwirrte ihm die Sinne, und Wollust strömte aus dem heißen Zentrum seines Körpers bis die Spitzen seiner Haare. Er fand sie nicht mehr trivial.

»Geht's, Uschi«, fragte Alma, »rein von der Lage her? Vielleicht doch noch ein Kissen, oder zwei?«

»Nein, oh, nein, nein.« Uschi strahlte. Bequemer ging es nicht.

Tatsächlich war sie zwischen dicken Sitz- und Rückenpolstern in ihrem riesenhaften Korbstuhl opulent gebettet. Wer es genau nahm – sie taten's nicht, Theo ausgenommen, der Felix anstieß und darauf zeigte –, sah auch die weiße Schüssel unterm Sitz. Ein Nachtstuhl, also. Sieh mal an.

Die Erinnerung an Papa. Der Kranke, allein im Zimmer. Das Elternbett verräumt. Das fremde Bett. Das Seitengitter, das Felix augenblicklich abgenommen hatte und versteckt. Der fremde Sessel. Weißes Korbgeflecht. Ein Nachtstuhl. Siebzehn Jahre war das her. Er hatte lange nicht daran gedacht. Nie hatte der Vater diesen je benutzt. Er hatte sich, schon Haut und Knochen, unfehlbar bis ins Bad geschleppt. Das Schlurfgeräusch im Oberstock. In der Erinnerung erbärmlich. Er hatte es zum ersten Mal gehört, als er von draußen kam. Und er die Treppe hoch, gewartet, den Vater zurückbegleitet, ihm ins Bett geholfen. Einmal hatte er den Schlappen aufgehoben, den der Vater unterwegs verloren hatte, ihn in der Hand gehalten, bis der Vater aus der Türe trat, ihm dargereicht, man musste es so sagen. Es war der rechte, ein Filzpantoffel mit einem aufgenähten Schweizerkreuz. Sie hatten einander angesehen und gewusst, dass sie dasselbe dachten. Felix' eigene Pantoffeln gab es längst nicht mehr. Die kleinste Größe hatte ihm gerade schon gepasst in jenem Sommer, als er mit Papa zur Segantinihütte aufgestiegen war. Das Schweizerkreuz auf Felix Schuh war weiß und rot und winzig klein gewesen. Dass Papa hier nicht mehr lange liegen würde, hatte er an diesem Nachmittag begriffen.

Den Nachtstuhl hatte Felix' Mutter durchgesetzt,

beschafft, aus eigenen Stücken. Ein Möbel, das Papa furchtbar kränkte, weil es, was es verschleiern sollte, geradezu betonte. Es hatte dicht am Bett gestanden und wurde nicht mehr weggenommen, obgleich der Vater immer wieder darum bat. Felix hatte dies umso weniger verstanden, als seine Mutter, da war er sich mit seinem Bruder einig, die Schüssel bestimmt nicht hätte leeren wollen. Im ganzen Leben nicht. Die Mama schien selbst ihm an manchen Stellen unbegreiflich. Es war das Lesen, das ihr vermutlich eine Richtung wies, die sie von Papa, wenn nicht trennte, so doch entfernte. Die weiße Pfanne unter Uschis Stuhl erinnerte ihn daran, dass der Gedanke, die Mama gehe einen fremden, sehr besonderen Weg, an diesem Nachtstuhl sich entzündet hatte. Mit seiner Mutter war es eine Seltsamkeit. Das sah er ein. Ihm selber aber schien dies unabdingbar. Er war als Einziger in Mamas Seltsamkeit zu Hause.

Uschis Fuß war jetzt mit Lagen heller Frotteetücher unterfüttert. Ein weiterer Stapel lag im Gras. Daneben gelbgrüne Flüssigkeit in einer weißen Schüssel aus Emaille.

»Essigsaure Tonerde, klar?«

Winterhalter, bevor sie hatten fragen können. Kein Zweifel, seine Stunde war gekommen.

Achtung. Die Tücher dahinein. Umschläge. Alle Viertelstunde wechseln. Konnte Uschi selber machen. Auf ihn hören. Dann kamen keine Schmerzen. Die Semmeln brachte er um elf. Kapiert?

Wieder sah ihm Alma nach, als er zum Haus ging. Wiggis dünner Zopf schien seltsam steif. Womöglich flocht er Blumendraht hinein. Der Mann war undurchschaubar. Eine Rarität. Dass Alma diesen Mann begehrte, berührte unausweichlich. Wieder hatten ihre Augen jenen Ausdruck angenommen, dem Felix auf der Spur war. Es war nicht Innigkeit allein. Zum Innigen kam etwas wie Glückseligkeit hinzu, und mehr. Es war das Eigentliche. Es ließ ihm keine Ruhe. Er brauchte dieses Wort. Es schien ihm greifbar, es schien ihm zur Verfügung, nur um ein Winziges verstellt. Er sah zu Ev. Die lächelte ihm zu. Ev war am Ende doch ein Lüftchen, der Buben ungeachtet. Ev war Bewegung. Evs Kuss war mit dem Nachtwind fortgezogen. Ev war das eine. Das andere war bei Alma. Und er verstieg sich wieder. Mutmaßungen und Exkursionen ins Innere von fremden Leuten – Finger weg. Er war hierhergekommen, um zu schreiben.

Und wusste nicht, worüber.

»Wo willst du hin?«, fragte Alma. »Dein Thema.«

»Mein Thema?«

»*On Myself.* Wo führt das hin?«

»Nirgends«, sagte Theo.

Uschi zeigte auf.

Die keine Schmerzen hatte. Echt nicht. Zum Arzt? Um Himmels willen, nein. Sie nahm gern noch eine Tasse Kaffee. Dann war aber mal gut. Und Uschis kleiner Text, ja, hatte sie geschrieben, zwischenzeitlich, der war für später. Das wäre ihr sehr recht. Und war ja angedacht gewesen, sowieso. Dass sie später dran war. Nur tat es ihr so leid um diese weißen Tücher, wo sich das Gelbe nicht herauswusch, das war ja klar. Okay. Gehörte nicht hierher. Nee, Uschi hatte etwas sagen wollen zu Theos Text. Die ganze Zeit schon. Die Steinlawine nämlich.

»Ganz ehrlich, ich finde das zu kurz.« Sie klang, als habe Theo sich versündigt.

»Möglich«, sagte Theo. »Ich fand es so in Ordnung.«

»Da bleibt zu vieles ungesagt.« Uschi hielt sich tapfer.

»Was denn?« Felix stichelte.

»Fragst du mich?« Uschi richtete die Kissen unter ihrem Fuß.

Sie hatte mittlerweile zwei, um wenigstens ein bisschen an der Höhe auszugleichen. Sie waren vom Essigsauren bedauerlicherweise arg verwüstet. Das Grün der Efeuranken spielte, fand Felix, ins Unappetitliche hinüber.

»Die Frage geht an Theo.« Alma, mit Entschiedenheit.

Sie horchten auf. Die Chefin. Aha, jetzt zeigte sich, wozu man hergekommen war. Felix hatte das sichere Gefühl, dass Uschi einen Nerv getroffen hatte. Uschis Punkt war Almas Punkt.

»Na ja, gefragt in dem Sinn hat sie nicht.« Felix wies auf Uschi.

»Nee. Aber kann ich machen.« Eifer ließ Uschis Stimme beben.

»Leute«, Alma schien nicht amüsiert. »Jetzt wird es anstrengend.«

Der Nachtstuhl ächzte.

»Dieser Vorfall hat zu wenig Raum. Bezogen auf die Länge von Theos Manuskript im Ganzen.« Uschi machte kugelrunde Augen. Ja. Da staunten sie!

»Genau«, sagte Ev, »wo es um deine Mutter geht.«

»Wessen Mutter?«, fragte Alma.

»Die des Ich-Erzählers.« Uschi, wie aus der Pistole.

»Ach ja. Klar.« Ev gab sich reumütig. »Ich weiß schon. Hab's nur vergessen.«

»Ist trotzdem richtig, was Uschi sagt. Das Unglück will erzählt sein.« Alma sah Theo freundlich an.

»Es bleibt exakt so stehen.«

»Tät’ ich nicht«, sagte Wiggi.

Kamen schon die Wecken? Nein. Wiggi wollte schauen, ob es klappte, mit Uschis Fuß. Er kniete, sah nicht hoch, zwei Finger fuhren tastend über Uschis Knöchel. Die Lappen schwammen in der Schüssel.

»Ich tät’s nicht«, wiederholte er. »Was da passiert ist, das wüsste man schon gern.«

Wiggi hatte nämlich Theos Text gelesen. Was dagegen? Weil Wiggi nicht die Augen schloss, wenn er kopierte.

»Ich frage mich«, Alma klang nachdenklich, »warum du es überhaupt erwähnst.«

»Was jetzt?« Theo schien verwirrt.

»Was im Bergell geschah. Das Unglück.«

Erwähnst, dachte Felix, was meinte sie damit? Hielt sie es für erfunden?

»Es ist die Story.« Theos Miene verriet nicht, was er dachte.

»Welche Story?« Almas Augen waren hart. »Du behauptest etwas. Die Story musst du noch erzählen.«

Theos ausdrucksvolle Finger trommelten ein wenig auf dem Tisch. Nicht viel. Schon lagen beide Hände wieder beieinander, ganz ruhig und ganz still.

»Ich habe mir erlaubt, etwas zu schreiben.« Er hielt Almas Blick. »In der gebotenen Kürze.«

»Ganz sicher. Aber eines merke dir. Du sagst nichts ungestraft. Du triffst die Wahl. Alles ist bei dir.«

Felix litt. Es nahm ihn wunder. Ging ihn das etwas an? Und überhaupt zog ein Gewitter auf. Da war die dunkle

Wolke. Nein, sie war schwarz. Gut möglich, dass ihnen das Wetter am Ende die Dinge aus der Hand schlug. »Alles liegt bei dir.« Papas Stimme, mit Humor. Immer war bei Papa der Humor gewesen. »Wie, alles?«, hatte er gefragt. Worauf von Papa nichts mehr kam.

Natürlich konnte man sich wundern, was Theo hier verloren hatte. Schreibwerkstatt. Man sägte, hämmerte und klopfte. Und bitte, wie hämmerte und sägte und klopfte man an einem Text wie diesem? Alma Stein, die selber schrieb, wäre die Letzte, die nicht wüsste, dass Spuren mindestens von eigenem Erleben in jedem Manuskript enthalten waren. Das mit der Wahl, dachte er, war, so gesehen, eine zweifelhafte Sache.

Die andern aber nickten heftig. Theo. Der wusste, was er tat.

Schlag elf Uhr endete die Pause. Felix butterte rasch noch eine weitere Semmel, heiß, weil laufend frische kamen. Die man nicht kaute, die von allein passierten und schmeckten wie im Himmel. Man zählte nicht, man aß. Man mochte Hunger haben oder nicht. Er selber hatte keinen. Hotels vom Schlag des Sebastiani boten am Morgen schon an Nahrung, was einer normalerweise über Tag, wenn nicht gar über eine Woche streckte. Falls er nicht früher, als es nötig war, von dieser Welt in eine andere hinüberstrebte. Ja, dachte Felix, das wäre seine eigene Richtung, wenn er mit weichen Wecken noch länger so verfuhr. Und selber weich war, und nicht mehr Felix, wenn er es laufen ließe. Und er im Grab, und keiner da, der um ihn weinte. Was Theo veranlasst haben mochte, dergleichen zu Papier zu bringen, war nicht leicht zu sagen. Gut tat dies alles nicht. Also weg damit!

Hinabgeschluckt. Die Wecken auch. Teller weggeschoben. Den räumte Wiggi ab.

»Nix!« Winterhalters Zahnwerk ließ keinen Raum für Späße. In seine Küche kam ihm keiner.

Auch Theo, sah Felix, hatte mit Essen aufgehört. Zurückgelehnt, soweit es möglich war, hing er im Gartenstuhl, die Beine ausgestreckt und schaute talwärts. Der Mann schrieb über Steinlawinen. Er schrieb auch über Leselampen – und über Frauen. Die mit dem Horn war seine Ex, er würde darauf wetten. Cilly. Minni. Er hatte die Namen nicht geändert. Er hatte sicher nichts erfunden. Was musste das für eine schräge Schwester sein, das durfte man sich fragen. Denn was das Dichten anbelangte, was immer es auch war, so wusste Felix doch, dass Krimis nicht gedichtet wurden, und kein Roman und nicht einmal Gedichte. Gedichte dichtete man nicht. Man schrieb sie, würde er mal sagen. Die Schwester schien dichtungstechnisch ziemlich auf dem falschen Dampfer. Hier war er ganz bei Cilly. Ob aber Theo Markwart mit einunddreißig Herr der Digitalisierung war? The Master of the Universe? Wohl kaum. Aber pfiffig war es. Gut möglich, der bauschte einfach auf, rein literarisch. *Ich kann nicht sagen,* – Felix hatte diesen Satz im Kopf – *dass ich Mama vermisste.* Was für ein Einfall. Was für Worte. Es gab Millionen Sätze, die man über seine Mutter schreiben konnte. Er, Felix, schriebe auf diese Art und Weise über keine Mutter dieser Welt. *Mir war Mamas Gedächtnis teuer.* Der Satz war kälter als der Tod.

Ob er bei Papas Beerdigung gefroren hatte? Der Tag war grau gewesen. Im November war es grau. Ob man

Tennis spielte oder auf dem Friedhof stand. Deshalb hätte Felix mit siebzehn Jahren nicht behaupten können, dass sie es oben so viel heller hatten als Papa drunten, in seinem Sarg. *Dem Auge fern. Im Herzen nah.* In Gold auf weißem Marmor. Zu erkennen hinter Kränzen und Gestecken. »Was denkst denn du«, die Augen seines Bruders, so dunkel, dass Felix sich gefürchtet hatte, »das ist längst passiert.« Felix hatte Zeit gebraucht. Als er begriffen hatte, waren ihm die Beine weggesackt. Sein Bruder hatte ihn am Arm gepackt, ihn zu sich hergezogen, nicht losgelassen bis zum Schluss. Felix hatte lange Jahre nicht daran gedacht. Gesprochen hatten sie darüber nicht. Jetzt reihten sich die Bilder aneinander – Erinnerung, die ihn erschütterte. Ein Grabstein war nicht in drei Tagen fertig. Das brauchte Zeit. Das war von Hand hineingemeißelt, die Schrift in Lagen aufgetragen, überschliffen jedes Mal, der weiße Marmor immer wieder nachpoliert. Ein Prozess von Monaten weit eher als von Wochen. Den Felix im Nachhinein jedoch nicht hätte nachverfolgen wollen, um keinen Preis der Welt. Wie wäre das zu denken? Dass Mama längst beim Grabstein war und bei der Schrift, als Papa sich zum Klo geschleppt im oberen Flur, als er, der Jüngste, Papas Schlappen mit dem Schweizerkreuz vom Boden aufgehoben hatte?

Es kam ihm komisch vor, zum ersten Mal, dass jede Erinnerung an Franzi fehlte. Er hätte beim besten Willen nicht gewusst, wo er sie beim Begräbnis hätte orten wollen.

10

Er sah sich um.

Ev stand bei Uschi. Alma war verschwunden. Wiggi strebte zwischen Tür und Tisch mit langen Schritten hin und her. Warf Blicke himmelwärts. Die Tafel war fast abgeräumt. Die Sonne war verschwunden. Der Himmel schwarz. Jetzt sah es Felix auch. Im Osten aber leuchteten die beiden anderen Einzelhöfe weiterhin im Sonnenlicht. Felix beschloss, sich rasch die Beine zu vertreten, bevor sie weitermachten, und weil er Theo unten bei der Vogelscheuche stehen sah, nahm er die andere Richtung. Vor der Tenne parkte der Geländewagen, der zum Haus gehörte. Weiter nichts. Uschi, dachte er zum ersten Mal, wie war sie eigentlich heraufgekommen? Wie kam sie überhaupt herauf? Er wüsste nichts von einem Auto. Wo wohnte Uschi? Auch das war nicht bekannt. Er jedenfalls hatte keine Ahnung. Uschi war beide Male, als er heraufkam, schon dagewesen und hatte sich, als man am Abend aufbrach, aufgelöst, als sei sie Luft. Wenn sie bei Stimme wäre, wie andere Leute auch, so wäre sie die Sorte Frau, die man grundsätzlich übersah. Man konnte nichts dazu. Das eigene Auge dockte nirgends an. Umso gründlicher und fürchterlicher aber fräste sich das Stimmorgan von Uschi Lammerskötter durch sein Ohr. Ihn fror noch immer, wenn sie sich äußerte. Nur wenn sie kluge Sachen sagte, was ja der Fall war, wer war er, dass er das nicht erkannte, litt er ein bisschen weniger. Als sei der Schmerz in seinem Ohr betäubt. Es war erstaunlich.

»Lässt nicht fallen«, rief Alma vom Balkon, als Felix unterhalb vorbeispazierte, »das zieht weiter!«

»Wenn du das sagst!« Felix lachte hoch. Almas Ausdrucksweise bereitete ihm Vergnügen.

Die Vogelscheuche trug wie immer schwarz. Felix, als er näher kam, hätte aber schwören können, dass das Jackett ein anderes war. Dieser Frack wies keine Flecken auf. Er prüfte. Sogar die leeren Ärmel hob er hoch. Der Frack war neu. Oder doch frisch gereinigt. Ja, war das denn die Möglichkeit!

»Kann einen wundernehmen«, Theo war unbemerkt herangekommen, »der Herr da.«

»Ja, schon«, sagte Felix.

»Da sind noch Stellen«, Theo umrundete die Puppe, »siehst du? Da, und da« – er wies auf hellere Schattierungen im tiefen Schwarz des Seidenstoffes – »wo sie die Flecken nicht herausbekommen haben.«

»Könnte man meinen«, antwortete Felix. »Doch, du hast recht.«

Sie standen nebeneinander auf dem schmalen Gartenpfad, betrachteten Zylinder und Jackett.

»Der Hut ist alt«, sagte Theo nach einer Weile.

Felix nickte. »Mein Bruder hat auch so einen.«

»Hut, meinst du?«, fragte Theo, ohne Felix dabei anzusehen.

»Frack«, sagte Felix.

Danach versanken sie in Schweigen. Lange fiel kein Wort.

»Wem der wohl gehörte?«

»Der Frack?« Felix war aufgefahren beim Klang von Theos Stimme.

»Na, schau halt hin.«

»Ach so«, Felix grinste, »Wiggi schon mal nicht!«

»Kurz und dick«, Theos Augen waren Schlitze.

Beide lachten, die Hände in den Hosentaschen.

»Minni«, sagte Theo unvermittelt, »meine Schwester –«

Wie kam er jetzt auf seine Schwester?

»Minni glaubt –«

Minni. Er starrte Theo an. Die Zeit verstrich.

»Minni, weißt du. Sie ist mit jemandem zusammen.«

Felix schniefte. Nickte, winkte ab. Kein Taschentuch. In beiden Hosentaschen nichts. Aber Theos wohlgeformte Männerfinger hielten ein blütenweißes Tuch, gefaltet und gebügelt, unter Felix' Nase. Nichts geschah.

»Was ist«, Theos Hand zog sich zurück, »willst du's nicht?«

»Gib her«, Felix griff rasch zu, schnäuzte sich, setzte ab, betrachtete das Taschentuch in seiner Hand, »ist schade drum«, er schnäuzte nochmals, kräftig, »muss man wohl waschen jetzt«, er starrte wieder auf das Taschentuch, »und bügeln auch – nee, lass, ich mach das. Ich krieg das hin«, rasch stopfte er das Taschentuch in seine Hosentasche, »wirklich.«

Sie sahen übers Tal hinweg zur Hörnerkette.

»Der Typ«, Theo nahm den Faden wieder auf, »Minnis Typ behauptet, dass Papa –«

»Ja?«, fragte Felix leise.

Stille.

»Im Auto damals«, Felix sprach behutsam, »klang sie furchtbar aufgeregt.«

Theo begriff auf Anhieb.

»Minni stand vor Papas Tür. Sie hat geklingelt. Papa

hat nicht aufgemacht. War aber da. War wohl wirklich so. Minni war mit den Nerven fertig.«

»Verständlich«, sagte Felix.

Sie schwiegen. Der Blick war grandios. Ein Teil des Gipfelpanoramas leuchtete. Im Westen aber war der Himmel violett, die Berge kaum noch zu erkennen.

»Meine Freundin natürlich, die wusste ja –«

»Klar«, sagte Felix.

»Aber ich mache ja die Ohren zu.«

»Klar«, sagte Felix. »Klar.«

»Ich bin ja blind. Cilly hingegen –«

»Nichts Neues«, sagte Felix. »Kenn ich auch.«

Sie wandten sich einander zu.

»Minni denkt«, Theo schien den Gedanken im Reden zu verfassen.

Felix stand bereit. Er hatte keine Ahnung, nicht die geringste, was Minni dachte. Eines aber wusste er bestimmt. Es brauchte zwei für das, was Theo sagen würde, im nächsten Augenblick. Das stemmte einer nicht allein.

Ein Blitz zerriss die Stille. Ein zweiter.

»Leute«, rief Ev von oben, »wir warten nur auf euch.«

»*On Myself* zum Zweiten!« Alma.

Ihr Blick galt Theo. »Bis zum Mittagessen, gut? Du weißt, wir sind nicht gütig. Ist dir klar? Weißt du schon?«

»Sicher«, sagte Theo trocken.

»Sicher«, Alma nickte, »wissen wir. Dafür bist du hergekommen. Das ist der Sinn der Sache hier. Natürlich ist es das. Mir ist das wichtig. Es muss klar sein. Wir sind nicht da, um zu zerstören. Wir sehen, wir machen transparent, wir schlagen dies und jenes vor. Wir stellen

Fragen. Was wollen wir? Wir wollen einem Text, der es hierhergeschafft hat, das Unsere zur Verfügung stellen. Das wollen wir.«

Natürlich klatschte Uschi am allerlautesten.

Geranien, üppig und von besonders intensivem Rot, blühten auf der Fensterbank direkt vor Felix' Nase. Kein schöneres Haar ward je gesehen als das von Ev, die auf der Bank direkt darunter saß. Dort ruhte Felix' Auge, während er Begriffe fallen hörte. Während Alma redete. Auch Uschis Nein entging ihm nicht und nicht das Nein der anderen.

Worum es ging? Alma wollte wiederholen. Was sie nicht nötig hatten. Die Perspektive hatten sie kapiert. Alma brauchte gar nicht so zu schauen. Die Perspektive war die Brille. Mancher Leute Brille war rosarot. Die schrieben dann halt anders.

Felix fand das auch. Ein Schuft, der dächte, er miede Almas scharfes Auge. Er fand, sie war nicht zimperlich. Sie sprach von Disziplin und von Allotria und von der Theorie. Er sah, dass Uschi Haltung angenommen hatte, des Knöchels ungeachtet. Er wusste, dass jeder wusste, dass Almas Rede ihm und keinem anderen galt.

»Welche Theorie?« Er gab sich kühl.

»Die Theorie, Herr Kammerlander, die Sie verschlafen haben.«

»Ah so.« Felix' Lächeln war das allerfeinste. »Sie werden, Verehrteste, verstehen, dass meine Perspektive eine andere ist.«

Alma lachte schallend.

Der Rest der Sitzung gehörte Uschi Lammerskötter.

»Aus eins mach vier!«

Sie stieg groß ein. Sie glänzte. Ihr Stimmorgan schlug eine Schneise durch das Oberallgäu bis nach Schwarzenberg hinüber. Sie rissen Mund und Auge auf.

»Ja sicher!« *On Myself* bot locker Stoff für vier Romane. Wenn nicht für fünf!

Also das war stark. Warum nicht sechs. Warum nicht acht? Haha. Hihi. Sie kicherten.

»Sekunde!«, Uschis Kehle schleuderte das Wort hinaus, ein Katapult, vor dem sie Deckung nahmen, »ich will es ja gerade –«

»Wir sind gespannt«, warf Alma ein, »lass dir Zeit.«

Daisy Duck. Ihr Mündchen rund, als ob sie pfeife. Die Lammerskötter vor der Klasse. Felix schämte sich. Die Frau war alles andere als doof.

»Erstens Cilly –«

Ev griff zum Kugelschreiber – und legte ihn zurück.

»Liebesroman. Punkt eins.«

Haha. Der Witz war gut. Das war ja direkt lustig.

Kein Witz! Uschi blies die Backen auf. Was, bitte, war denn Trennung anderes als Beziehung? Dass Cilly das Handtuch warf, fand Uschi ganz persönlich nicht so lustig. Cilly war auf alle Fälle Liebesgeschichte.

Ev klatschte leise. Die andern auch.

»Der Jäger und die Jägerin«, Louis lächelte charmant. Es war das Horn, woran er dachte.

»Halali«, sagte Felix, ohne Theo dabei anzusehen, »die Jagd ist aus.«

»So wunderbar ergreifend«, Evs Augen schimmerten, »das Halali.«

»Die Hörner«, sagte Louis, »gerade auf der Jagd –«

»Sie s-pielt ja wohl Orchester«, unterbrach ihn Jette scharf.

»Achtung«, warf Uschi ein, »da weißt du mehr als ich. Im Text steht nichts dergleichen.«

»Das ist doch selbstvers-tändlich. Die jungen Frauen sind heute alle im Beruf.«

Sie riefen alle durcheinander. Felix zeigte auf. Alma winkte ab. Uschi fertig reden lassen.

»Zweitens«, rief Uschi, »die Persönlichkeit der Ich-Figur.«

Das war heikel. Alma nickte freundlich. Aber Uschi hatte plötzlich einen Frosch im Hals. »Wäre«, sie musste sich mehrfach räuspern, bat um Entschuldigung, »wäre ein psychologischer Roman.« Theo war jetzt nicht beleidigt, oder? Weil Uschi wusste, dass Theo wusste, dass nicht er gemeint war. Geschenkt, hätte sie nicht sagen brauchen.

Nein, dachte Felix, wirklich nicht!

Kein Ton. Es schien, als hüteten sich alle, Theo anzusehen. Der schrieb nicht über sich, das hatten sie gelernt. Das war die Theorie. Es half hier wenig. Das mochten Profis und Verrückte anders sehen. So etwa dachten sie bei sich. Man sah es leicht. Sie lagen richtig. Das könnte ihnen Felix sagen.

»Drittens«, Uschi hob den Zeigefinger, »Familienroman. Skelett im Schrank.«

Bitte?

»Li-te-ra-risch! Er-fun-den!« War keine zwei Minuten her, da hatte Uschi –

»Zwei Minuten? Sicher?« Theo sah auf seine Armbanduhr. Das Ziffernblatt bot Winzigstes mit jener maximalen Präzision, die nicht mehr hinterfragbar schien.

»Wieso?« Uschi sah verwirrt auf ihre Kirmesuhr am

eigenen Handgelenk, auf der zwei Mickymäuse sich unterhakten.

»Ich äußere mich nicht zur Ich-Figur«, sagte Theo eisig. »Was aber deine Uhr betrifft, so geht sie falsch. Von Psychologie sprachst du vor über vier Minuten.«

Theo litt. Felix schauderte. Die Steinlawine stand noch aus. Von wegen ›lass ich weg‹. Wiggi, den das gar nichts anging, hatte quergeschossen. ›Tät ich nicht.‹ Das war der Punkt. Das war einfach zu wenig. Auch Felix, wenn er schreiben würde, machte mehr daraus. Das kam davon, wenn man so nahe an sich selbst entlang schrieb. Es war ihm schwer, mitanzusehen, wie Uschis Kompetenz in Theos Seele schnitt und bohrte.

»Viertens Steinlawine. Mega!«

Die Möglichkeiten. In diese Richtung durfte Uschi gar nicht weiterdenken.

Sie glühte. Das Essigsaure troff gelb herab vom Sprunggelenk.

»Puh!« Ev schüttelte den Kopf.

»Wie, puh?«

»Die Möglichkeiten. Grauslich.« Ev zog sich zusammen.

»Eben. Sag ich doch. Ich sagte –«

Felix schloss die Augen. Vorsichtshalber.

»Wer A sagt, muss auch B sagen«, Alma, ruhig.

»Wieso? Ach so –«, Uschi starrte Alma an, schien zu begreifen, »ja klar. Ja, super.« Ihr Laptop summte. »Sekunde, bitte.« Das Keyboard klapperte. »Genial!« Sie richtete sich auf und strahlte.

Theo saß bewegungslos.

»Schön«, Alma deutete ein Lächeln an, »dann sind wir sehr gespannt.«

»Puh«, Ev zog die Schultern hoch, »also ich –«

»Fünftens?« Alma, trocken, dass es staubte.

Wespennester. Im Dachgebälk des Elternhauses hatte Felix sie zu Staub zerfallen lassen, jene, die für ein Kind erreichbar waren. Mehr als einmal. Bis eines Tages Franzis Hand in seinen Nacken griff. Die über ihn gekommen war. Die wie eine Furie geschrien hatte. Der Staub, der jede Sicht versperrte. Das tiefe Summen, ein Ton, der anschwoll. Franzi, die nicht losließ. Franzis Finger hatten sich so tief in seinen Hals hineingebohrt, dass die Spuren noch tagelang erkennbar waren. Sie hatte ihn hinausgeschleift. Die Möglichkeit, dass Wespen in den Nestern waren, hatte er nicht in Betracht gezogen. »Oberdepp.« Der Zorn in ihren Augen war silberhell im schwarzen Staub, der Haar, Gesicht und Hände überzogen hatte und Franzis Kleider und seine eigene Kleidung und Franzi und ihn selber überhaupt.

»Fünftens Minni«, krähte Uschi.

Felix schien, er habe ein paar Regentropfen abbekommen. Er wischte sie vom Unterarm.

»Gleich«, sagte Alma. Uschi fertig machen lassen.

Sie sahen stumm nach oben, wo es blauschwarz war und die Konturen überm Tal schon nicht mehr sichtbar.

»Du lieber Himmel«, riefen sie. Aber Uschi fertig machen lassen, keine Frage.

»Fünftens Minni.« Uschi lächelte bescheiden.

Interpretation. So ging das also. Die Lammerskötter konnte das. Ganz klar. Den Auftritt durfte man ihr gönnen. Was diese Frau aus Krefeld lieferte, mein lieber Herr Gesangsverein, war erste Sahne. Herrgott, wie fleißig war sie obendrein gewesen. Sie hatten Uschi etwas zu verdanken. Auch Alma schien eitel Wonne. Ein schwacher Duft von Hefeschnecken mischte sich ins Würzige der Wiesen und in die Schwärze, jetzt dunkelviolett und giftig.

»Gehört fünftens vielleicht zu drittens?« Ev fragte, weil sie es spannend fand.

»Klaro«, Uschi nickte anerkennend. »Drittens. Viertens, je nachdem.« Sie selber würde Minni ins Zentrum einer eigenständigen Erzählung stellen, der sie den Titel *Minni* geben würde. Fände Uschi ehrlich schön.

Sebastiani wies nach oben. Also schwärzer war nicht möglich.

»Uschi, bitte, kommt noch etwas?« Alma hielt die Blätter fest.

Uschi schüttelte den Kopf.

»Du übernimmst dich«, sagte Theo eisig.

»Ich glaube nicht. Uschi, danke. Sehr ausdrücklich.« Alma applaudierte.

Große Tropfen klatschten auf, Sekunden später ließ es fallen, Wassermassen, Hagel gleich darauf, schon war der Vorplatz weiß. Sie ließen alles liegen, als letzter schlug Wiggi Winterhalter die Haustür zu von innen, Winterhalter, der binnen Kürzestem herausgeschossen und im nächsten Augenblick herabgekommen war – buchstäblich herabgekommen – über Uschi, die er mit beiden Händen packte und halb trug, halb mit sich schleifte bis zur Haustür, die weit offen stand, und in den Flur hinein, auch der schon weiß von Hagelkörnern, groß wie Taubeneier.

Zwei Stunden später aber badete der Einzelhof erneut im Sonnenglanz. Vor dunkelblauem Himmel schimmerte die Hörnersilhouette blendend weiß. Sie schien zum Greifen nah. Vom Tal herauf kam Blasmusik. Oben fehlte Uschi. Sie war im Krankenhaus. Wiggi, der mit dem Essigsauren komplett gescheitert war, bedauerlicherweise, hatte Uschi gleich nach dem Mittagessen nach Burckartsried hinabgefahren. Im Schreibkurs hing man seither in der Luft. Als Wiggis Anruf kam, war es bereits halb drei Uhr nachmittags.

Und?

Nichts. Wiggi saß mit Uschi vor dem Röntgen, wo seit Stunden nichts voranging. Dass Uschi Schmerzen hatte, war denen scheißegal. Alles rappelvoll. Die kamen wegen jedem Spreißel. Ein Spreißel war kein Notfall. Was eine Notaufnahme war, hätte Wiggi denen gerne mal gesteckt. Falls sich in diesem Laden etwas tat, rein röntgenmäßig, riefe Wiggi wieder an.

Wenn das so war – Theo, Ev und Felix tauschten Blicke, schüttelten die Köpfe in stummem Einvernehmen –, dann war es das, zumindest für den Augenblick. Und überhaupt. Sie machten eine schöpferische Pause. Dann lief das hernach wie geschmiert. Durfte Alma ihnen glauben. Auch wenn Felix – Theo grinste – keine Pause brauchte, streng genommen, weil er noch gar nicht angefangen hatte. Er war jetzt nicht beleidigt, oder? Einfach nicht daran denken. Ev und Theo nickten sehr ausdrücklich. Sie sagten ihm voraus, er werde schneller in die Tasten hämmern, als ihm lieb sei. Loslassen. Dann komme er vor lauter Handlung mit Schreiben gar nicht hinterher.

Loslassen. Nicht suchen wollen. So würde Ev es sagen.

»Wer nicht sucht, der findet.« Theo.

»Nur wer die Sehnsucht kennt, weiß, was ich leide«, Felix verzog keine Miene.

»Spinnst du«, sagte Ev.

»Er sehnt sich halt danach, dass ihm was einfällt.« Theo grinste.

»Der Autor schweigt und schreibt«, sagte Felix.

»Du steckst nicht drin.« Evs tiefer Blick in Felix' Augen.

»Eben«, sagte Felix kurz.

Dass nichts von Louis und Jette kam, also hier waren sie, wie sollten sie es sagen, hier waren sie verwundert, echt. So ganz allmählich. War doch kein Anlass zur Besorgnis? Wusste Alma wirklich nichts? Nein, bitte, sie glaubten ihr, gar keine Frage. Alma gab Bescheid? Versprochen? Sicher? Also, Tschüs. Weil sie dann so weit wären.

Theo schnitt die Kurven. Jazz, ein Sound aus Boxen, die bis zum Bodensee hinunterreichten. Bombenstimmung. Sie waren in Erwartung. Mal sehen, sagten sie, als Theo in den Parkplatz bog. Mal sehen, was sich tat.

Es tat sich nichts. Kaum im Hotel, war wieder Theos Schwester in der Leitung, und Theo, das iPhone dicht am Ohr, verströmte Zuversicht und Frohsinn, schritt das Dreieck Rezeption und Lift und Sessel ab. Es war der rote, in welchem Cyrill leise schnarchte.

Ev zuckte mit den Achseln, flog die Treppe hoch, verschwand. Als ginge sie dies alles gar nichts an. Felix aber sah die Not in Theos Augen und die Scham. Er sah den Stolz. Da nickte er ihm zu, machte kehrt und wandte sich dem Eingang zu. Warf noch mal einen Blick zurück, sah Theo redend, fuchtelnd, das Telefon am Ohr, in Richtung Bar verschwinden.

Er gab sich einen Ruck und ging ins Freie.

11

Der Marktplatz war blau-weiß durchbewimpelt. Felix saß allein. Sein Tischlein schien dasselbe wie am ersten Tag. Der Brunnen rauschte. Der Heilige funkelte in Festesfreude. Wie Lava aber schien das Gold sich auf dem Kopf des Kindes zu verflüssigen. Ein Premiumheiligenschein.

Da war das Trio linker Hand. Es ruhte ganz für sich im Ladenfenster. Premiumgelände. Wo nämlich ringsherum sich Decken, Plaids und Schals und Trachtenblusen stapelten und Hals- und Taschentücher mit Enzian und Alpenrosenstickerei, siedelten auf gleicher Fläche drei Herrschaften, die Abstand hielten – diskret beleuchtet auf schwerem, dunkelrotem Samt.

Der Horus reizte ihn. Es gab da nämlich eine Spur, die sehr direkt zu Felix selber führte. Genau genommen war es ein Verhältnis, das er unterhielt – nicht mit dem Falkengott, vielmehr mit Horus, dem Kind von Isis und Osiris. Das Verhältnis war das allerengste. Es war intim. Die Darstellung, an die er dachte, die ihn bewegte wie kaum etwas, zeigte den Gott in Gestalt von Pharao, den seine Mutter Isis stillte. Sie saß sehr aufrecht, sah auf das Kind in ihrem Schoß herab. Hielt dessen Kopf mit einer Hand und mit der andern die linke Brust, an der es trank. Die Göttin lächelte und träumte, und weiter tat sie nichts. Weil dies so war, lächelte das Kind und trank und träumte, und weiter tat es nichts. Die Statuette von der Größe einer Frauenhand, die Felix in natura nie gesehen hatte, war aus Fayence von zartem

Blau, ins Grünliche changierend und stammte aus der Ptolemäer-Zeit. Das Lächeln im Gesicht von Isis aber war das allerstillvergnügteste. Auch das Lächeln im Gesicht des Kindes war das allerstillvergnügteste. Das Bild nahm eine ganze Seite ein in jenem Prachtband, den er nach Papas Tod aus dessen Arbeitszimmer mitgenommen hatte. Mal angenommen, das Exponat da drüben wäre echt und Felix flüssig, so würde er es dennoch niemals kaufen. Wie alles hinter Glas, auf Sockeln und auf Samt, wäre auch sein eigener Falke mausetot. Ein Stück Holz, für das er Totenwache hielte.

Er fuhr auf, als eine Frauenhand ein Blatt Papier auf die sehr kleine freie Fläche zwischen Kaffeekännchen, Kuchenteller und dem Ständer für die Speisekarte bettete mit Sorgfalt, ja, mit Zärtlichkeit und sehr endgültig, dies vor allem. Es war ein Flyer, weiter nichts. Aber die Hand war schön. Nicht wie Susannes Hand, nicht wie die Hand von Ev, auch wenn sie schmucklos war wie jene auch und wohlgeformt und ausdrucksstark und ihnen somit ähnlich, vom Grundsatz her. Die katzenhafte Sanftheit dieser Hand, das Taschenspielerhafte, weckte augenblicklich sein Begehren, sie möge auch mit ihm verfahren auf jene Weise, die süß und lichtscheu wäre, verführend, verboten und verrückt. Die Hand war wunderbar.

Die Frau – ein Blick genügte – war, nun, speziell. Das war sie wirklich, allein schon ihrer Kleidung wegen, die aus der Zeit und aus dem Rahmen fiel. In Burckartsried war Alltagskleidung angesagt. Wer hinter einer Ladentheke stand, wer Zimmer anbot, wer im Service tätig war, trug Tracht. Tracht trugen alle Feriengäste, die es nicht besser wussten.

Darunter auch Susanne, die in Schwarzenberg das Jahr davor schlussendlich um ein Dirndl nicht herumgekommen war und in der Folge auch nicht um ihn selbst in Anbetracht des Preises. Der nämlich war um einiges zu hoch gewesen, als dass sie ihn alleine hätte stemmen können. Gegen reichlich vier Stellen vor dem Komma, das sah Felix ein, war schwer anzuzeichnen in Susannes Branche. Ewigkeiten hatte er gesessen und gewartet, war eingeschlummert vor der Türe der Kabine, hinter der Susanne haufenweise Dirndl an- und ausgezogen hatte. Er selber, bis dahin ohne Interesse für dergleichen Heimatkram, war hochgeschreckt, als sie ihm endlich gegenübertrat im schwarzen, reich mit Gold durchwirkten Abenddirndl. Er hatte sich verbeugt und ihre Hand geküsst, ergriffen und behext zugleich im Angesicht der Brüste, die dies Gewand in weitem Bogen allenfalls umschrieb. Er hatte sie geküsst, die Brüste und Susannes Lippen auch, und kurz darauf hatte Susanne ihn geküsst mit solcher Leidenschaft und Gründlichkeit, dass er beinah das Gleichgewicht verloren hätte. Das Abenddirndl hatte viel gekostet. Der Schwindel aber, der ihn befallen hatte, war nicht vom Preis gekommen, ganz sicher nicht. Susanne hatte Wert darauf gelegt, dass Felix dies erkannte.

An Felix' Tischlein war aber nichts von Tracht. Nur weißes Leinen locker um den Leib geschlungen. Das Outfit im Stil der griechischen Antike ließ eine Schulter frei und machte auf seine Weise etwas her. Da Fasching lang vorüber war, blieb nur die Bühne. Die Frau mit dieser Kleidung musste vom Theater sein. Nun führten sie jedoch im *Bröslbrettl* bis in den Herbst die *Geierwally* auf. Der Hinweis *ausverkauft* in roter Schrift verlief auf sämtlichen Plakaten quer über Wallys blaue Augen und einen Teil des gelben Geierschnabels. Für Ev und Felix keine Chance. Für Uschi Lammerskötter aber, sieh an, war rätselhafterweise eine Karte aufgetaucht und rätselhaft verschwunden, wie sie gekommen war nach Uschis Sache mit dem Sprunggelenk. Dass Wiggi die Hand auf den Kostümen hatte, wusste Felix zwischenzeitlich auch. Besser, der zählte mal den Fundus durch. Die Iphigenie fehlte. Das war mal sicher. Weil die direkt vor seiner, Felix', Nase stand.

Sein Blick glitt über deren bloße Arme, auf denen blonde Härchen wuchsen, hinauf zur unbedeckten Schulter, die intensiv, doch transparent gebräunt war. Die Dame selbst schien zögerlich, tat ein paar Schritte von ihm weg, hielt inne, drehte sich noch einmal nach ihm um. Ein kurzer Blick genügte, dass er den Irrsinn in den blauen Augen glitzern sah. Was dem Gesicht jedoch geradezu den Zug ins Liederliche und Gemeine gab, war etwas Diabolisches, das in den Winkeln ihres Mundes lag, mit dem sie zuckte. Herrje, durchfuhr es ihn, geh mir vom Leib!

Aus purer Höflichkeit tat er blitzschnell, als ob er lese – im ersten Besten, was zur Hand war. Das erste Beste – die Karte mit dem Eis, den Speisen und Getränken – war leider festgeklemmt im Ständer. Also der Flyer. Er las ihn durch, was schnell getan war. Danach blieb ihm die Spucke weg. Von wegen Iphigenie.

»Ach«, sagte er laut.

Als er hochsah, war sie weg. Er faltete das Blatt zusammen und schob es in die Hosentasche.

Bei seiner Rückkehr war es ausgerechnet Theo, der ihm als Erster in die Arme lief. Der Mann war ramponiert. Dies zu erkennen, war nicht weiter schwer. Nicht dass er taumelte, nicht dass sein Mienenspiel erstarrt, sein Ausdruck der allerblödeste gewesen wäre, auch wenn er aus der Bar zu kommen schien. Betrunken, nein, das war er nicht. Insofern lag es nicht am Schnaps, um es ganz klar zu sagen, dass ihm die Haltung fehlte und die Verständigkeit und das Elastische, in dem ein Ziel enthalten war. Kurzum, ihm fehlte ganz gewiss nicht alles, aber doch das kleine bisschen, das den Ausschlag gab und ihn zu Theo machte, der in der Welt war.

Auch Cyrill, bis dahin tief versunken in die Reinigung der unteren Partien seines Katerkörpers, richtete sich auf, sah, was er sah – und sprang mit einem Satz vom Sessel. Weil man auch an der Rezeption die Augen aufriss, gab Felix Theo einen Wink.

»Komm«, sagte er mit unterdrückter Stimme, »gehen wir hinauf.«

Theo wohnte in der Beletage. Das Zimmer fand sich ein. Allein, die Keycard fand sich erst, als Felix seinerseits in Theos Taschen wühlte und ertastete, was ihn nichts anging. Nichts, was in fremder Leute Taschen steckte, ging ihn nach seiner festen Überzeugung irgendetwas an. Ein Gummibärchen war tabu, wenn es in einer anderen als seiner eigenen Tasche steckte. Es fiel ihm leicht, diskret zu sein. Ihm fehlte schlichtweg das Interesse.

Die Keycard jedenfalls erfühlte er schlussendlich am unteren Rand von Theos Softshelljacke zwischen Fleece und Innenfutter. Nach einem raschen Blick auf den

Verstörten lotste er die Karte von außen behutsam das Stück Wegs zurück bis zu der Stelle, wo das Futter der rechten Seitentasche eingerissen war. Die Karte zwischen Daumen und dem Zeigefinger ins Freie zu befördern und diese Theo in die Hand zu drücken, war nicht mehr der Rede wert. Ein eng gefaltetes Papier, das er zuvor für diese Operation herausgenommen hatte, erregte seine Neugier. Es war die Farbe größtenteils und die Struktur, die ihn vermuten ließ, was sich sogleich bestätigte, als er das Blatt ein wenig auseinanderfaltete. Was Theo bei sich trug, war Iphigenies Flyer. Felix blieb keine Zeit zur Überlegung. Er schob das Blatt zu seinem eigenen Flyer in die Hosentasche und folgte Theo rasch hinein. Die schwere Türe schloss sich hinter seinem Rücken von allein.

Der Raum war schön. Durch eine Glasfront mit dem reichen Schnitzwerk und der Blumenfülle des Balkons verbunden, lag er im roten Dämmer der Markise, die ganz herausgefahren war. Marktplatz, Brunnen, Dächer schienen spielzeugklein. Drinnen verlieh das sanfte Rot von draußen dem cremig weißen Chesterfield die Patina des Matten, die von Zeit nichts weiß. Das riesenhafte Sofa nahm fast die ganze Fensterlänge ein. Während Felix sich noch in dem Zimmer umsah, das sein eigenes an Üppigkeit und Größe beträchtlich übertraf, lag Theo schon der Länge nach auf seiner Ledercouch, die Augen offen, starr und stumm in einer Haltung, die erstaunlich war, für einen Körper jedenfalls. Die Ähnlichkeit des Arrangements mit einer Büroklammer war nicht von der Hand zu weisen. Diese aufzulösen war ein Impuls, dem Felix widerstand. Er hätte ohnehin auf Anhieb nicht gewusst, womit beginnen, dem Fuß etwa, dem Arm, dem rechten, linken. Ihm schien ein freies Ende nicht erkennbar. Ohne Zweifel tat er selber gut daran, sich möglichst lange an »erstaunlich« festzuhalten, ein Wort, das Maß versprach und Schonung. Im Grunde seines Herzens hoffte er, ganz durchzukommen mit »erstaunlich« und nahm sich vor, das Seine dazu beizutragen, weil andernfalls die Dinge naherückten und andere Wörter unvermeidlich wären, die Felix gar nicht gerne hatte, da war er ehrlich.

»Echt, Mann«, begann er mit Wärme, aber fest.

Dem Sofa gegenüber stand der Ohrensessel in stumpfem Rot und Weiß. Felix, ehe er noch wusste, ob er sitzen oder stehen sollte, war schon verloren an das Möbelstück, dem sein Leib sich überließ, indem er sich verflüssigte und in die Schale gleichsam sich ergoss, die umgekehrt sich ihrerseits ihm anverwandelte, bis sie verschmolzen waren, er und sie. In dieser unfassbar bequemen Lage schien es ihm angezeigt, ein wenig zuzuwarten. Er sah erneut zur Couch hinüber, wo Theo lagerte, gefaltet, nicht anders als zuvor.

»Tja«, sagte er.

Weil er beschlossen hatte mittlerweile, den Kerl, der aus dem letzten Loch zu pfeifen schien, aufs Gleis zu heben wie in eine Art von Lot, legte er Humor in seine Stimme, sodass es Theo leichter fiele, den Arm zu nehmen, den er ihm bot, Felix' Arm, den Theo nötig hatte, verzweifelt nötig, damit er aufrecht stand – humorig eben, vom Rahmen her. Was schon die halbe Miete wäre.

»Bierchen?«, fragte er.

Theos Augen wiesen Richtung Türe. Schmiss der ihn raus?

Neben Theos Türe lag die Minibar. Binnen Sekunden hatte Felix auf dem Couchtisch zwei Fläschlein Bröslpils, zwei Tafeln Vollmilchschokolade und eine Tüte Paranüsse malerisch drapiert. Alsdann erneut aufs Innigste vereint mit seinem Polstersessel, ließ er sich Zeit. Gab sich dem Rotlichtdämmer dieses Zimmers hin – Sofa, Sessel, weiß und rot. Schneeweißchen, Rosenrot, Schwestern, dachte er, einander gleich und doch verschieden. Aber doch mehr gleich. Charmant, sehr reizend, still und schön schien die Idee, und wieder breitete sich Friede aus in seiner Seele. Auch seine eigene Schwester, an die er denken musste und die er lange nicht gesehen hatte, schien ihm reizend, still und schön, vielleicht mit einem kleinen Minus, verglichen mit Schneeweißchen und mit Rosenrot.

Die Fläschlein aufzustemmen, die eine zu behalten, die andere vor Theos Nase hin und her zu schwenken mit Innigkeit und zähem Nachdruck, dieselbe Theo in die Hand zu drücken im richtigen Moment, war Sache eines Augenblicks.

»Prost«, er lächelte, erhob sich halb und halb.

Die Fläschlein schlugen aneinander. Sie tranken, wischten sich die Münder ab. Musterten einander. Theo bolzenaufrecht. Felix in seinem Sessel wie in einer zweiten Haut. Jedweden Gedanken an Iphigenie schob er weg. Der Flyer aber reizte ihn. Er war von jener namenlosen Dämlichkeit, für die er eine Schwäche hatte. Dergleichen hob er gerne eine Zeit lang auf. Ob Theo aus demselben Grund das liederliche Machwerk mit sich trug? Ob es ihn köstlich amüsierte? Er tastete verstohlen in seiner Hosentasche nach den Blättern, schüttelte erneut den Kopf und grinste.

»Ist nicht zum Lachen«, sagte Theo.

»Ums Himmels willen, nein.«

»Eben.«

»Prost«, sagte Felix.

»Warum du gelacht hast, will ich wissen.«

»Hat nichts mit dir zu tun. Hab' an den Flyer denken müssen. Cheers.«

Er grub aus seiner Hosentasche nacheinander beide Blätter aus, legte das erste auf den Tisch und hielt das andere Theo vor die Nase. »Hier, das ist deines.«

Versteinerung vis-à-vis. Felix schien es eine Ewigkeit, in welcher scheinbar weiter nichts geschah. Aber die Lunte brannte. Der Flyer war die Lunte. Nichts Lautes, als sie zündete. Nichts, was äußerlich gewesen wäre. Es schienen messerscharf geschliffene Splitter in vollkommener Stille Theos Eingeweide zu zerschneiden. Vom Blutbad, von Schmerz jedoch nach außen keine Spur. Als hätte es dies alles nie gegeben. Dass Felix sich nicht täuschen ließ, lag an der Totenblässe und am feinen Händezittern und an anderem, was er an seinem Gegenüber wahrgenommen hatte – weit jenseits aller Worte. All dies mitanzusehen tat in der Seele weh, und ihm war sehr danach, sich zu erheben und hinauszugehen. Bedauerlicherweise war ihm dies verwehrt. Ein Kammerlander blieb bei der Stange.

»Mein Lieber«, sagte er nach einer Schrecksekunde, »mir scheint, du hast etwas«, und lehnte sich zurück.

War nicht ganz leicht gewesen.

»Ich wäre da«, er wartete, dass hinter Theos Stirn sich etwas täte, »falls du reden willst.«

Es tat sich nichts.

»Ich meine«, er stocherte im Nebel tapfer weiter, »falls du Ärger hast.«

Minni kam ihm in den Sinn.

»Ärger?«, bitterer als Theo konnte man nicht lachen.

»Was weiß denn ich, was los ist.«

Theo hieb den aufgerollten Flyer auf den Tisch.

»Das ist los!«

Ehe Felix sich's versah, drosch Theo rhythmisch mit den Flyern auf den Glastisch ein.

»Das – ist – los – und – das – ist – los!«

Sieben Hiebe. Die Fetzen lagen überm Tisch verstreut.

»Wenn es darum geht, dass ich ihn hatte«, sagte Felix tapfer, »deinen, meine ich«, er deutete ein Lächeln an, »trifft mich ausnahmsweise keine Schuld. Hier«, er versetzte Theos Schokoladentafel einen Stups, »beruhigt die Nerven.«

Aber Theo beachtete ihn nicht. Stattdessen schob er Fetzen von Papier, die allerkleinsten noch, umher, bettete sie unaufhörlich neu, strich darüber, schüttelte den Kopf, starrte auf die Schokoladentafel, die ihn ratlos ließ, schüttelte erneut den Kopf, fuhr fort zu schieben und zu kreisen, zu trennen und zu fügen, was zueinander passte, ein Kartenspieler, der die Karten auf dem Spieltisch immer neu zusammenlegte und verschob, weil nichts und alles richtig war für einen kurzen Augenblick, und nur Bewegung zu ertragen.

»Hilft«, Felix zeigte auf die Schokolade.

»Hilft?«

Aus Theo sprach Hiob in jenem äußersten Moment der Gottverlassenheit. Felix riss seine eigene Tafel auf und biss hinein.

»Bleib cool«, er sprach mit vollem Mund, »was trägst du dieses Machwerk durch die Gegend, wenn du's nicht leiden kannst? Hat dich kein Mensch geheißen. Wer schreibt so etwas? Würde mich mal interessieren.«

»Minni.«

Im Bruchteil eines Augenblicks sah Felix Iphigenies Augen vis-à-vis. Die Hand, gebräunt, die draußen das Papier auf seinen Tisch gebettet hatte. Theo Markwart, Iphigenie. Felix war blind gewesen.

»Deine Schwester?«

Theo nickte stumm.

Aber etwas stand noch aus. Vielleicht das Schlimmste, dachte Felix hinterher. Woher stammte Theos Flyer? Vom Marktplatz etwa? Weit gefehlt. Der lag in Theos Fach. Ein Brief, der mit der Post gekommen war. Der ihn ans Telefon und an die Bar und in die Beletage und überhaupt treppauf, treppab getrieben hatte, um seiner Schwester beizukommen, in irgendeiner Form. An Proliferation, was diesen Wisch betraf, auch nur zu denken, war Theo zu diesem Zeitpunkt noch meilenweit entfernt gewesen. Er hielt ihn für ein Einzelstück. Der hatte keine Ahnung, dass seine Schwester längst schon hier war.

Es war die Täuschung gerade über diesen Punkt, die Theo in Verzweiflung stürzte und Felix selbst zutiefst erbarmte. Die Vorstellung, Franzi etwa suche ihn auf diese Weise heim, genügte, dass Felix nicht nach Tröstung suchte, wo keine Tröstung war. Beim besten Willen nicht. Was war da noch zu wollen, fragten sie sich beide, als sie das Papier schlussendlich wieder vor sich hatten. Es wiederherzustellen war nicht schwergefallen, da sie aus zweien eines machten.

Berührungen für den Frieden lautete die Überschrift. *Herzmeister Sergei – Der Weg zum Kosmischen Orgasmus,* wiewohl als Untertitel, war dennoch fett gedruckt und hob sich deutlich ab. Ein Felsen war in der Mitte abgebildet, aus dem das Wasser in die Tiefe stürzte, und ein paar Zelte mit einem Kessel, der über einer Feuerstelle dampfte. Der Ort hieß *Liebesquelle* und die Kurse *Aura I* und *II,* die der Meister dort erteilte. Bei *Liebestanz* stand in Klammern *Meisterkurs* dahinter. Die Preise waren durch die Bank gepfeffert.

»Mann, Mann, Mann«, sagte Felix immer wieder, »Mann, Mann, Mann.«

Er löste die glückselige Verschmelzung auf mit seiner Sesselschale, die fortbestanden hatte. Die Mühe war enorm, naturgemäß. Dergleichen Trennungen vermied er für gewöhnlich. Hier war sie angezeigt. Er nahm die beiden Fläschlein Bröslpils und schritt in Richtung Minibar, um gleich darauf zurückzukehren, in jeder Hand ein bauchiges und wunderbar geschliffenes, mit Kognak nur scheinbar schwach gefülltes Glas. Das Quantum war in Wahrheit substanziell. Kristall, hauchdünn. Der Ton, mit dem die beiden Gläser aneinanderschlugen, stand noch lange silberhell im Raum.

»Mein Lieber«, sagte Felix leise in die Stille, »sie macht dich fertig.«

Theo nickte.

Die Gläser stießen wieder aneinander. Sie horchten hinterher.

»Schieß deine Schwester in den Mond.«

Theo zuckte mit den Achseln.

»Kannst du nicht«, Felix nickte.

112

»Nein.«

»Nein«, sagte Felix, »man kann es nicht.«

Sie schwiegen.

»Weißt du«, Felix deutete ein Lächeln an, »ich muss gerade daran denken, dass meine Schwester Franzi, wie soll ich sagen, auch eine starke Neigung hat, gewissermaßen auf dem Mond zu leben.«

»Sehr witzig«, sagte Theo bitter, »die Galaxie, wo Minni segelt, kennt nicht einmal sie selber.«

»Meine Schwester ist brillant. Wenn du das meinst.«

Theo nickte. Man konnte eine brillante Schwester haben, hieß das, die auf dem Besen durch das Weltall ritt.

12

Franzi war brillant, aber nicht wie Mama. Felix sagte
dies nicht laut. Franzi war klug. Aber nicht wie Mama.
Franzi war so lustig. Was hatte er gelacht bei jedem Essen, als alle noch beisammen waren. Franzi war blendend, wenn Besuch am Abend kam. Franzi war Champagner, den sie schlürften. Sie hätte keinesfalls die meiste
Zeit mit Benno schon zu Bett gehen müssen, geschweige
denn mit Felix selbst. In diesem Punkt, da war er ehrlich,
hatte er die Mama nicht verstanden. »Träum weiter«,
hatte Benno nur gesagt, von Neid geredet. Weil Franzi
Mama sonst die Schau gestohlen hätte. Das war absurd.
Er hatte bloß »Piep, piep« geflötet. Als ob die Mama der
Tochter das Lustige nicht gönnte.

Wo diese ohnehin mit Papa war. Sie funkelten, zwei
Akrobaten am Trapez. Franzis Pfiff und Papas Witze.
Es gab Gelegenheiten, wo man vor Lachen nicht mehr
konnte. Dann hatte Felix nicht selten Mamas Hand er-
greifen müssen, heimlich, wenn sie Gäste hatten. Dann
wussten beide, dass Franzi Mama dennoch nicht das
Wasser reichen konnte. Dass Mama Franzi aus dem
Haus getrieben hätte, konnte nur einer sagen, der nichts
begriffen hatte.

»Höre einmal«, hatte Mama bei früherer Gelegenheit
gesagt. Er mochte fünf, sechs Jahre alt gewesen sein. Er
war auf ihrem Schoß gesessen, Mamas aufgeschlagenes
Buch in seinen Bubenhänden. Mamas Stimme hinter
ihm, ihr Mund an seinem Ohr. »*Lesen*« — warm und
feucht, es hatte ihn gekitzelt — »*das ist die Beschäftigung*

mit der Menschenseele.« »Mhm«, hatte er gesagt. Mehr war nicht nötig zwischen Mama und ihm selbst. So schön hatte sie den Satz gesprochen. So dermaßen schön. »Sie spinnt doch. Als ob du das kapierst«, Franzi, die das mitbekommen hatte. »Selber«, hatte er gekontert und ihr noch »ätschi, bätschi« hinterhergerufen.

»Die Menschenseele ist ein Rätsel«, sagte er.

In Theos Augen lag höfliches Interesse. Dahinter aber lauerte die Angst.

Herrgott, durchfuhr es Felix, da war noch mehr!

Er musste blind gewesen sein. So große Not kam nicht allein von einer Schwester. Sie mochte noch so peinlich sein. Das war Familie. Das ging tief. Darüber sprach man nicht. Felix war nicht sicher, ob er an Theos Stelle selbst das wenige, das dieser bisher preisgegeben hatte, hätte sagen können. Vermutlich nicht. Aus Mannesstolz.

Mannesstolz. Susanne hatte ihm das Wort entrissen, um es gegen ihn zu wenden. Vermutlich war sie neidisch.

»Neid?« – sie hielt den Pinsel von sich weg. Ein Bächlein Gold rann wässrig über ihren Zeichenblock – »auf den Herrn Prinzgemahl?« »Frau Königin«, er hatte ihre Hand genommen und geküsst, »Ihr seid die Schönste hier.« Frau Königin? Es hätte Schneewittchen heißen müssen. Mein lieber Herr Gesangsverein. Er wartete umsonst darauf, dass sie es merkte.

Susannes Eifersucht auf Mama war im Lauf der Jahre bitterer geworden, schwarze Galle auf Susannes Haut, die Felix' Zunge schmeckte, wenn sie sich liebten – ein bitteres Begehren, und immer bitterer auf beiden Seiten. Ganz zuletzt war er im Morgengrauen aufgewacht. Der

Platz rechts neben ihm im Bett war leer gewesen. Durch die offene Türe hatte er Susanne am Maltisch sitzen und mit dem Pinsel eine Menge Rot verteilen sehen. Soviel er wusste, hatte sie das Blatt danach verworfen. Ihre Art war übermalen. »Das Schwarze«, hatte er gerufen, nicht laut, Susannes Wohnung war die winzigste, »das Schwarze schimmert immer durch.«

Ja, die Mutter stand ihm nahe. Blies man dies in die Welt hinaus? Dass Mama recht sehr mit ihren Büchern glücklich war, tat Felix' Liebe keinen Abbruch und bitte, deshalb gab sie noch lange nicht den Wohnsitz auf, wiewohl Benno darauf drängte, angeblich nicht der hohen Kosten wegen. Weswegen dann, hatte er gefragt, und nichts als butterweiches Zeug gehört. In diesem Punkt verstand er die Geschwister nicht, weil es ja Papa war, den Mama damit ehrte, indem sie wohnen blieb, wo beide lange glücklich waren. Benno hatte den Firmensitz natürlich nicht verlegen können. Die Wohnung aber, die er für sich erworben hatte, lag weit draußen vor der Stadt. Nett war das nicht von ihm gewesen. »Du tust ihr weh.« Benno hatte ihn nur angesehen. Müde irgendwie und auch verächtlich.

Aber Felix kannte eben auch die Zahlen, die für Benno sprachen, und ohnehin schien Mama stets im Gleichgewicht. Was von der Firma zu ihr floss und auch zu Franzi und zu Felix selbst, war sehr gediegen. Nur einen kleinen Teil der Summe nahm er persönlich monatlich heraus, um seine halbe Assistentenstelle aufzufüllen, die niemanden ernährte. Wie hätte er sich andernfalls das Sebastiani leisten können oder Susannes Dirndl beispielsweise und überhaupt das ganze Schwarzenberg.

Aber Susanne hätte ihn auf einer Viertelstelle auch geliebt. Er möge das niemals vergessen. Das mochte sein. Dennoch schien ihm, dass es sich mit Susanne auf einem Himmelbett recht sehr gemütlich liebte. Der Strohsack gäbe der Liebe ein anderes Profil. Es wäre schärfer. Mein lieber Herr Gesangsverein. Der Gedanke an Iphigenies nackte Schulter streifte ihn. Die Überlegung, dass Theo ihr draußen nicht begegnet war.

»Du hast sie nicht gesehen, oder?«

Theo schüttelte den Kopf.

»Angerufen?«

Theo zuckte mit den Achseln.

»Und?«

»Nichts.«

»Ihr müsst doch –«

»Nein«, Theo hieb mit der Faust auf die Collage, »ich sag doch, nichts.«

»Wo sie hin ist – weißt du nicht?«

»Nein«, Theos Stimme überschlug sich, »verdammt noch mal.«

Uschi Lammerskötters Knöchel war gebrochen. So viel von Wiggi am späten Nachmittag per Whatsapp zum Einzelhof hinauf. So viel von Alma per SMS hinunter ins Sebastiani. So viel von Louis beim Sechs-Uhr-Läuten zu Ev und Felix im Garten an der Friedhofsmauer.

Ja, Louis war zurück.

Er hätte eine Stunde eher da sein können, wenn er nicht, kaum von der Autobahn herunter, im Stau gestanden hätte, wie stets am Sonntagabend in der Hochsaison, wenn außer ihm das halbe Allgäu auf der Rückfahrt war vom Bodensee. Ja, das war schön, dass sie sich freuten, ihn wieder dazuhaben. Er sah es ihnen an. Und bitte, er sagte gern das Nötige. Mehr aber war nicht möglich, da bat er um Verständnis. Was war am See gewesen? Nichts anderes als die bekannte Trübnis. Louis brauchte vermutlich nichts erklären. Dass sie im Bilde waren über seine Situation, hatte Alma angedeutet. Louis' Frau war unverändert. Nichts von Verschlechterung. Bitte, er sah doch, was er sah, weil es sein Herz war, mit dem er nicht verhandeln konnte. Dass Maries Augen, wie stets, wenn er ins Zimmer trat, ein wenig dunkler wurden, galt als Reflex, rein medizinisch, nach wie vor. Louis aber nahm das anders wahr. Marie verbarg sich, und tiefer jedes Mal. Louis sah sie dennoch. Nie verfehlte Sebastiani, seine Frau zu sehen. Er konnte nichts dagegen machen.

Er lächelte, als er das sagte – nicht so wie Mama, dachte Felix. Nein, Mama nicht. Papa war es, der Benno, Franzi und ihn selber auf diese Weise angelächelt hatte, bevor er starb.

Man habe am Bodensee das Menschliche getan für seine Frau. Sebastiani lächelte noch immer. Das Menschliche, worum es ja am Ende ging, nicht wahr, und nicht ums Menschenmögliche. Louis und Marie. Louis konnte das nicht trennen. Seit Jahr und Tag war dies bedrückend. Es war noch ganz anderes als bedrückend, wenn man nicht leben und nicht sterben konnte.

Der Lächelnde, das hatten sie verstanden, war einer, der bei der Rückkehr schwer zu tragen hatte. Er war für zwei gerüstet aufgebrochen, um seiner Frau beim Sterben aufzuhelfen. Vor seinem inneren Auge sah Felix einen Steiger in der Wand. Nur einen. Denn alle Liebesmühe war vergebens. Louis' Wehmut lag in seinen Augen.

Franzis Augen. Ihre Wehmut. »Tschüs, Kleiner«, hatte sie zu ihm gesagt von draußen, und er sich umgedreht und ihr Gesicht gesehen durch die Kinderzimmertüre, die ein Spalt breit offen stand. Er, der nichts gewusst. Er hatte wochenlang geglaubt, dass Franzi wiederkäme. Er glaubte es noch immer. Beim Anblick Evs, die eine Braue hochzog, war ihm, als höre er erneut die hohe Stimme seiner Schwester »Hallo, Kleiner« sagen, so deutlich, als stünde diese direkt hinter ihm. Er schüttelte den Kopf.

»Man kann nichts dagegen machen«, sagte er lauter, als es nötig war.

Sebastiani blieb nicht lange. »Bei Alma, heute Abend«, rief er von der Terrassentüre aus. Den jovialen Ton, der ihnen beiden guttat, hatte er noch nicht zurückgewonnen. Sie nickten, winkten, bis er im Inneren des Hauses verschwunden war.

Es wurde feucht von unten her. Die Mauer, mit Efeu überwuchert, strömte Kälte aus. Ev fröstelte. Felix sah Gänsehaut auf ihrem rechten Unterarm, der auf dem Tisch lag, wie sein eigener auch. Es war der linke. Bis zur Berührung fehlten Millimeter. Weil aber kein Zeichen des Begehrens kam, auch nicht das klitzekleinste – nicht von Evs Unterarm und nicht von Ev schlechthin, schob er das Weitere auf später auf.

Der hohen Mauer und der Riesenbäume wegen war es in diesem schmalen Parksegment stets dämmrig. Man hätte meinen können, der Abend breche schon herein. Noch aber brannten keine Gartenlampen, und die Libellen tanzten überm Teich. Von Cyrill keine Spur. Die Fische schwammen oben.

»Was willst du?«, fragte Ev.

Sie saßen nicht mehr, sondern standen mittlerweile am Ufer beieinander, barfuß, alle zwei. Ev rührte mit dem großen Zeh im Wasser. Wieder hätte er sie packen können. Sie zurückzuziehen wäre Sache eines Augenblicks. Felix tat es nicht.

»Nichts«, sagte er laut zum Schilf und zu den Wasserrosen.

13

Weh

In die große, weite Welt hinaus geht heute keiner mehr.
Auch kein Hans.
In den tiefen, tiefen Wald hinein geht heute keiner mehr.
Im tiefen, tiefen Wald ist auch kein Hexenhaus.
Nichts zu knuspern im tiefen, tiefen Wald und keine Kin-
der. Keine Hexe.
Das stille Tal ist nicht mehr still;
Kein Mühlrad klappert. Kein fein's Liebchen.
Und das Wandern ist nicht mehr des Müllers Lust.
Der Lindenbaum am Brunnen vor dem Tore
Steht unter Denkmalschutz.
Ich schnitt in seine Rinde – kein liebes Wort.

Uschi Lammerskötter

Das Manuskript lag unterm grellen Licht der Deckenstrahler, das wie kein anderes imstande war, die filigrane Maserung des schönen Tischs in Felix' Zimmer dem bloßen Auge vorzuführen. Man hätte sich schon fragen mögen, ob nicht der milde Schein der Schreibtischlampe für Augen und Gemüt die schönere Option gewesen wäre. Der Eindruck war nicht von der Hand zu weisen, es handle sich bei diesem schmalen Raum, der an der Friedhofseite lag, um eine Art Labor und bei dem Blatt Papier im DIN-A4-Format um eine Probe, die zu beforschen wäre.

Das Möbel selbst schien ein Relikt aus einem Kinderzimmer mit Beinen, die am oberen Ende Köpfe waren mit lachenden Gesichtern und hohen Hüten, kegelförmig wie die der Köche oder Pharaonen. Es waren Narren, alle vier, mit kleinen Kragen um die schlanken Hälse, an denen Schellen hingen, mit Sorgfalt einzeln aus dem Holz geschnitzt, wie Kinne, Nasen, Augen auch, vier Herrschaften, von denen keine der anderen im Geringsten glich. Das Möbelstück, aufs Feinste restauriert, war selbst in Lichtverhältnissen wie diesen reizend anzusehen.

Hingegen stand es um Felix selber herzlich schlecht und immer schlechter im Verlauf der Nacht, die er im Überhellen durchgebrütet hatte, bis seine Lust, sich von dem Blatt Papier zu trennen, ins Unermessliche gewachsen war. Nicht dass er dumm genug gewesen wäre, zu glauben, er hätte Verse von der Erde tilgen können, mit denen Uschi Lammerskötter nach ihrer Rückkehr aus dem Krankenhaus am späten Abend Ruhm und Ehre, Umarmungen und Küsse eingefahren hatte, vor allem aber einen Platz beziehungsweise eine Bettstatt in Wiggi Winterhalters Zwischenzimmer, was automatisch Förderung bedeutete und den Genuss der Schirmherrschaft von Alma Stein persönlich. Das mit der Schirmherrschaft hatte Sebastiani ihm ins Ohr geträufelt. Aber Felix war in dieser Richtung ebenfalls gedanklich unterwegs gewesen wie jedermann, der nicht ganz blind war in Sachen Kunst und Karriere. Das Sprunggelenk alleine nämlich hätte fürs Zwischenzimmer nicht gereicht. Es hätte allenfalls dazu geführt, dass Wiggi die Dame vom Niederrhein für den Abend auf den Einzelhof heraufgefahren hätte, ausnahmsweise, und nach Beendigung der Sitzung ins Agnes-Haus hinunter, wo diese offenbar logierte. Ins Agnes-Haus zu ihren Nonnen und deren Spatzen, Krapfen, Schmarrn und Gröstl. Wo Louis Sebastiani hinging, von Zeit zu Zeit, um mit der Oberin zu speisen.

Speisen. »Ach«, hatte Ev zu Louis gesagt und zauberhaft gelächelt.

Dass Felix um halb drei Uhr morgens Uschis Manuskript nicht nur zusammenknüllte, sondern mit Händen und mit Zähnen daran riss und zerrte, bis nur noch Schnipsel übrig waren, die an den Fingern haften blieben, an Zunge, Zähnen und am Gaumen, lag an den Versen selbst, von deren wasserdünner Tränenseligkeit er zwischenzeitlich überzeugt war. Was sein Blut jedoch zum Kochen brachte, war der Widerstand des Blatt Papiers, mit dem sich seine Zähne schwerer taten als mit einem Kanten alten Brots. In seiner Raserei riss er das Fenster auf und spie und spuckte, was ihm an Schnipseln zur Verfügung stand, im hohen Bogen in die Nacht hinaus, aus welcher augenblicklich Falter schossen und drinnen gegen Lampe, Wand und Möbel schlugen. Er stand auch noch am offenen Fenster, als alles Schnipselwerk lang ausgespien war und von der Dunkelheit verschluckt, als habe es dergleichen nie gegeben. Drei tiefe Schläge kamen von der Kirchturmglocke. Süß war die Nachtluft. Er atmete tief ein und aus.

Allein, ein wenig Feuchtigkeit zog mit der Zeit in seine Lungen, und mit der Süße nahm es ab. Es graute bald der Morgen, und Felix graute auch. Er schlug sich an den Kopf, schlug eine Mücke tot. Was er im Spiegel sah, war Blut. Nicht viel. Ein feines Tröpfchen, ein Rinnsal von der Stirn hinab auf seine rechte Augenbraue. Er tupfte hie und da ein wenig, wandte sich erneut dem Fenster zu und schloss mit Nachdruck beide Flügel, bevor er, die Birkenstocksandale in der hocherhobenen Hand, die Flugbahn eines weiteren Insekts verfolgte, das Kurs nahm auf das Tischlein, hocherregt, ein Summen, das sich im Sinkflug ins Hysterische verstieg und jäh verstummte, als Felix' Schuh herunterkrachte. Was er sah, war aufgeplatzt und dunkelrot und schwarz und schmierig – da, wo Uschis Verse einst gelegen hatten.

Almas Ultimatum. Sein Manuskript. Er hatte abzuliefern.

»Morgen früh«, Alma. Es war gerade mal vier Stunden her. Er war der letzte, für welchen sie beim Abschied die Türe aufgehalten hatte. Es war ihr Ernst gewesen. Er hatte keinen Ton herausgebracht. Almas Augen waren dunkel. Bitterschokolade. Er hatte nichts gehabt, um diese Augen in die Knie zu zwingen. Das schreckliche Gefühl, dass unter Almas überweitem Leinenkittel statt

seiner Uschi für alle Zeit geborgen wäre. »Schriftlich.«
Das hatte er verstanden. Weil andernfalls Herr Kammerlander gar nicht mehr heraufzusteigen brauchte. Almas
letztes Wort.

Dann trugen sie die Englein fort ergänzte er und starrte
weiter Löcher in die Dunkelheit hinaus. Dergleichen
kam von Franzi. Seine Schwester fegte die Sprüche zusammen, wo sie sie liegen sah. Sie musste, was dies betraf,
erstaunlich weit herumgekommen sein.

Bitte, die Mama war in ihrer Bücherwelt auch weit
herumgekommen und weiter, als Franzis Füße sie jemals
würden tragen können. Die Mama war ein Glücksfall.
Nur Hellstes und Allerheiterstes, was Mama und ihn
selbst betraf. Darüber redete er nicht. Die Uschi hätte
besser auch geschwiegen. Als ob der Lindenbaum nicht
froh sein müsste um jedes windelweiche Weh, das einer
nicht in seine Rinde schrieb.

Tropfen klatschen gegen die Fensterscheibe. Ein Ast
fuhr draußen heftig auf und nieder. Es wetterleuchtete.
Jenseits der Mauer schimmerten die Gräber auf. Vier
Glockenschläge, der letzte trieb davon. Ein Blitz, weit
greller als die Deckenstrahler, der Donner, fast zeitgleich.
Er duckte sich. Kein Wetterglöcklein, als er krachte. Es
wurde taghell im Sekundentakt. Es krachte hoch und
giftig. Es nahm kein Ende. Auch nicht die Wassermassen.

Das Tischlein, an das er sich geklammert hatte, stand
hinterher ganz leicht und selbstverständlich auf den Beinen. Vier Narren, vier Nasen, vier Richtungen, nicht
anders als zuvor. Er blinzelte und öffnete das Fenster.

Die Luft war frisch. Der Morgen zog herauf. Er sah die feine Nässe auf dem Fenstersims, den feuchten Film auf allem nah beim Fenster. Er zog mit seinem Zeigefinger eine Spur auf seinem Laptopdeckel, die rasch zerlief. Er wischte mit der flachen Hand darüber, zog neue Linien, wischte, überschrieb, er wusste nicht, wie oft. Manches hielt sich kaum. Anderes blieb erkennbar für einen winzigen Moment. Aber jedes Zeichen verlor am Ende seine Form und wurde wieder mit den Abertausenden von allerfeinsten Tröpfchen eins – ein Zustand, wonach es seiner chemischen Natur entsprechend heftig strebte. Das große M war schon zerlaufen, als er mit »Mama« noch gar nicht fertig war.

»Schön«, sagte er. Das Wort war albern. Es tat ihm aber gut.

Etwas steckte in der rechten Vordertasche seiner Jeans. Was er ans Licht beförderte, war weiß, aus Stoff und arg zerknüllt. Ein fremdes Taschentuch, mit dem er seinen Laptop trockenwischte. Natürlich steckte er das nasse Tuch nach dem Gebrauch nicht mehr zurück. Einmal ganz abgesehen davon, dass Theo Markwarts Initialen in seiner, Felix', Hose nichts verloren hatten.

Als er zu schreiben anfing, begleitete ihn der Chor der Vögel. Eine Amsel schien so nah, dass er sich nach ihr umsah. Er hätte schwören können, sie flöte über seine Schulter.

Um sieben Uhr rauchte ihm der Kopf. Was er gespeichert hatte, war knapp drei Seiten lang. Drei volle, wenn man die Überschrift dazu nahm. *Auferstehung.* Ihm schien, was er geschrieben hatte, geschliffen und vor allem tief. »Ja«, sagte er und dehnte seinen Körper unterm harten Strahl der Dusche, »jaja, das Schreiben ist kein Pappenstiel.« Er seifte ein. »Es kostet Mühe.« Er bückte sich, glitt mit den Augen von seinem wohlgeformten Penis, den er im Zustand ruhiger Selbstverständlichkeit besonders stimmig fand, entlang der Schenkel hinab zu seinen Füßen, schäumte in die Zwischenräume seiner Zehen, ließ den Blick verweilen auf den Nägeln, die er kurz hielt, empfand aufs Neue bei aller Ebenmäßigkeit das Männliche, was ihm Susanne vor die Augen rief, die seinen Zehen sich mit Innigkeit gewidmet hatte. Regelrecht verrückt danach war sie gewesen.

Er richtete sich auf, hob das Gesicht dem Strahl entgegen, jetzt sanft und üppig von der Decke, schloss die Augen und öffnete den Mund.

»Ein Text, verdammt noch mal« – er hustete und schluckte – »braucht seine Zeit.«

14

Spinnst du«, sagte Ev beim Frühstück.

Sie hatte *Auferstehung* hochgeladen. Der Toast lag neben ihrem iPad. Sie hatte ihn nicht angerührt. Das Licht war trübe. Es hatte abgekühlt. Die Wolken hingen tief. Sie trug die weiße Weste mit dem Flausch. Das Haar war aus der Stirn von einem Reif zurückgehalten. Felix, der ihr gegenübersaß, sah zum ersten Mal die feinen Linien über ihren hellen Augenbrauen. Von Runzeln mochte er nicht sprechen. Ev war nicht froh. Sie machte keinen Hehl daraus.

Draußen schlug ein Rindvieh die Zunge hin und her im offenen Maul, glotzte trüb herein. Als er den Blick erwiderte, hielt es die Zunge still, nahm ihn ins Auge und richtete, den Kopf gesenkt, ein ausgesprochen großes Hörnerpaar direkt auf seine Brust. Auf eines war ein Büschel Gras gespießt.

»Blöde Kuh«, sagte er.

Ev sparte sich die Antwort. Sie schüttete Kaffee in sich hinein. Der Kellner lud ungefragt ein frisches Kännchen ab. Er war ein Menschenfreund.

»Das hellt sich auf.«

Der Mann sprach nicht vom Wetter, das war klar. Er drehte sich, schon ein paar Tische weiter, erneut nach ihnen um. In seinem Blick war Interesse und Besorgnis.

Franzi kam Felix in den Sinn. Ihr großer Zorn. Dann war sie göttlich. Dann duckte sich das Haus. Franzis Furor hatte ihn als Kind wie Weniges belebt. Er hatte ihn geschlürft wie später den Champagner. Gewachsen war er jedes Mal ein gutes Stück. Wenn wieder Stille herrschte, hatte er im Spiegel gut gesehen, wie seine Kinderbrust geweitet und seine Schultern männlich waren. Der Furor war bei Franzi. Ihm blieb die Ruhe – auch hier, was immer er gleich sagen würde. Wenn er Ev fragte, ob ihr sein Text gefiele. Das Ruhige hatte er von Mama. Das Ruhige war am Ende souverän. Franzis Zorn, das war ihm früh schon klar gewesen, hatte ihm die Bälle in die Hand gespielt.

»Ich finde das nicht lustig.« Evs Augen wiesen auf den Bildschirm.

»Lustig?« Felix hob eine Augenbraue.

»Tu nicht so. Ich lösche das. Ich will das nicht.«

Sie tupfte. Schon war der Bildschirm leer. Mehr noch. Schon war das iPad in der Tasche. Schon hing die Tasche, weiß wie der Flausch der Weste, herab von ihrer Schulter. Schon stand sie aufrecht. Schwupp, war sie weg.

Ja, Ev ging hinaus und kam nicht wieder.

Nicht, dass er im Geringsten an seinem Text gezweifelt hätte. Nein, dies nun wirklich nicht. Er winkte aber Markwart verhältnismäßig heftig zu, als dieser wenig später in der Tür erschien und war erstaunt, wie sehr er sich darüber freute, als dieser seine Richtung einschlug. Ev hatte ihn im Regen stehen lassen. Er fühlte ausgesprochen stark, dass ihm ein warmes Wort jetzt guttat. Man fand an jedem Text ein gutes Haar und sagte dieses laut. Jawohl. Wie hatte sie gejauchzt bei Uschi Lammerskötters lendenlahmem Lindenbaum. Verdammt noch mal. Er nämlich konnte wirklich etwas. Was ihn von anderen unterschied, die dies bloß von sich glaubten.

»Morgen!«, er strahlte Theo an, wies mit Schwung

hinüber auf Evs Platz wie einer, der aus der eigenen Fülle dem anderen etwas bot. »Ist frei. Komm, setz dich.«

Etwas stimmte nicht. Der war ja kreidebleich, der war zum Fürchten. Von wegen Morgengruß.

»Du schreibst das nicht.«

Oha, dachte Felix. Oha.

»Wie meinen?«, fragte er.

»Ich warne dich.«

Warnen? »Kann denn Schreiben Sünde sein?« Er sprach leichthin.

»Fahr zur Hölle. Meine Mutter war nicht doof.«

Das war stark. »Du, jetzt hör mal zu –«

»Was glaubst du, wer du bist?«

»Da bin ich überfragt.«

Felix heiterem Wortspiel folgte Markwarts grelle Lache auf dem Fuße. Hohn und bittere Galle. Ihr Tisch im Rampenlicht. Man starrte her. Man hielt die Ohren auf.

»Du Stümper!«

»Hei«, Felix Stimme wackelte, »es tut mir leid. Ich hab's nicht so gemeint.«

Er wies erneut auf jenen Stuhl.

»So setz dich doch.«

Er holte eilig eine frische Tasse vom Nachbartisch herüber, schenkte Kaffee ein aus seinem eigenen Kännchen. Goss ein paar Tropfen Milch darauf. Der nahm doch Milch?

»Versteh doch«, er sprach mit Dringlichkeit, »ich stand so unter Druck. Ich habe das alles doch erfunden. Das ist doch klar. Das sind doch Kunstfiguren. Nicht wahr, das hast du doch gemerkt? Hier«, er wies auf den Kaffee,

»es wird sonst kalt.« Er schob die Tasse vollends auf den freien Platz hinüber.

Markwart stand noch immer aufrecht. Jetzt geht er, dachte Felix, als dieser sich mit einem Ruck nach hinten wandte. Köpfe fuhren auseinander. Das Flüstern in der Nähe hörte auf.

»Fünf Minuten«, sagte er und setzte sich, nahm einen Schluck Kaffee, schnitt ein Gesicht und schob die Tasse von sich weg mit einer Geste trockener Verachtung. »Pass auf«, es kam mit unterdrückter Stimme und sehr rasch, »den Stümper nehme ich zurück. Du tust naiv. Vielleicht bist du's tatsächlich. Ich kenne mich bei dir nicht aus. Wenn du mich fragst, du bist ein Blender«, er winkte ab, als Felix protestieren wollte, »geschenkt, von mir aus bist du keiner. Aber ich muss reden. Und wenn hier einer was kapiert, dann bist es du, im Augenblick.«

Es stellte sich heraus, dass mit Interesse zuzuhören Felix sehr in Anspruch nahm. Kaum, dass er Luft bekam. Die Rede war von Katastrophe. Ein Redestrom, der Felix mitzureißen drohte. Theo übertrieb ganz sicher? – Leider nicht. Wenn eine Tochter den Vater für den Mörder ihrer Mutter hielt, so war dies eine Katastrophe.

»Papa hat sie umgebracht. Verstehst du, ich kriege diesen Satz nicht mehr aus meinem Kopf.«

Felix nickte heftig. Wie löschte man Behauptungen wie diese, die von der eigenen Schwester stammten? Was Franzi wohl darüber dächte? Er hätte Lust verspürt, sie anzurufen.

»Sie spricht von Mord«, Theo schüttelte den Kopf, »sie meint das ernst. *Bist du ein Idiot? Glaubst du an Zufall?* Sie sagt, die Mama war am rechten Ort zur rechten Zeit.

Der Papa, sagt sie, hat den Augenblick genutzt. *Sag mir, wo Mamas Leiche liegt.* Sie hat dann einen Blick –«, er fuhr sich mit den Fingern durch das Haar, »– ich kann dir sagen, das hältst du nicht leicht aus.«

Felix sah ihn hilflos an.

»Du willst nichts fragen? Im Falle du doch eine Antwort nötig hast, hier ist sie: Papa lügt nicht. Niemand, die Polizei eingeschlossen, hat je behauptet, dass er gelogen hätte. Papa hatte Zeugen. Denkst du, er hätte zugesehen und tschüs gesagt, wie unsere Mutter trotz Lawinenwarnung am späten Nachmittag noch abgestiegen ist? Du hast sie nicht gekannt. Papa war chancenlos, wenn sie sich etwas in den Kopf gesetzt hat. In einer Hütte übernachten? Als Frau in einem Massenlager? Papa sagt, sie habe nur gelacht. Zwei weitere Frauen aus der Innerschweiz sahen das genauso, offenbar. Es hieß, sie hatten keine Chance. Man weiß, dass sie nicht weit gekommen sind. Es ging schon eine Viertelstunde später los. In Papas Haut, das darfst du glauben, hätte ich nicht stecken wollen. Sie haben oben übernachtet, er und eine Wandergruppe aus Italien, sieben Leute insgesamt, die tags darauf von einem Helikopter ausgeflogen wurden.«

Sicher, dachte Felix. Aber Minni?

»Der Punkt ist«, Theos Wangen röteten sich leicht, »der Punkt ist, dass es mit unserer Mutter, wie soll ich sagen, kein Zuckerlecken war. Ich möchte das so stehen lassen. Die Mama war bigott. Und noch ganz anderes. Wenn du verstehst.«

Felix nickte. Darüber hatte er gelesen.

»Ich habe meine Mutter nicht gemocht«, Theo wurde feuerrot, »das sage ich im Nachhinein. Da bin ich ehrlich. Ganz anders meine Schwester. Sie wünschte ihr den Tod. Unsere Mutter hat ihr die Luft genommen. Sie war schuld, ich bin mir sicher, dass Minni anders war. Komisch, seit ich denken kann. Sie hat sich eine eigene Welt gebaut. Das Meer aus Steinen, die Verschüttung, das alles war zu viel für sie. Das hat sie nicht verkraftet. Stundenlang ist sie im Tal auf einem Brocken Fels gestanden, wo einmal eine Straße war, den Blick bis ganz hinauf zur Staudammwand. Mamas Geist – sie sagte Schatten – winke ihr von oben zu. Sie sei dem Papa draufgekommen. Das sagt sie jedem, der es hören will.« Theo seufzte. »Und weißt du was?« Er lachte bitter, »die Sache mit den Flyern gehört zu ihrer Friedensarbeit, die sie macht mit irgendeinem Kerl, um Papa zu entsühnen.«

Felix schauderte. Da stand sie – und starrte in die Höhe. Das Bild war stark. Er sagte: »Sie kann ja nichts dafür.«

»Sicher nicht.« Theo wischte sich den Mund mit Felix' Stoffserviette. »Sie ist wahnhaft. Klar.«

»Dir ist es peinlich.«

Theo nickte stumm. Vor Scham war er jetzt dunkelrot.

Es war so eine Sache mit dem Wahn, dachte Felix, als sie den Frühstücksraum verließen. Man könnte einfach sagen, dass Minni einen an der Waffel hatte. Das tat nicht weh. Waffel. Die mit dem Schaum. Hasenwaffel. Der Siebenjährige in der Schlange vor dem Schwimmbadkiosk. Sein Fünfzigpfennigstück. Vier Zigaretten oder eine Hasenwaffel. Die rosaweiße Füllung. Er würde es in Sachen Wahn und Wahrheit mit der Waffel halten. Rosarot und weiß, verführerisch. Man war dagegen machtlos. Es war darüber nicht zu reden. Es gab darüber keine Klarheit. Wer anderes vorgab, sah bis zur eigenen Nasenspitze. Minni musste für jedermann und für sich selbst ein Buch mit sieben Siegeln bleiben. Das mit der Seelenkunde – er hatte dies schon lange im Gefühl – war am Ende von allen weiten Feldern doch das weiteste. Es wäre süß, sich darin einzulesen. Das Seelische glich einer Hasenwaffel. Er würde bei passender Gelegenheit das eine oder andere dazu sagen können. Aus Theo aber war es schließlich regelrecht herausgesprudelt. Fast so, als habe Felix ihn erlöst. Theos Not war groß, mein lieber Herr Gesangsverein, und groß war Felix' Mitleid. Von dem Gedanken, dass er in Markwarts stolzer Haut nicht stecken mochte, war er ganz und gar erfüllt.

Auferstehung kam ihm in den Sinn, als er mit ihm zum Einzelhof hinauffuhr. Er hatte fantasiert. Ganz klar. Man war – ihm schien, er habe dies gerade selbst erlebt – beim Schreiben auch in einer Art von Wahn. Und doch trug man Verantwortung für das Geschriebene. Man kam, so, wie die Dinge lagen, nicht mündlich, nicht schriftlich, ja, nicht einmal im Traum aus der Verantwortung heraus.

Er sah zu Theo, der sich aufs Fahren konzentrierte. Wenn *Auferstehung,* dachte er, am Ende meine Wahrheit wäre?

Da sah ihn Theo an und lächelte. Der Himmel war tiefschwarz.

Der erste Blitz, das Krachen, als sei das Ende aller Tage nah. Die Sintflut. Wassermassen, als habe der Himmel sich in der Nacht noch nicht erschöpft. Die Scheibenwischer rasten. Obgleich es im Wageninnern blies, obgleich sie wischten, alle zwei, mit Taschentüchern und mit bloßen Händen, blieb doch die Windschutzscheibe nur für Augenblicke offen. Von Sicht war nicht die Rede. Nur knapp vermied es Theo, in einer Serpentine dem Wagen aufzufahren, der sich vor ihnen herschob. Zwei rote Lichter, gefährlich nah zur Mitte. Das konnte tödlich enden, falls einer aus der Gegenrichtung um die Kurve schoss. Es hing vom Zufall ab. Am Lehrstuhl sprachen sie von Kontingenz. Flüchtig kam Felix der Gedanke, dass Minni Markwart sich mit *Schicksal* leichter täte. Die Scheibenwischer zirpten, wenn sie von rechts nach links hinüberfuhren. Was er nur schwer erträglich fand, war jenes hohe Wimmern in der Gegenrichtung, worauf er regelrecht schon wartete. Es knirschte im Gebälk. Auch hier. *Spiel mir das Lied vom Tod*, sang es in ihm. Aber Theos Hände spielten mit dem Steuer, als führen sie durch bunte Wiesen im Wonnemonat Mai.

»Komm, lieber Mai, und mach mich tot«, entfuhr es ihm.

Nicht laut genug. Er hätte brüllen müssen, um Theo zu erreichen. Er ließ es sein. Was trieb ihn um? Er summte *Komm, lieber Mai, und mache* und gleich im Anschluss die Melodie vom Lindenbaum am Brunnen vor dem Tore. Weil er die Strophen kannte, sang er das Lied am Ende laut. Das Geräusch der Scheibenwischer aber war um vieles lauter, sodass er Mühe hatte, die eigene Stimme durchzubringen, wenigstens so weit, dass er sich selber hören konnte.

Das Auto mit den schwachen Heckscheinwerfern war ein Lancia, der neben Markwart vor der Tenne parkte. Die Alsterwitwe stieg jedoch nicht aus. Sie ließ die Fensterscheibe einen Spalt herunter, hieß Felix einen Regenschirm besorgen.

Aber sicher! Sie wollte einen Schirm für sich allein. Dreißig Meter bis zur Haustür waren dreißig Meter. Sie sah wohl nicht ganz recht? Ein Knirps für zwei? Das war ja lächerlich! Im Übrigen saß sie seit fünfzig Jahren hinterm Steuer und wusste, wie man Auto fuhr. Gerade Markwart, der sie die Serpentinen vor sich hergetrieben hatte, täte gut daran, in Sachen Tempo abzurüsten. Und überhaupt. Die Schirme mochten sie behalten, alle zwei. Die halfen auch nichts mehr. Die machten Jettes Todesangst im Nachhinein nicht wett.

Vom Haus her pflügte Alma durch die Fluten. Der Schirm, den sie mit einem Knall entfaltete, war hell und ungeheuer groß. Im gleichen Augenblick war Theo an der Fahrertür.

»Halt!« Jettes Schrei.

Sie hielt die Tür von innen fest, während sich der Schirm dem Auto näherte, fast waagrecht, da Alma sich dem Wind entgegenstemmte. Das wehte doch herein, sprach Jette dumpf durch einen Fensterspalt ins Freie. Da war sie schon klitschnass, bevor sie ausstieg. Sie lebte an der Außenalster. Ihr brauchte über Regen keiner was erzählen.

Sie zogen alle zwei die Köpfe. Sie nickten. Sie tauschten Blicke. War noch etwas? Das Folgende verstanden sie nicht ganz. Sie sprach so dumpf. Sie winkten ab. Sie schrien: »Drinnen!« Sie schüttelten die Köpfe. Sie wandten sich zum Gehen. Da ging das Fenster auf. »Nichts da!«

Nicht Theo, Felix war gemeint, der troff vor Nässe,

nachdem der Wind sein Schirmchen umgedreht und mitgenommen hatte. Weil Jette nämlich Felix’ Text gelesen hatte.

Felix’ Text? Er stand gebeugt, so nah wie möglich.

Aufers-tehung. War doch von ihm?

Er beugte sich noch tiefer.

»Ein s-tarkes S-tück!«, gefährlich scharf, direkt in Felix Ohr.

Ehe er noch etwas sagen konnte, überwölbte ihn der rosarote Schirm und schob ihn weg.

15

Die Ereignisse überschlugen sich an jenem Vormittag, der allen im Gedächtnis bleiben sollte«, schrieb Felix an Wiggi Winterhalters Küchentisch. Es war ein Premiumsatz. Ein zweiter folgte nicht. Ihm fiel nichts ein, was hätte folgen sollen. Nichts Konkretes jedenfalls. Er löschte. Schrieb stattdessen: »Es lag ein Unheil in der Luft. Man wusste nur noch nicht, in welcher Art und Weise es den Schreibkurs treffen würde.« Donnerwetter. Zwei einwandfreie Sätze. Der Stuhl, auf dem er saß, war hart.

Was war mit seinem Manuskript? Alma hatte ihn beruhigt. Nur verschoben. Weil Uschi fehlte. Bis zehn Uhr aber war sie ganz bestimmt zurück. Schon kurz nach sieben hatte Wiggi sie hinabgefahren zum Kontrolltermin im Krankenhaus. Auf alle Fälle blieb noch Zeit genug, um *Auferstehung* vor dem Mittagessen zu besprechen.

Er hatte nämlich keinen Augenblick daran gedacht, sein Manuskript zurückzuziehen. Schon gar nicht Jettes wegen, die keinen eigenen Satz zuwege brachte. Was Markwart anbelangte, so war in diesem Punkt nichts ausgesprochen worden. Bitte, das wollte er bei aller Sympathie für diesen schwer Geprüften richtigstellen. Vor jedermann und vor sich selbst. Wer schrieb, der schrieb. Sein Oeuvre nahm ihm keiner weg. Wo kämen sie da hin? Er hörte Papa. »Mit den Büchern fängt es an …« Papa war nicht politisch. Papa war philosophisch. Papas Hand war gern die Bücherwand entlanggefahren. Das trockene, gepflegte Klick der Lederrücken hinter seinem Schreibtisch, der stumpfe Ton von Taschenbüchern, über die der Nagel seines Zeigefingers glitt. »Hier, mein Lieber, wenn du was brauchst, die Philosophen. Alphabetisch.«

Was fing sein Vater mit den Philosophen an? »Der soll was schaffen«, Mama jedes Mal, wenn er aus Papas Zimmer kam. Weil eine Firma philosophisch nicht zu leiten war. Sie wiederholte dies auch dann noch, als er Bilanzen lesen konnte. Papa hatte auf den Tisch geklopft. Es ihm gezeigt. Es war kein Hexenwerk gewesen. »Bilanz. Der Rest ist Wolkenkuckucksheim.« Papa war genial. Mama täuschte sich gewaltig. Alles, was Benno so erfolgreich weiterführte, hatte nämlich Papa angelegt. Der am Ende nichts mehr lesen konnte. Hatte man ihm vorgelesen? Las man philosophische Texte vor? Las man Märchen vor, wenn einer starb? Vielleicht schon. Der Band an Papas Bett war reich bebildert, furchtbar dick und abgegriffen. Die Erinnerung daran, wie er ihm vorgelesen hatte. Er, Felix, saß im Korbstuhl mit der Schüssel. Er fragte nicht. Er sah zumeist den Vater an, der mit geschlossenen Augen lauschte. Nur hin und wieder schaute er hinunter auf den Text in seinem Schoß. Das Märchen von der chinesischen Nachtigall kannte er im Schlaf.

War der Kaiser dumm? »Der Kaiser, mein Lieber, war ein Mensch.« Mehr hatte Papa nicht gesagt.

Felix gegenüber tupfte Ev aufs iPad, holdselig und behände wie die Feen und überhaupt ihr Personal in den Geschichten, die sie schrieb und die sie Miniaturen nannte. Die Miniatur, an der sie gegenwärtig tuschte, war seiner Schätzung nach schon mehr als eine Seite lang. Der Blick auf Ev war schwierig, da zwischen ihnen eine Schüssel stand, die ein rot-weiß kariertes Tuch bedeckte, das sich im Lauf der halben Stunde, die sie hier bei der Arbeit waren, bereits so stark gehoben hatte, dass er selbst ihren Scheitel nicht mehr sah, wenn Eifer sie erfasste und sie sich niederbeugte. Es war ein Hefeteig, der in der Schüssel ging.

Stille herrschte. Ev lief es von der Hand. Sie stand für keine Rede zur Verfügung. Infolgedessen schwieg Felix auch. Von der Hand lief es ihm freilich nicht. Er machte sich nichts vor. Auch wenn er an der Tenne säße, was in Gottes Namen nun einmal nicht in Frage kam, weil nicht einmal ein tief gezogenes Tennendach wie dieses bei solchen Wassermassen noch irgendetwas trocken hielte, er hätte weiter nichts geschrieben als jene beiden Sätze, die nach wie vor auf seinem Bildschirm wie gestochen leuchteten. Vielleicht kam ihm etwas zu Hilfe, von außen, sozusagen. Warum nicht? *Auf der Alm, das gibt's koa Sünd'* nahm keiner wörtlich. Es brauchte ja nicht direkt Sünde sein, wenngleich die sein Geschäft erleichterte. Ihm reichte, wenn überhaupt etwas geschah, und er der Mann der Stunde wäre, dies aufzuschreiben. Literatur, die denen heroben die Münder offen stehen ließe. »Reiß dich zusammen, Mann«, ermahnte er sich selbst, »auf diesem Hof ist nichts passiert und wird auch nichts passieren.« Insofern war erst recht nichts da, was sich am Ende auch noch überschlagen könnte. Der Satz war im Papierkorb – und in seinem Kopf.

Dämpfig war es auch. Das Küchenfenster war innen so beschlagen, dass selbst bei schönem Wetter niemand etwas draußen hätte sehen können. Dicke Wassertropfen bahnten sich den Weg nach unten, rannen träge auf den Fenstersims. Öffnen war nicht. »Fenster zu. Kapiert?« Ja doch. Was ein Hefeteig war, wussten Ev und Felix auch. Hätte Wiggi, der nur mal eben weg war, um Uschi wieder abzuholen, gar nicht extra sagen müssen.

Felix hätte gerne laut geseufzt. Evs wegen seufzte er nur innerlich. Aber er stand doch auf, das würde er vielleicht noch dürfen, tat die paar Schritte bis zum Fenster, vorbei an Ev, die schrieb und alles um sich zu vergessen schien. Von hinten sah er über ihre Schulter auf den Bildschirm, den sie im Handumdrehen aufzufüllen wusste. Nichts deutete darauf hin, dass sie ihn wahrgenommen hätte. Er nahm das Küchentuch vom Haken an der Tür – es schien noch ungebraucht und frisch gebügelt wie die Schürze, die danebenhing – und zögerte. Nach einem weiteren Blick auf Ev schritt er zur Tat und rieb auf Augenhöhe eine Stelle frei im Fensterglas. So gut es ging, hieß das. Es reichte jedenfalls, dass ihm, des starken Regens ungeachtet, das Fahrzeug draußen regelrecht ins Auge sprang. Es stand direkt vorm Küchenfenster. Sie hatten es nicht kommen hören.

»Ach«, entfuhr es ihm.

Er hatte aufgehört zu wischen.

»Ach«, sagte er ein weiteres Mal.

Es herrschte Sintflut nach wie vor. Am Fahrzeug tat sich nichts. Es war ein Kastenwagen, der längs der Hauswand parkte. Man sah, dass er beschriftet war – und dies, verdammt noch mal, war Felix sehr bekannt. Das wies, er müsste sich schon mächtig täuschen, auf Iphigenie hin. So nannte er im Stillen Theos Schwester. Es schien ihm ganz natürlich. Er strengte seine Augen an. Nein, es gab wirklich kein Vertun. Auch wenn es nur verschwommen war, so stand der Wagen dicht genug. Was auf dem Auto abgebildet war, glich dem auf Iphigenies Flyer bis aufs Haar. Der Gedanke, die Lady säße an des Kastenwagens Steuer, lag nicht gerade fern. Ihr hatte sein zweites Ach gegolten. Sein erstes galt der Dreistigkeit, so nah am Haus zu parken. Dennoch hätte jeder seinetwegen bis in die Küche fahren können, wenn ihnen dadurch Iphigenie erspart geblieben wäre. »Nur herein«, hätte er gerufen, »sei mir willkommen. Ich bitte dich, nimm diese Hefeschnecke.« An Theo Markwart mochte er erst gar nicht denken. Ihn überlief es kalt.

»Bitte?« Ev sah nicht her.

»Da – da draußen!«

Die Zeit schien sich zu dehnen. Ev tuschte, Felix stand und starrte. Lautlos schwoll der Hügel in der Schüssel.

»Was ist das?«

Evs Stimme, jetzt plötzlich neben ihm.

»Was das ist?« Er wandte sich ihr zu.

Evs Augen waren rund und himmelblau.

»Keine Ahnung«, sagte er.

Evs Augen waren Schlitze.

»Wenn ich's doch sage. Ich weiß es nicht.«

Evs Oberlippe schob sich vor. Ein Zipfelchen, das ihre Zähne freigab, gerade so viel, dass es blitzte. Sie machte das zum ersten Mal. Dort lag, was keinen Namen hatte. Der Zipfel zitterte. Wenn nicht die Türe aufgegangen wäre in diesem Augenblick, wenn nicht die anderen hereingekommen wären, hätte Felix Ev geküsst. Nur diese Stelle, wo das Begehren saß, geküsst, so lange und so gründlich, bis nichts mehr war von Spott und Blinzeln und von federleicht. Bis diese Augen sich verdunkelten. Und sie an ihn verloren wäre.

Vom Kastenwagen freilich hätte Felix auch nach fünf Minuten nur berichten können, dass dieser viel zu nah am Haus stand. Die Lichter waren ausgeschaltet. Von einem Motor, auch wenn er noch gelaufen wäre, war in der Küche nichts zu hören. Es schien jedoch nicht so. Und ob es aus dem Auspuff dampfte, war ohnehin aus ihrer Perspektive nicht zu sehen. In einer Himmelsflut wie dieser dampfte überhaupt nichts mehr. Niemand, der ausgestiegen wäre.

Weil dort die Sicht am besten war, hatten sich binnen Kurzem alle in der Küche eingefunden, ins Freie gehen aber, um in die Sache Licht zu bringen, mochte keiner. Louis und Jette, Ev und Felix, auch Alma Stein und Theo Markwart taten weiter nichts, als durch das Küchenfenster auf den Hof hinauszustarren.

Der Hefeteig? Den hatten sie vergessen. Felix ging vor der Schüssel in die Knie. Auch Ev ging in die Knie. Auf Augenhöhe mit dem Teig war festzustellen, dass die karierte Wölbung abgenommen hatte. Herrje!

»Man hätte halt die Tür nicht öffnen dürfen«, sagte Louis.

Ob man den besser in den Ofen schob? Der fiel ja ganz zusammen, wenn das so weiterging.

»Vorheizen«, sagte Ev.

Dann lieber nicht. Jette schüttelte den Kopf. »Mit fremden Öfen –«

»Eben«, Louis sprach mit gepflegtem Hinterton, »wer kennt sich leicht mit fremden Öfen aus.«

Alma zuckte nur die Achseln. Sie hatte offensichtlich keine Ahnung, wie man den Herd bediente.

»Ohnehin gleich zehn«, warf Felix ein.

»Eben«, sagte Louis.

Jeden Augenblick käme Wiggi wieder. Zum Krankenhaus war keine große Sache. An Schreiben mochte freilich niemand denken.

»Nein«, Ev schüttelte den Kopf, »jedenfalls nicht so.«

»Wie denn dann?« Jettes Ton war kühl.

»Wie? Wie denn dann?« Ev starrte Jette an.

»Na, die Situation.«

Die Situation?

Louis und Jette saßen jetzt bei Ev am Tisch. Felix lehnte mit dem Rücken an der Tür zum Zwischenzimmer, dem Fenster gegenüber. Almas Platz war neben Markwart. Der stand stocksteif, sah weder links noch rechts. Alma fixierte Markwart von der Seite.

»Ja sicher. Die Situation. Was ist daran besonders?« Jettes Mund war fest und rot. »Man kann es übertreiben.«

Übertreiben? Was, bitte, hätten sie denn übertreiben wollen?

»Nicht schreiben, weil da ein Auto s-teht?«

Ihre Hand bewegte sich auf eine Art, die eher ungezogen schien als lässig.

»Ein Auto«, wiederholte sie, »der Herrgott ganz bestimmt nicht.«

»Schmarren!«, kam es gepresst von Markwart, der herumgefahren war.

Sein Mund war schrecklich anzusehen. Der zählte zwei und zwei zusammen, das war Felix klar. Gemeinsam hatten sie Iphigenies Flyer vor nicht einmal zwei Tagen auf Theos Couchtisch restauriert. Was Alma anging, die Theo absolut nicht aus den Augen ließ, so schien es Felix wieder, sie sei in irgendeiner Weise alarmiert. Nicht dass sie sprach. Es war die Art, wie sie bei Markwart stand.

»Alma, Liebe«, Louis' Stimme, warm, »kann man –«

Alma winkte ab. »Jetzt nicht«, hieß das.

»Da«, rief Ev.

Die Fahrertüre hatte sich ein Spältchen aufgetan.

Ein heiserer Laut, mit welchem Markwart aus der Türe durch den Gang ins Freie schoss. Als sei es abgesprochen, glitt Iphigenie fast zeitgleich aus dem Spalt der Kastenwagentüre, vorbei an Theos ausgestreckter Hand, der sie sich mit Geschick entzogen hatte, und war im nächsten Augenblick im Haus verschwunden.

Laute Stimmen, die sich der Küche näherten, die hohe Frauenstimme, ein Ton, als sause durch die Luft ein Säbel nieder – und jener Markwartton, von Angst diktiert, zu laut, zu grob, der Felix in der Seele wehtat. Er hätte dieser Stimme zum ersten Mal das Ölige zurückgewünscht.

16

Merkwürdig«, sagte Felix am Nachmittag, als alles längst vorüber war, zu Ev.

Sie saßen beieinander auf der Bank beim Brunnen. Sie waren mitgenommen, erschüttert nach wie vor von dem, was hinter ihnen lag.

Ev sah ihn wortlos von der Seite an und wieder geradeaus, ins Tal.

»Es hatte auch was Komisches«, fuhr Felix fort.

»Ich fand's nur schrecklich.«

Es hatte aufgeklart. Die Matten dampften. Zwischen Wolkenfetzen leuchtete ein dunkelblauer Himmel. Glocken läuteten auf allen Almen.

»Wie das duftet«, sagte Ev, »so schön, das alles ringsherum.«

Sie schwiegen eine ganze Weile.

»Wo sie jetzt ist?« Ev sprach leise, wie zu sich selber.

Minni Markwart. Iphigenie. Wo sie jetzt war.

»Weiß man's?« Felix fiel die Antwort schwer. Es war ihm anzumerken.

»Das Blaulicht, die Sirene«, sagte Ev, »war das denn nötig?«

»Bei Jette schon.«

»Ob man sie durchbringt?« Evs Augen waren feucht. »Jette, meine ich.«

Felix schwieg.

»Bei Theos Schwester war kein Blaulicht nötig«, Evs Stimme zitterte, »so was von martialisch, gerade die Sirene.«

»Die denken nix«, sagte Felix, »Sirene rein. Ist so, beim Rettungswagen.«

»Das mit Jette war nicht Minnis Schuld«, sagte Ev. »Auf keinen Fall.«

Erneut verfielen sie ins Brüten. Das Vorgefallene war noch frisch genug. Man hatte Jette im Rettungswagen abgeholt – und Iphigenie auch. Zwei Rettungswagen, die fast zur gleichen Zeit gekommen waren. Zwei Frauen, die man auf Bahren ins Heck hineingeschoben hatte. Felix war es vorgekommen, als habe man dies extra inszeniert, um jedermann auf diesem Einzelhof in Furcht und Schrecken zu versetzen. Die Art und Weise des Transports, auch wenn es hieß, dies sei normal, empörte ihn noch immer.

»Wenn Minni nicht so laut geschrien hätte«, sagte Ev, »so schreit einer nicht.«

»Und wenn. Aber Handschellen? Ich bitte dich.«

»Nein, das hätten sie nicht dürfen.«

»Und nicht die Polizei«, sagte Felix finster.

»Hast du das verstanden, das mit der Polizei?«

»Was fragst du mich?«

»Ich möchte es verstehen.«

»Da gibt's nichts zu verstehen.«

Felix hätte die Zwangsjacke noch erwähnen können. Er verzichtete darauf. Das Ding hatte unspezifisch ausgesehen. Aber weil er dergleichen aus dem Kino kannte und aus Büchern sowieso, hatte er das Wort parat gehabt, bevor er im Geringsten etwas hätte denken müssen. Es war ihm vorgekommen, als ob dieses Wort die ganze Zeit darauf gewartet hätte, dem Gegenstand, für den es stand, einmal persönlich zu begegnen. Der Kerl, bei dem er dieses Tool gesehen hatte, war nicht hereingekommen. Der hielt Distanz im Regen ein Stück entfernt von seinem Rettungswagen, gespenstisch angestrahlt vom Blaulicht, das weiter blinkte auf dem Dach.

Die Tragen – nicht Bahren, Ev hatte ihn verbessert – hatten im Freien vor den offenen Hecks gestanden auf Rollen, die im Kies versanken. Es hatte auf der Hand gelegen, dass mit dergleichen nicht Kurs zu halten war. Im Falle Jettes hatten sie die Trage vom Gestell genommen und getragen. Über Jette hatte Sebastiani Almas rosaroten Schirm gehalten. Da hatte es noch furchtbar stark geregnet. Mit eingestiegen war er jedoch nicht.

Minni war nicht getragen worden. Kaum, dass man angeschoben hatte, saß die Fuhre auch schon fest. Die Räder wühlten sich ins Feuchte, blockierten, gruben sich, da man mit aller Macht und unverdrossen weiterstemmte, nur immer tiefer in den Untergrund hinein. Drei waren es zuletzt, die beinahe waagrecht, was ihre Oberkörper anbelangte, sich wie die Ochsen mühten, die Ladung aus dem Dreck zu ziehen – im Zickzackkurs. Kein Ruck, der die Liegende nicht abgeworfen hätte. Aber Iphigenie war mit breiten Gurten festgeschnallt. Die freien Enden – es waren drei in etwa gleichem Abstand zueinander – schleiften durch die Nässe. Weil Iphigenie so schlank war, hatte er gedacht. Zum Glück hatte sie wenigstens die Zwangsjacke nicht sehen müssen bei dem, der sich zu ihr hinunterneigte, bevor sie sie ins Wageninnere verschoben. Ausgerechnet der, hatte er noch gedacht. Aber die Zwangsjacke hatte der nicht mehr dabeigehabt. Der Knall, mit dem die Türe hinter der Gefesselten ins Schloss gefallen, hallte nach in seinem Ohr. Theo war zunächst vorne eingestiegen, jedoch herausgesprungen, als der Wagen anfuhr. Er hatte ausgeharrt auf dieser Stelle und dem Wagen nachgesehen, bis der mit heulender Sirene in die Straße einbog und verschwand. Auch dem zweiten Wagen mit den Polizisten hatte Theo hinterhergestarrt, der dem ersten auf dem Fuße folgte. Er stand, um den Sirenen nachzuhören, auch dann noch, als diese längst verklungen waren.

Sollte man nicht besser zu ihm hin? Ev und Felix hatten einander angesehen. Aber Alma hatte mit dem Kopf geschüttelt.

Felix erinnerte dies alles überdeutlich.

»Man hätte es vielleicht vermeiden können«, sagte er.

Er rutschte hin und her. Die Bank war hart.

»Was denn?« Ev schien überrascht.

»Alles.«

»Du meinst, wenn Theos Schwester nicht gestolpert wäre? Wie willst du das vermeiden?«

»Theo hat sie angefasst. Minni, meine ich. Das hätte er nicht dürfen.«

»Vielleicht nicht«, sagte Ev.

»Theo war nicht schuld. Das ist mir wichtig. Das sollte das nicht heißen.«

»Nein«, sagte Ev.

Sie schwiegen wieder.

»Was diese Frau geritten hat«, Ev sah ins Tal, »versteh das einer.«

Ev sprach von Minni Markwart. Das war klar.

Was Minni Markwart geritten haben mochte? Felix hätte dazu etwas sagen können. Er ließ es bleiben.

»Theo war nicht schuld«, sagte er stattdessen noch einmal, »im strengen Sinne, meine ich.«

»Schon klar.«

»Was hättest du getan an Theos Stelle?«

Ev blieb die Antwort schuldig. Sie schob die Ärmel hoch und öffnete zwei Knöpfe ihrer Weste. Es wurde warm.

»Überleg doch mal«, Felix sprach mit Wärme, »versetze dich an Theos Stelle –«

»Geschenkt!«

Ev sah nicht zu, wenn ihre Schwester aus dem Ruder lief. Wie Theo hätte sie versucht, mit allen Mitteln diese Schwester – sie hatte keine, nebenbei – wenn nicht mehr aus dem Haus, so doch zumindest aus der Küche fernzuhalten. Insofern war es nur konsequent gewesen, dass Theo in der offenen Küchentüre Minnis Arm zu packen suchte.

Felix nickte. Sie tauschten Blicke. Das weitere Geschehen kannten beide gut genug.

Theo hatte Minnis Arm nicht packen können. Denn Minni – Felix sah es vor sich, erinnerte das Folgende mit Präzision – hatte sich geduckt wie auf Kommando und einen Riesensatz nach vorn getan, wobei sie ausgeglitten war. Worüber sie gestolpert war, was sie wie eine Tanne fällte, hatte man nicht klären können. Zufälle, wenn man Felix fragte, die neue Fakten schufen. Fakt war, dass es die Minni mit Karacho gegen einen Stuhl geschleudert hatte. Zufall, dass dieser Küchenstuhl belegt war und nicht frei. Zufall, dass auf dem Stuhl die Alsterwitwe saß – der Türe abgewandt. Fakt war, dass jener Bruchteil Zeit nicht zur Verfügung stand, den jedermann, nicht nur die Alsterwitwe, benötigt hätte, um sich zu wappnen für das Kommende. Anstatt dies abzufedern, schoss Jette Ditters aus dem Stuhl geradeaus nach vorn, wo wenig Spielraum war, um irgendwie verträglich aufzuschlagen. Ihr Schädel krachte gegen die solide Kante des sehr soliden Eichentisches, der Knall war dumpf, der Körper weich mit einem Mal, die Alsterwitwe still, als sie sehr langsam zwischen Tisch und Stuhl zu Boden sank und liegen blieb wie eine Puppe, die Beine seltsam angewinkelt, den Oberkörper von einem Stuhlbein im spitzen Winkel abgestützt.

Weil sie so weiß war im Gesicht und ihre Lippen furchtbar blass, weil sie so gar nichts sagte, schien es auf einmal, als seien alle weiß und alle blass und sagten alle gar nichts mehr, als seien sie versteinert, als sei auch anderes versteinert, etwa der Hefeteig in seiner Schüssel, etwa das rot und weiß karierte Küchentuch, das, halb und halb bereits herabgerutscht, fast senkrecht an der Schüssel hing. Für eine Zeit, die endlos schien, war alles in der Küche starr und still.

Auch Iphigenie war versteinert. Felix hatte sie auf dem harten Fliesenboden liegen sehen, den Kopf gestützt auf einen Arm. Er hatte sich nicht rühren können. Er war versucht gewesen, ihr zu helfen. Er sah Sandalen, schmale Fesseln, gebräunt wie ihre Arme. Wie Markwarts Arme, hatte er wieder denken müssen in jenem Bruchteil eines Augenblicks, in dem er alles dies erfasste. Der Bruderschwesterbronzeton. Man sah die Toga, ersichtlich nicht besonders nass, ein Stück heraufgerutscht, den weißen Faltenwurf, versteinert. Man sah die Schultertasche auf dem Schachbrettboden liegen, ein Stück entfernt von dessen Trägerin. Man sah die Tasche offen stehen. Man sah Papier, das sich herausgeschoben hatte, bevor es ebenfalls versteinert war.

Dies alles hob ein Windstoß auf.

Als der hereinfuhr durch die offene Türe, als Flyer flogen, und gleich der erste an Jette Ditters Stirne kleben blieb und sich verfärbte, weil es darunter dunkelrot und dick und träge sickerte, als Minnis Hand zur Tasche fuhr, um diese an der Lasche zu sich her zu ziehen, als diese Lasche im Akt des Schleifens, wie Felix später sagte, als eine Art Kamin fungierte, durch den der Luftzug direkt in die Tasche fuhr, als Flyer dutzendweise, hundertfach herausgeblasen wurden, als sich die Küche im Flyersturm verfinsterte, als Minni binnen Sekunden zur Tarantel wurde, nur immer »Teufel! Schwefel! Exorzieren!« und noch ganz anderes in allerhöchsten Tönen orgelte, bis ihre Stimme brach und sie, anstatt zu orgeln, nur mehr ausspie, was ohne Form und widerwärtig war, als sie das Amulett mit einem Ruck vom Hals riss, ersichtlich schwer, kreisrund mit so etwas wie Armen, Schenkeln, Brüsten, die auf das Seltsamste geschlungen waren und durchkreuzt von einem Phallus, den Felix keinem wünschte, als sie damit hantierte wie mit einer Keule –, kurzum, als es in Wiggis Küche Spitz auf Knopf gestanden hatte, war es Markwart, der das Heft des Handelns an sich riss. Er rief den Notdienst an für Jette Ditters – und für seine Schwester.

Sie waren im Konvoi gekommen. Drei Sirenen, nicht eben rein gestimmt und rhythmisch derart auseinander, dass es in Felix' Eingeweide schnitt. Die beiden Rettungswagen erzeugten im Zusammenspiel mit der auf

unbestimmte Weise anders disponierten Polizeisirene ein
Intervall von derart exquisiter Schrägheit, dass Felix, als
sei er seekrank, sogleich nach irgendetwas fahndete, das
Halt versprochen hätte. Er fand es nicht. Das Trio heulte
infernalisch auf und ab und heulte nach der Ankunft
weiter, was Zeit in Anspruch nahm, die unerträglich war
und glauben machte, die Wagen stoppten überhaupt erst
vor der Küche.

Was aber den vierten Wagen anbelangte, so hatte Felix
noch gedacht, der sei im Wege. Nichts da. Vom Kastenwagen keine Spur. Was für ein Kastenwagen, hatten die
gesagt, was für ein Logo? Ihn angeschaut. Der mit der
Zwangsjacke. Hatte er Probleme? Weil sie in dem Fall
nämlich keine hatten. Sie nähmen ihn gleich mit. Weil
das in einem Aufwasch ging. Da hast du dich geschnitten, hatte Felix da gedacht. Das würde euch so passen.
Er hatte Verachtung, die alleräußerste, in seinen Blick
gelegt. Den Typen stehen lassen. Und dennoch Angst
gehabt. Und nicht gewusst, wie er bei denen rüberkam.
Wieso der ihn so angesehen hatte.

Und sich im nächsten Augenblick geschämt im Angesicht des Bildes, das Jette bot, die man ins Freie trug.
Zwischen Schläuchen, Flaschen allenfalls zu ahnen, lag
sie noch immer still auf ihrer Trage. Kein Zeichen einer
Reaktion auf Louis Sebastiani, der vergebens ihre Hand
zu fassen suchte. Er hatte sich geschämt im Angesicht
des Lärms, der Stimmen, der Kommandos. Angesichts
der Dringlichkeit der Situation. Minuten später schlugen
Wagentüren, kreischten Reifen, die im Kies nicht haften
wollten. Dreck und Kiesel spritzten. Sekunden später
bog der Wagen in die Straße ein mit heulenden Sirenen.

Es war, genau genommen, dann auch mit Iphigenie rasch gegangen. Ev sagte hinterher, sie schätze, dass binnen einer halben Stunde kein Mensch mehr dagewesen sei. Von denen keiner jedenfalls. Auch Markwart fehlte, der schließlich seiner Schwester hinterhergefahren war.

17

Es läutete erneut im Tal. Felix warf einen Blick auf seine Armbanduhr.

»Halb drei«, sagte er zu Ev.

Sie saßen immer noch auf ihrer Bank beim Brunnen.

»Was bimmeln die um diese Zeit?« Ev grub mit der Hand in ihrer Tasche. Sie brauchte ihre Sonnenbrille. Es wurde heiß.

»Beerdigung?« Felix sprach gedankenlos.

Evs Tasche beulte sich mal hier, mal dort, als trete ein gefangenes Tier nach allen Seiten. Sie grub vergeblich.

»Dunkel«, sagte Felix ratlos, »es ist doch ziemlich dunkel. Das Etui von deiner Sonnenbrille, meine ich.«

Na freilich. Sie sah halt nichts. Das Etui war schwarz. In ihrer Tasche war es duster. Mit Tasten kam sie auch nicht weiter. Es reichte ihr allmählich. Sekunde, was war jetzt das? Sie zog ein Sandwich aus der Tasche. Sie schufen Platz auf ihrer Bank. Ev biss hinein. Es war mit Ei und krümelte. Da legte sie es neben sich.

»Ich hole alles raus«, sagte sie mit vollem Mund, »jetzt ist es mir egal.«

»Ganz genau«, Felix nickte, »kipp alles aus.«

Ev schüttelte den Kopf. »Eins nach dem anderen.«

Es schien ihr Spaß zu machen.

»Mein Portemonnaie – hier, fass mal an«, sie musterte ihn aufmerksam, als er es lächelnd zwischen seinen Fingern drehte, »nicht wahr? Ganz weich.« Den Farbton hatte sie seither nie mehr gesehen. In ihren Augen war das absolut kein Dunkelrot. Ins Erdige, fand sie, ging dieser Rotton über. Zum iPhone aber passte der kein bisschen. Hier war es im Übrigen, wie immer ganz zuunterst. – Risse? Was für Risse? Sah nach Marmor aus. Genialer Fake. So etwas von butterweich, so etwas von easy wie diese iPhone-Hülle. Im Handumdrehen hatte sie die abgemacht. Dergleichen käme in ihren Augen, rein von der Größe her, für Felix ebenfalls in Frage. Es passte aber, fand sie, nicht zu seinem Typ. Ach ja, dies Täschchen! War das nicht edel, mit den Swarovski-Steinchen? Goldes wert. Das glaubte keiner, wie viel sie darin unterbrachte. Lippenstifte, Sticks, Sachen. Einfach alles. – Moment. Das glaubte sie jetzt nicht. Wie hatte sie danach gesucht. Die Schweinchen! Hier waren sie. Zuunterst in der Tasche! Wo sie schon drauf und dran gewesen war, die drei ein weiteres Mal zu stricken. Die Wolle hätte gar nicht mehr gereicht. Sie hätte glatt den Farbton wechseln müssen. Sie strickte nämlich für den Kindertagesstättenbauernhof, damit ihr Name auf der Warteliste nicht nach hinten rutschte. Zwei Krippenplätze, die sie sich mit den Schweinchen hart erstrickte. Lieber wären ihr die Schäflein. Aber Schäflein strickten alle, weil die leichter gingen. Ein Schäfchen hätte er ihretwegen haben können. Aber Schweinchen besaß sie halt bloß drei. Das Grüne war ein Spitzer. Sie schrieb ja laufend unterwegs. Dann aber DIN-A5-Format. Das passte haargenau in diese Tasche. Was ihren Schlüsselbund betraf, so hatte sie den längst getastet. Bei so viel Schlüsseln! Man hielt sie glatt für eine Concierge. Dass sie die Schlüssel überhaupt sämtlich auseinanderkannte, wunderte sie selbst am allermeisten. Dies hier war jedenfalls der Autoschlüssel. Der Rest ging ihn nichts an. Er brauchte gar nicht erst zu fragen. Und was die Sonnenbrille anbelangte, so war dieselbe nicht in ihrer Tasche, nie gewesen. Sie läge draußen, andernfalls. Da lag sie nicht. Auch nicht im Gras.

»Das Rote«, sagte sie, »sind Schnecken.«

Es war ihr letztes Wort, bevor Felix sie in seine Arme schloss und leidenschaftlich küsste.

Nein, hier war die Brille sicher nicht. Sie lag auf Wiggi Winterhalters Küchentisch.

»Wir müssen noch einmal hinauf.«

Felix' angenehme Stimme, die keiner Lage zu gehören schien. Kultiviert in allen Lagen, hätte er gesagt. Es war dies seine feste Überzeugung, die nie erschüttert worden war. Auch Franzi war dies nicht gelungen. *Es grünt so grün, wenn Spaniens Blüten blühn.* Jetzt du«, hatte sie befohlen, und ihn beim Sprechen heimlich aufgenommen. Sie hatte es ihm vorgespielt auf dem Recorder, mit dem er selber Bibi Blocksberg hörte. Die Jungenstimme war fremd gewesen, dumpf und windig. Er war das nicht. »Benno?«, hatte er aufs Geratewohl gesagt. Das Dümmste überhaupt. Benno war da schon tiefe Lage im Schülerchor gewesen. Aber Franzi hatte darauf spekuliert.

»Nee-nee-nee.« Sie hatte tremoliert und war umhergehüpft. »Nu-ni-nö-na-nu.« Dreiklänge, rauf und runter. »Ni-nö-ni-nö-ni-nö-ni« mit glockenheller Stimme. Gesangsstunden, die Papa ihr ermöglicht hatte. Es war nicht Mamas Schuld, dass das nicht weiterlief. Benno log. So eine war die Mama nicht.

Die Erinnerung, wie er einmal der Mama *Abend wird es wieder* vorgesungen hatte. Es war ein Kanon, aber

Franzi hatte sich geweigert. Mama hatte sich trotz alledem gefreut. Sie hätte sagen können, das ist ein Kanon, und erst recht gewünscht, dass Franzi einstieg. Aber sie hatte nichts gesagt und nur gelächelt und nicht gezeigt, dass sie womöglich traurig war, dass es zu keinem Kanon damals hatte kommen können. Benno hatte hinterher behauptet, die Mama wüsste überhaupt nicht, was ein Kanon sei. Und dass der Mama das Singen nichts bedeute. »Das geht ihr doch am Arsch vorbei«, der Bruder, wörtlich. Und er geschrien »du lügst«. Er hatte Benno schlagen wollen. Der packte seine Handgelenke, sagte bloß »ganz ruhig, Kleiner« und »du kommst auch noch drauf«.

Das Glöcklein läutete im Tal. Sie küssten sich erneut. Evs Augen waren dunkel wie die Nacht, als er sie streichelte. *Gern hab' ich die Frau'n geküsst*, ging ihm im Kopf herum. *Geküüüüsst.* War das innig? Ein Operettenlied? Es war ein Leichtes, sich den Sänger vorzustellen. Die Rolle des Filous. Wie meinte der das, wenn er küsste? Felix konnte nicht umhin. Die Frage trieb ihn um. Das Lied war federleicht. Ev küsste federleicht. Wie er wohl küsste, Felix, ganz persönlich? Vom Zipfelchen war bei ihr gar nichts mehr gewesen. Das hatte er ihr weggeküsst.

Er ließ ihr Haar durch seine Finger gleiten. Ließ die Gedanken treiben. Schloss die Augen. Er war vom Kuss ermattet. Die Sommerbrise strich über Stirn und Wangen, und silbern war der Ton vom Brunnen her, in welchen sich die eigene innere Stimme mischte, ein Gleichklang, fein und angenehm im Ohr. Ein Satz hob sich allmählich aus der Tiefe, stieg ans Land – und war bezaubernd. *Das eine tun, das andere nicht lassen.* Ein

sonnenwarmer Satz, der ihm sein Innerstes vor Augen
führte. Er wäre gern ein freier Mann. So sah es aus. Er
liebte Ev. Er liebte andere Frau'n. Vielleicht nicht alle,
aber manche schon. Die eine oder andere. Er spürte Ev
sich an ihn schmiegen. Er war von Zärtlichkeit erfüllt.
Er war ihr wirklich zugetan. Und doch war er der Welt
zurückerstattet. Mein lieber Herr Gesangsverein.

»Und jetzt?« Ev richtete sich auf

»Hochgehen, vollends«, sagte Felix, »wenn du deine
Brille wiederhaben willst.«

»Schon«, Ev zögerte, »magst du vielleicht –«

Das »du« kam schmeichelnd und mit Inbrunst.

»Schau«, sagte er, »was kann schon sein.«

Sie schauderte. Die Augen waren Schlitze. Ihr fehlten
wirklich ihre Sonnengläser.

»Schau«, sagte er noch einmal und streifte ihre Lider
mit den Lippen, »wo Alma es doch angeboten hat.«

Sie schwiegen.

»Schau, wo wir schon so weit hochgestiegen sind.«
Seine Finger machten sich erneut ans Streichelwerk. »Wo
wir doch ein Interesse haben, von unseren Texten her.«
Er nahm die Hände fort.

Ihr kurzer Blick ließ an Beredtheit nichts zu wünschen
übrig.

»Schau«, sagte er, »was hilft es dir, wenn ich die Brille
heute Abend bringe, jetzt, wo die Sonne wieder scheint?
Willst du bis dahin ohne Brille sein – und ohne mich?«

»Angeboten?«, sie musterte ihn kühl, »Alma fühlte sich
verpflichtet, wenn du mich fragst. Da sagt man nein,
nach allem, was passiert ist. Merkst du das nicht?«

Was war denn das? Der Ton gefiel ihm nicht. Er war kein Bub. Was schaute sie ihn an? Sie war ja ganz verwandelt. Was hatte er mit dieser erdenschweren Frau zu tun? Wo war das Lilienleichte? Es roch nach Ehe und nach Kinderkrippe. Es packte ihn der Schauder.

»Ich meine nur«, Ev lächelte bezaubernd.

»Ab drei Uhr wieder!«, hatte Alma ihnen hinterhergerufen. Von einem Mittagessen war selbstverständlich oben keine Rede mehr gewesen. Der Einzelhof, da gab es nichts zu deuteln, war Schauplatz von Gewalt geworden. Der Küchentisch zur Schlachtbank. Das mit der Schlachtbank hatte Felix aufgebracht. Es diente der Verdeutlichung. Fakt war, dass man die Alsterwitwe nach Ulm geflogen hatte. Hatte fliegen müssen. Von der man seither nichts gehört. Fakt war, man hatte Minni Markwart mit Gewalt verschleppt – nicht in die Sommerfrische, wohlgemerkt. Gewalt, die Spuren hinterlassen hatte. Die Stelle vor der Eingangstüre hatte ausgesehen im Nachhinein, als hätten Wildschweine darin herumgewühlt. Fakt war, dass man von Markwart gar nichts wusste. Kein Ton von Theo, nachdem er seiner Schwester hinterhergefahren war.

Louis hatte sich nicht mehr nach ihnen umgedreht, als er ins Auto stieg, nicht angeboten, Ev und Felix mit hinab zu nehmen. Er hatte nicht einmal adieu gesagt. Sie hatten spekuliert, ob er am Ende Jette hinterhergefahren sei. Nach Ulm war eine gute Autostunde. Er hatte sich auch unten nicht mehr sehen lassen. Nicht drinnen, wo sie Mittag aßen, nicht draußen beim Kaffee. Statt seiner hatte Cyrill sich dazugesetzt. Zwei gelbe Augen verengten sich zu Schlitzen, die manches anzudeuten schienen. Was nichts geholfen hatte. Sie hatten sich dann ohne ihn zu Alma auf den Weg gemacht.

Als er sich schließlich von der Bank erhob, tat Ev dasselbe. Sie stieg bergan. Er folgte ihr dichtauf. Sah ihre Tasche schwingen, sah ihre Füße, den sicheren Tritt. Wieder war ihm, als triebe ein Wind sie vor ihm her. Aber etwas war hinzugekommen. Die Frage, wie es mit Ev zu halten sei, stand nicht mehr messerscharf im Raum.

18

Auferstehung
von Felix Kammerlander

Endlich eine eigene Wohnung, dachte Leni Marquart.

Sie hatte sich von ihrem Mann getrennt, weil der ihr nach dem Leben trachtete. Die neue Wohnung war sehr klein. Mehr war jedoch nicht drin gewesen. Wie auch. Aber Leni hatte sich sogleich beim Arbeitsamt gemeldet. Es würde sich wohl eine Stelle für sie finden, hatte Frau Schaller ihr gesagt. Und dass es gut sei, die Meldefristen einzuhalten. Frau Schaller war nicht streng, aber doch ernst gewesen. Frau Markwart verliere ihren Anspruch, wenn sie nicht fristenmäßig zu ihr komme. Selbst wenn sie wolle, könne Frau Schaller für Frau Markwart in diesem Falle nichts mehr tun. »Wenn das so ist«, hatte Leni zu sich selbst gesagt, nicht zu Frau Schaller, »lege ich als Erstes, wenn ich gleich heimkomme, den Zettel mit den Meldefristen dahin, wo er mir in die Augen sticht.«

Weil sie bis jetzt noch keine Möbel hatte, lag der Zettel fortan in der Küche auf der Arbeitsplatte. Die Küche war schon drin gewesen. Sie hatte vor dem Einzug wahnsinnig putzen müssen. Dass die Studierenden nicht putzten, hatte es geheißen. Aber wie sehr die ganze Küche in echt verschmutzt gewesen war, hatte man nicht ahnen können. Wirklich so, dass sie den Kammerjäger hatten kommen lassen müssen. Den hatte aber das Gesundheitsamt bezahlt.

Der Kammerjäger hatte ihr so furchtbar leidgetan.

Den ganzen Tag bloß Ungeziefer. Bloß Dreck. »Sie dauern mich«, hatte sie zu ihm gesagt. Der hatte sie ganz komisch angesehen. Sie war naiv gewesen. Der sah noch ganz andere Sachen als ihre Mäuse und ihre Kakerlaken. Sie war rot angelaufen, weil es ja anderer Leute Kakerlaken waren. Der Mann hatte die Verlegenheit gespürt. Was für ein feiner Mensch, hatte sie denken müssen –, nein, wirklich, es war wundervoll gewesen. »Sie sehen nicht aus wie eine, bei der die Kakerlaken leben.« Sie hätte sagen können: »Wie sehe ich denn aus, Ihrer Meinung nach?« Aber das wäre grob gewesen. Vor allem ›Ihrer Meinung nach‹. Solche Sachen waren grundsätzlich nicht auf ihrem Schirm. ›Auf dem Schirm‹ hatte sie von ihrem Sohn. Theo war im Ministerium. Er wusste alles über Digitalisierung und stellte denen die Verwaltung um.

»Mein Paradies«, sagte sie, obwohl sie putzen musste. Das Hochhaus, in dem sie jetzt wohnte, lag am Kanal. Die Feuchtigkeit zog in die Keller. Ihr eigener hatte Schimmel an den Wänden. Am anderen Ufer war gleich der Judenfriedhof. Sie war darin umhergegangen. Das jüngste Grab zählte mehr als hundert Jahre. Zwei Liebespaaren war sie begegnet. Der junge Mann hatte sie gegrüßt beim Näherkommen. Das Mädchen war rot angelaufen vor Verlegenheit. Die anderen zwei hatten kehrtgemacht bei ihrem Anblick. Die Liebe und der Tod, hatte sie gedacht, passen zueinander.

Ihre Wohnung lag im zehnten Stockwerk. Sie war im Paradies. Zwei Wochen und drei Tage wohnte sie schon hier. Bisweilen stiegen Leute zu im Fahrstuhl. Noch nie war jedoch jemand oben mit ihr ausgestiegen. Es gab vier weitere Wohnungen auf ihrem Stockwerk. Bislang war sie noch niemandem begegnet. Sie wusste nicht, wie groß diese Wohnungen waren. Sie selber hatte einenhalb Zimmer, Küche, Bad. Vierhundertachtzig Euro kalt plus fünfundneunzig Euro Nebenkosten ohne Strom. »Was schätzen Sie«, hatte sie gefragt, »weil ich rechnen muss.« »Fünfundzwanzig Euro«, war die Antwort von der Hausverwaltung. Damit kam sie auf rund sechshundert Euro warm pro Monat. Dafür hatte sie es gut. »Paradies«, sprach sie an jedem Morgen beim Erwachen. Sie lag auf der Matratze auf dem Boden. Sie schlug die Augen auf, sie dachte: Paradies. Oder sie sagte es laut, wie gesagt. Sie hatte auch »Paradies« gesagt, als sie die lange Linie an der Zimmerdecke gesehen hatte. Mehlwürmer, hatte sie gedacht, kamen vor, wenn man nicht putzte. Sie hatte ihre Brille aufgesetzt. Zwei und zwei, die Würmer, eine Doppelreihe. »Trotzdem«, hatte sie gleich hinauf gesagt, verhältnismäßig streng, zur Decke, »trotzdem Paradies.« Da gab es nichts.

Das Paradies, das echte, war ja schon lange unbewohnt. Soweit man wusste, rein von der Bibel her. Sie hatten ja doch fortgemusst wegen einer Kleinigkeit. Rein von der Bibel her hatten überhaupt nur zwei Leute je darin gewohnt. Gut, hatte sie gedacht. Das war nicht ihre Sache. Aber Hölle! Dazu hätte sie etwas sagen können. Rein praktisch. Weil sie rein praktisch aus der Hölle herausgekommen war. Aber ernsthaft fortgekommen war sie nur, weil sie das Sparbuch hatte. Ohne Sparbuch kam man nicht aus einer Hölle. Für diese Wohnung hatten sie auch prompt das Sparbuch sehen müssen. Wenn sie schon kein Gehalt bekam, dann wenigstens ein Sparbuch. Damit sie wussten, dass sie ihre Miete zahlen konnte.

Sie hatte furchtbar rechnen müssen. Mit hunderttausend Euro kam sie weit. Aber nicht unendlich weit. Das Sparbuch war geheim gewesen. Ihr Mann hatte nichts gewusst. Dass sie mit einem eigenen Sparbuch von ihm fortgegangen war, hatte ihn so schwer getroffen, dass seine Nasenspitze weiß gewesen war. Ganz sicher war sie selbst auch weiß gewesen, als sie vor ihn hingetreten war. Sie hatte innerlich geübt, wie sie es sagen würde. Auch hatte sie gewusst, dass sie schon an der Haustüre stehen würde, weil sie mit einem Schritt im Freien wäre, je nachdem. Sie hatte ja bei diesem Bösewicht mit allem rechnen müssen. »Fürchte dich nicht, Leni«, hatte sie laut ins Treppenhaus hineingesprochen, weil dort die Resonanz so gut war. Natürlich nur, wenn sie allein im Haus gewesen war. Sie fand, das wirkte stark. Aber als es so weit war, hatte ihr die Angst beinahe die Kehle zugeschnürt. Bei den Mänteln hatte sie gestanden und ihn angestarrt und nach Luft geschnappt wie ein Fisch an Land. Sie hatte mit Gewalt die Bilder von der Steinlawine unterdrücken müssen. Die Sache war ja noch keinen Monat her.

»Geh du alleine«, hatte er gesagt um neun Uhr in der Frühe, »ich habe Kopfweh.« Sie hatten auf die Schwesihütte wandern wollen, wie jedes Jahr, wenn sie auf Urlaub im Bergell gewesen waren. Die Schwesihütte war schon anspruchsvoll. Mit Kopfweh war das schlecht. Insofern hatte sie das eingesehen. Von der Lawinenwarnung hatte er ihr keinen Ton erzählt. Die war im Radio gekommen. Er hatte sie gehört. Sie war sich sicher. Die Schwesihütte lag im Lawinenwarngebiet.

Aber sie hatte früh schon kehrtgemacht. Ihr Hallux hatte dumm getan. Das war die Quittung dafür, dass sie die neuen Bergstiefel nicht vorher eingelaufen hatte. Aber den Tag hatte sie dennoch nicht verloren geben wollen. Der Minibus fuhr bis nach Soglio hinauf. Das passte gut. Sie hätte ohnehin den Rückweg mit dem Bus gemacht. Es war, in Teilen wenigstens, dieselbe Strecke.

Die Steinlawine löste sich, als sie in Soglio zu Mittag aß. Sekunden später war gegenüber alles Staub. Noch in den Abendstunden hatte es gedonnert.

»Gell, da guckst du«, hatte sie zu ihrem Mann gesagt, »weil ich nicht tot bin.«

»Gell, da guckst du, weil ich dich jetzt verlasse.« Das hatte sie gar nicht sagen wollen. Sie hatte, als sie schon draußen war, noch rufen wollen »du hast mir den Tod gewünscht«. Aber da hatte ihr Mann vor Wut die Haustür bereits zugeschlagen. Sie hatte gedacht, dass jetzt das Haus zusammenkrachte. Vor lauter Rennen hätte sie ihre Tasche fast verloren. »Ojemine«, hatte sie gedacht, »wenn die jetzt futsch ist.« Ihr Sparbuch war ja drin gewesen.

Sie hatte sich gesagt, dass sie die Hälfte von den Hunderttausend würde stehen lassen. Also fünfzigtausend. Stehen lassen. Witzig, hatte sie gedacht. Scheine in Reih und Glied. »Uuund stillgestanden!« Reservebataillon. »Uuund Marsch!«, die anderen Fünfzigtausend. Halt! Nicht alle auf einmal. Monatsweise. Sechs Hundertschaften jeweils. Sie dachte jetzt soldatisch. Zack, zack. Dreihundertachtzig Monate, die sie auf alle Fälle in der Wohnung bleiben konnte. Oder sechs Komma neun vier Jahre. Also sieben. Das rundete sie auf.

»Du spinnst«, hatte Theo zwar nicht gesagt. Ihr Sohn

gab sich stets höflich. Aber er hatte es gedacht. »Überlege einmal«, er hatte sie ganz ruhig angesehen, »und rechne neu.« Weil sie ja auch was essen wollte und vielleicht ins Kino. »Wenn, dann ins Konzert«, hatte sie erwidert, »weil Cilly mir die Eintrittskarte schenkt.« Cilly war Hornistin. Sie spielte wunderschön. Klug war sie auch. Und immer klar. Kein X für ein U. Sie hatte sich für Theo eine Frau wie Cilly stets gewünscht. Aber leider war es aus. Soweit sie Einblick hatte, war dies noch keinen Monat her. Ganz sicher wegen Minni, ihrer Tochter. Die hatte gegen Cilly stark gehetzt. »Lügnerin. Klugscheißerin.« Solche Worte warf sie der Cilly ins Gesicht.

Seit der Steinlawine dichtete Minni für Frieden und Versöhnung. Sie saß allabendlich am Bett des Vaters und trug ihm die Gedichte vor. Aber Leni wusste: Das Bett war leer. Ihr Vater schlief bereits seit Monaten in einem fremden Bett bei einer fremden Frau.

19

Das ist der letzte Text, der hier besprochen wird«, sagte Wiggi, »dass das klar ist.«

Er knallte schön bedruckte Blätter auf den Tisch. Die Nase trug er hoch. Aber zwischen Jeans und Schlappen wucherte es bläulich schwarz mit roten Spuren ziemlich frischer Kratzer. Das Blut schien kaum geronnen. Man fragte besser nicht, dachte Felix. Auf seiner Uhr war es halb vier. Ev hatte Tempo vorgelegt, er selber war kaum nachgekommen.

Uschi strahlte. Es ging ihr so unfassbar gut. Sie wurde so verwöhnt. Unfassbar, wie Wiggi sich gekümmert hatte. Mehr Kissen unterlegt. Damit die Höhe stimmte. Das war ja wichtig. Das kam vom Arzt, das hatte Wiggi nicht erfunden. Lagerung war alles, hatte der gesagt. Und diese Decke. Doch, hatte Wiggi ihr gesagt, weil sie Verkühlung jetzt nicht brauchen konnten. Wo doch ihr Rock so kurz war. Gemütlich, sah man, oder?

Super, sagten sie. Echt gut.

Wiggis Haltung zeigte: Was Uschi brauchte, waren Leute seines Schlages. Unten winkte die Vogelscheuche Beifall mit den Schößen ihres Fracks.

Wo Alma war, wollte Felix wissen. Er kam nicht weit.

»Klappe.« Wiggis Finger zeigte auf die Stelle zwischen Felix Augenbrauen. »Klar?«

Felix stockte. Der Typ war irre.

»Daherreden. Rumtun. Nichts dahinter.«

»Du«, Felix holte Luft.

»Nix!« Wiggis rechte Hand fuhr aus der Hosentasche. »Ganz still. Du Schwätzer.«

Evs Hand lag fest auf Felix' Unterarm. Wiggi lassen.

»Zeit, dass einer dir das sagt.«

Und wenn er schon dabei war. Weil sie das ruhig wissen konnten. Der Nachmittag. Es hieß, den hätten sie noch nötig. In seinen Augen hatten gewisse Leute noch ganz anderes nötig. Gewisse Leute waren durchgeknallt. Worüber er kein weiteres Wort verlor. Er sagte vieles nicht um Almas willen. Aber diesmal war er hingestanden. Er hatte Alma klipp und klar gesagt: dieser Nachmittag, okay. Wenn er dabei war. Abschirmdienst. Absolut kein Witz. Abschirmdienst hieß Winterhalter. Das durfte man ja keinem sagen. Ein Schreibkurs, von dem gerade mal drei übrig waren. Drei, von denen nur mehr zwei noch aufrecht gingen. Bis jetzt noch. Er legte für keinen mehr die Hand ins Feuer. Aber bevor hier alles in die Luft flog, flogen andere, und zwar hinaus. Almas Schnapsidee vom Schreiben. Durchgeknallt, noch jede Gruppe, aber diese schoss den Vogel ab. Alma gab ihr Herzblut. War so. Aber ein paar Tropfen blieben davon übrig. Dafür sorgte Winterhalter. Das durften sie ihm glauben. Sie hatten auf der ganzen Linie versagt. Erwachsene Leute. Aber einen Hefeteig verkommen lassen. Kleine Kinder passten besser auf. Einmal Leute in der Küche, und prompt so. Die Konsequenz hieß: Küche zu. Alles zu. Haustür zu. Weil wieder Ordnung war. Weil Ordnung Winterhalter hieß. Er hatte aufgeräumt, was er nach seiner Rückkehr angetroffen hatte. Wofür ihm jedes Wort zu schade war. Es hatte ihn gegraut. Nein, seine Knöchel, wenn sie schon glaubten, sie müssten daraufstarren wie die Katze auf das Loch, seine Knöchel waren nicht das Einzige, was er an Kratzern abbekommen hatte. Ein Blutbad war ein Blutbad. In Ecken kriechen und in Winkel, wie er es hatte müssen, kratzte nicht nur an der Haut. Er hatte putzen dürfen. Immer war es Winterhalter, der am Ende putzte. Jetzt war geputzt. Und blieb geputzt. Und keiner kam ihm mehr herein. Das Plumpsklo lag bekanntermaßen oberhalb der Tenne.

»Ihr zwei«, er bleckte seine Spatenzähne, »seid heute Abend weg. Die Uschi darf noch über Nacht.« Er blähte wieder seine Nasenlöcher. »Da ist jemand. Der nimmt sie spätestens am Dienstag mit nach Hause.«

Ob Alma Wiggis letzte Worte mitbekommen hatte, war ihr nicht anzusehen, als sie in diesem Augenblick ins Freie trat. Felix fühlte sich durch deren Anblick wunderbar erleichtert. Sie war im Sackgewand, wie stets, blutrot an diesem Nachmittag, was er dem Zufall zuschrieb. Aber fragen konnte man sich doch. Das Tischbein tauchte wieder auf vor seinem inneren Auge. Ein wenig Alsterwitwenhaar, das daran klebte, und Blut, nicht viel – von einem Blutbad konnte keine Rede sein –, aber doch genug, dass es begonnen hatte, am Holz herabzurinnen. Aufs Neue schien Almas Körper ihm ein Schrank. Vor seinem inneren Auge sah er sich selber darin ruhen auf Polstern und auf Seidenkissen, auch er in Samt und Seide, ein Prinz mit einer Krone auf den Locken. Was ihn zutiefst berührte, war nicht so sehr des Bildes Schönheit, sondern dessen wundervolle Selbstverständlichkeit. Er rückte dichter als zuvor an Ev heran und flüsterte: »Uns gehen zwei Tage ab.«

Sein Mund berührte ihre Schläfe. Er atmete den süßen Duft geschlagener Banane. Da war ihm, als ob er weinen müsse und wisse nicht warum. Er fühlte Angst.

»Wir haben schließlich voll bezahlt«, er rückte von ihr weg, »wenn du mal überlegst.«

Sie nahm die Sonnenbrille ab. Ihr Blick sprach Bände. Er hätte das nicht sagen sollen. Das Unbehagen, das ihn augenblicklich überkam, war keine Scham. Die hätte er verstanden. Er hatte wirklich nur ans Geld gedacht. Nein, Scham war es nicht. Ev aber setzte sich die Sonnenbrille wieder auf die Nase und kehrte ihm den Rücken zu zum Zeichen, dass er abgemeldet war. Alma, dachte er, sie würde alles richten. Er seufzte innerlich vor Dankbarkeit. Sie würde ihnen eine Ordnung geben. Er griff nach seinem Text.

Aber Alma winkte ab.

»Folgendes«, sie machte eine Pause. Es fiel ihr sichtlich schwer.

Ev öffnete den Mund. Uschi hob den Arm.

»Nein, bitte«, Alma hob die Stimme, »mich einfach reden lassen.«

Jette Ditters. Alma brauchte ihren Namen nicht zu nennen. Sie warteten.

»Ich weiß von Jette nichts«, Alma zuckte mit den Schultern. »Ist so.«

Sie will uns schonen, dachte Felix.

»Jetzt wirklich, Alma«, sagte er, »jetzt sei so nett –«

Aber Ulm hatte Alma abgeschmettert. Sie war mit Jette nicht verwandt und hätte sich den Anruf sparen können. Auch Louis, dachte Felix augenblicklich, war nicht mit ihr verwandt. Er sah erneut Louis' Hand den

Regenschirm umklammern. Louis in Verzweiflung neben Jettes Trage.

»Louis ist bei seiner Frau«, sagte Alma. »Marie ist tot.«
Stille.

Das Leben ist ein Billardspiel, dachte Felix.

Das Buch, in dem er diesen Satz gelesen hatte, erinnerte er nicht mehr. Man war als Mensch dagegen machtlos. Sein Vater hatte Billard gespielt. Er selber hatte noch als Schulkind fest geglaubt, dass Papas Wille der Kugel ihre Richtung wiese. Nicht dass er es verstanden hatte. Es war nur so, dass er so nahe alles hatte sehen können auf seinem Polsterhocker, auf welchem er mit Schuhen hatte stehen dürfen. Es hatte Papa gar nichts ausgemacht. Jetzt, wo er wieder daran denken musste, begriff er plötzlich gar nicht mehr, dass er dem Vater später nicht nur beim Billard die Richtung abgesprochen hatte. Franzi war schon aus dem Haus gewesen, als er sich vor ihm aufgepflanzt, von Kontingenz gefaselt hatte, entspannt, die Hände im Kapuzenshirt. Er sah die Szene vor sich. Sie hatte sich ihm eingebrannt. Sein Vater, den langen Rücken tief über den Billardtisch gebeugt, hatte den Queue zurückgezogen und geschossen, die weiße Kugel auf die gelbe, sich aufgerichtet und gelächelt. Die gelbe war versenkt.

»Jemand zu Hause?« Almas Stimme.
Felix fuhr zusammen.
»Kaffee«, sagte Ev, »der Herr ist müde.«
Darauf hatte Felix nur gewartet. Kaffee. Er sah Wiggi zu Alma hinüberschielen. Die Null-Agenda war ein Witz. Der kam damit nicht durch. Der überhob sich. Vor allem unter Umständen wie diesen, wo es so traurig ausgegan-

gen war. Oder eben traurig stand. Er hatte das Gefühl, dass es mit Jette nichts mehr würde. Er täuschte sich gewiss darüber nicht. *Schrieb einer, der wahrhaft glücklich war?* Jette, damals flaschengrün und hochgeschlossen, Jette mit dunkelroten Lippen. Jette, die sich zum Schreiben angemeldet, aber nichts geschrieben hatte. Sie hatte bloß probiert. Nun stand es mit ihr – so. Er konnte nicht verhindern, dass ihm die Tränen kamen. Das mit Jette war das Allertraurigste, auch das mit Minni Markwart und das mit Minni Markwarts Mutter war tieftraurig. Von diesem Allertraurigsten erzählte auch sein eigener Text, der ihm so sehr gefiel, und den zu lesen er sich schrecklich freute. Er dachte auch an den Kaffee – und schluckte schnell und sehr ausdrücklich. Vom Weinen, da war er zuversichtlich, war vorderhand bei ihm nichts mehr. Er setzte sich in Positur und lächelte.

Alma lächelte zurück. »Wenn du so nett bist!«

Von Kaffee war nichts zu sehen.

»Gerne«, sagte er mit Nachdruck, »recht vielen Dank!«

Auferstehung. Er las, wie Theo, fehlerlos mit angenehmer Stimme. Er lächelte, als er geendet hatte. Er sagte »danke«, nachdem die anderen mit dem Beifall fertig waren. Er strahlte. Sein altes, frohes Selbst war wieder durchgebrochen. Er war sehr oben auf, ganz so, wie jedermann ihn kannte. Ja, sprach er zu sich im Stillen, klatscht nur recht lang und laut, denn wieder einmal ist es mir gelungen, etwas recht Nettes hinzuschreiben. Vielleicht das Netteste, was mich betrifft. Das Traurige verwandelt sich ins Reizende, wenn es aus meiner Feder fließt. Ja, wenn ich es recht bedenke, ist mir ein Meisterstück gelungen. Das sage ich, selbstredend, nur zu mir. Ein Einkaufszettel, der schönste allzumal, kann sich am Ende doch nicht messen mit dem Literarischen. Das Literarische, wahrhaftig, es liegt mir ungemein. Nach diesem schönen Anfang ist nicht ausgeschlossen, dass manches noch aus meiner Feder fließt, was Leser glücklich macht. Wer hätte das gedacht, dass ich auf Anhieb eine Hauptfigur entwickle, die stimmig ist und überzeugt. Ja, doch, die Leni ist mir gut gelungen. Personen vom Kaliber Alma Steins erkennen dies auf Anhieb. Sie unterscheiden Dichtung von all jenem, was man gemeinhin Wahrheit nennt, und schon ist alles prima und paletti. ›Paletti‹ hätte er fast laut gesagt.

Er fuhr sich mit den Fingern durch das Haar, nahm flüchtig wahr, dass Ev mit Uschi flüsterte, sah Alma nicken, sah Wiggis Achseln zucken, sah Almas Finger auf dem Manuskript, sah Wiggis Augen eine Stelle suchen auf dem eigenen Exemplar, sah Wiggi nicken, dann verneinen, sah Uschis Hand nach oben fahren, sah Almas Hand auf sich gerichtet, sah Alma in Erwartung, erkannte, dass er sprechen sollte.

Das schlug er ihnen ab.

Nein. Wie Markwart mochte Felix über seinen Text nichts sagen. Nicht im Großen, nicht im Ganzen, nicht persönlich und nicht einmal im Einzelnen. *Auferstehung* war das eine. Das andere war Felix Kammerlander. Getrennte Leute. Ihn nichts fragen, was er nicht wusste. Er könnte ihnen allenfalls zur Wahl des Titels sagen, dass so etwas wie Auferstehung auf der Hand gelegen hatte. War griffig, irgendwie. Was ihm sein Unbewusstes eingeflüstert hatte, so konnte Felix freilich dafür nichts.

174

»Fein heraus«, sagte Wiggi, »hätte man sich denken können.«

Fein heraus?

»Sorry«, sagte Uschi, »*fein heraus* versteh ich nicht.«

Sieh an, die Uschi. In Almas Blick lag mütterlicher Stolz. Sieh an, der Wiggi. Auch Wiggi ließ Almas Augen leuchten in mütterlichem Stolz – mit einer Spur von glitzerndem Verlangen, das Felix, obgleich nicht prüde, seinerseits die Augen schließen ließ, als sein Blick sich mit ihr kreuzte.

»*Fein heraus*, das musst du schon erklären«, Alma, seidenweich.

»Für sein Unbewusstes kann er nix. Da ist er fein heraus aus allem, was er schreibt.«

»Schatz, aus was ist Felix denn heraus?«

»Aus seiner Nummer mit der Mutter. Ist doch klar.«

»Nummer«, Ev sprach federleicht, »hat Felix was getan?«

»Kann man so sagen«, Wiggis Ton war eisig, »die Doofheit dieser Mutter ist ja kriminell.«

»Wenn das so ist«, sagte Felix lässig, »ruf ich jetzt meinen Anwalt an.«

»Deine Sache«, sagte Wiggi.

»Spinnt ihr alle!« Uschi war hochrot.

Ihre Position in Sachen Sprunggelenk war mindestens prekär. Sie hatte keine Mittel, dem Rutschen Einhalt zu gebieten, als der Ikea-Hocker sich zur Seite neigte. Die Folge war, dass Uschis Fuß zu Boden schlug.

»Bitte«, sagte Wiggi in die Stille, »ich hab's kommen sehen.«

Uschi, nur noch halb in ihrem Sessel, drohte jeden Augenblick herauszufallen.

»Hilfe!« Der Schrei drang bis nach Burckartsried.

Nur zu, dachte Felix, schnapp sie dir, Winterhalter. Schlepp sie zum Röntgen, da muss sie hin. Das hatten wir schon mal. Mach dich vom Acker. Fahr sie ins Krankenhaus und komm nicht wieder. Heirate sie. Dann hab' ich Alma Stein für mich.

Leider nicht.

»Gell, Uschi«, sagte Wiggi fünf Minuten später, »die Kissen sind schon etwas wert gewesen. Sie müssen halt bloß halten.«

Er nickte bräsig. Ihn machen lassen. Vielleicht kapierten sie es endlich. Die Uschi jedenfalls bekam jetzt einen Tee.

»Schatz«, warf Alma ein.

Wiggi zuckte mit den Achseln und verschwand.

Ev schritt inzwischen bei der Vogelscheuche auf und ab, das Telefon an Ohr. Sie schien erregt. Ihre hohe Stimme, Worte, herauf zu Felix und weiter mit dem Wind. Er sah ihr Kleid sich blähen, ein weißes Segel – nicht mehr für Felix, sondern für andere gehisst. Federleicht, wie sie begehrte, federleicht, wie sie womöglich liebte, sah er sie umgekehrt als Mutter wie in Stein gehauen.

Deshalb lächelte er nur, umarmte sie mit Nachdruck, als sie nur wenig später, schon flüchtig, ihm erklärte, sie müsse heim. Weil einer es allein nicht schaffe, zwei Kindern, die an Magen-Darm-Verstimmung litten, Tee und noch ganz anderes einzuflößen. Wenn auch nur tropfenweise. Mit dreizehn Monaten, zu seiner Info, vertrockne ein Kind im Handumdrehen.

»Wann?«, fragte Felix.

»Das geht so furchtbar schnell. Sie kommen schlimmstenfalls ins Krankenhaus.«

Felix erinnerte ein Foto, das Franzi zeigte neben einem Gitterbettchen. Der Raum war unbestimmt mit weiteren Gitterbettchen, auch diese unbestimmt. Franzi schien sehr klein. Wenn es Franzi war, hieß das. Im Arm hielt sie ein Baby, dem sie die Flasche gab.

»Wann du gehst«, sagte er zu Ev.

Ev ging sofort. Zehn Minuten später bog Wiggi aus der Zufahrt auf die Straße. Ev, hatten sie herausgefunden, bekam den Zug um kurz nach sechs, der sie am Abend noch nach Hause brachte.

»Sie muss doch packen«, sagte Felix.

»Sicher«, sagte Alma. »Wiggi kümmert sich. Das klappt. Wirst sehen.«

Jetzt waren sie zu dritt.

20

Rasch stieg man ein, rasch lief es wie geschmiert. *Auferstehung* schien Felix im Laufe der Besprechung immer mehr ein Edelstein, dem alle drei in Zärtlichkeit verbunden waren. Uschi behauptete, sie habe stumme Tränen weinen müssen vor unfassbarer Rührung und vor Mitleid. Sie habe gar nicht anders können, als diese Frau zu lieben. So einfach und so stark. Leni sprach so schlicht. So ganz und gar zum Punkt. Da spürte Uschi bei sich selber etwas. Die Leni hatte eine eigene Sprache. Also das fand Uschi genial, weil das nämlich literarisch war.

Literarisch. Felix zerging es auf der Zunge.

Und überhaupt fand sie es spannend, dass Felix einen Handlungsstrang aus einem fremden Text herausgenommen hatte. Bekanntlich konnte alles auch ganz anders sein. Mal einen Fremden darauf schauen lassen. Da taten sich gleich Türen auf. Uschi wäre nicht im Traum darauf verfallen, dass diese Mutter gar nicht tot sein könnte. Warum nicht damit spielen. Wie gesagt, rein literarisch. Das war Uschi wichtig.

Felix nickte. *Rein literarisch.* Das Wort veredelte. Das Literarische hob seinen Text empor, wenn nicht in den Olymp, so doch ins zeitlos Elegante. Er badete im Glück der Wechselrede, des klugen Urteils zweier Frauen, die sich vom Sprachlichen bezaubern ließen. Vermutlich auch von Felix selbst. Es schien ihm so. Vor seinem inneren Auge sah er sich wieder die Krone auf den Locken tragen. Der Herr der ersten Sätze ward endlich Meister vieler meisterhafter Sätze. Was immer künftig floss aus

Felix' Feder – kein Zweifel, dass er weiterschriebe – es
wäre Premier League. Was sonst, wo er doch an der
Mutterbrust die Milch von sechzehn Bänden *Angélique*
getrunken hatte. Er lächelte und nickte, wie er geraume
Zeit schon lächelte und nickte, verbeugte sich von Zeit
zu Zeit.

»*On Myself*«, Uschis Augen glänzten, »ist ein unwahrscheinlich gutes Manuskript. Das spielt natürlich mit.«

»Man fragt sich«, sagte Alma trocken, »was unseren
Freund« – sie wies auf Felix – »bewogen hat, sich dieses
Textes anzunehmen.«

»Genau«, rief Uschi, »haargenau!«

»In *Auferstehung* ist die Mama lieb«, sagte Felix lässig,
»ich hab' es umgedreht.«

»Das merken wir. Der neue Schurke ist der Vater«,
sagte Alma.

Felix zog eine Augenbraue hoch.

»Hey«, Uschis Mündchen schob sich vor, als ob sie
pfeifen wollte, »jetzt sag schon was dazu!«

Was hätte Felix sagen wollen? Aber dies war eine
Schreibwerkstatt. Er sah es ihnen an, dass sie auf irgendetwas von ihm warteten.

»Das mit der Wandlung«, Uschi wies auf Alma, »frag
du ihn doch mal. Das ist so interessant!«

»Mein Freund«, Almas Ton war unergründlich, »magst
du darüber Auskunft geben? Es könnte uns erfreuen.«

»Dear Ladies", Felix machte einen Diener, »my
pleasure.«

His pleasure? Es wäre noch vergnüglicher, sie ließen
ihn in Frieden.

»Ich gestehe«, hörte er sich sagen, »ich hatte keinen

Plan. Mir fiel das ein im Morgengrauen. Ein Einfall war es, genau genommen, auch nicht. Es schrieb sich von allein.«

»Hokuspokus Fidibus«, Alma grinste diabolisch.

»Ja«, sagte Uschi, »irgendwo.«

»Rein literarisch«, sagte Alma, »kann das gelingen.«

»Da bin ich aber froh!« Felix strahlte.

»Na ja«, sagte Alma.

»Aber?« Felix runzelte die Stirn.

»An Theos Stelle«, Alma zögerte, »ich glaube, ich wäre doch verletzt.«

Uschi fuhr den Laptop hoch. »Sekunde«, rief sie, »wartet – halt! Hier steht's«, sie hob die Stimme, »*du sagst nichts ungestraft. Du triffst die Wahl.* Bitte sehr. Alma, das hast du gestern noch gesagt.«

»Zu mir?« Felix schüttelte den Kopf.

»Zu Theo Markwart! Dass er es in der Hand hat. Wenn er was schreibt, dann ist er in der Pflicht. Das kommt auf ihn zurück.«

»Aha«, sagte Felix, »*Auferstehung* wäre seine Strafe.«

»*Auferstehung* ist verletzend. Ich wiederhole es.« Alma schien zu überlegen. »Es geht um Theos Eltern, immerhin.«

»Aber du sagst doch, Theo ist selber schuld. Wenn einer schreibt, dann muss er wissen –« Uschi, das war ersichtlich, focht die Dinge aus.

»Ja«, sagte Alma, »auch das ist richtig.«

Und jetzt?

»Jetzt?«, Alma seufzte, »ich glaube, das Ganze ist uns einfach viel zu nah gerückt. Wir waren heute Morgen mittendrin.«

»Ich nicht«, sagte Uschi. »Als ich heraufkam, war alles schon vorbei.«

»*On Myself* – Teil zwei«, sagte Alma bitter, »so könnte man es nennen. Ja, das war vorbei.«

»Wie hätte ich das wissen sollen«, sagte Felix.

»Nee, oder?«, quäkte Uschi, »das konntest du beim Schreiben echt nicht ahnen.«

»Es ist sehr eigenartig«, Alma schien den Gedanken beim Reden zu verfertigen, »Theo hält den Leser draußen. Er fixt ihn an. Was im Bergell geschah, was es mit der Mutter, dem Vater, der Schwester wirklich auf sich hat, all das bleibt unerzählt.«

»Hermetisch«, sagte Felix trocken.

»Reizvoll, da hineinzuleuchten, willst du sagen?«, Almas Blick war kühl.

Felix holte Luft.

»Mein Lieber«, Alma ließ sich nicht beirren, »du leuchtest Theo Markwart heim. Das tust du.«

Bitte, was war jetzt das?

»Du spielst mit Theos Unglück.«

Uschi starrte Alma an. »Ist das dein Ernst?«

»Ich glaube schon«, sagte Alma.

Uschi schob das Mündchen vor. Nach einem weiteren Blick auf Alma schob sie es zurück. Felix aber war kalkweiß und seine Oberlippe zitterte.

»Willst du mir sagen, das gehört sich nicht?«

»Ich –«

Felix winkte ab. Er sah zum Fürchten aus.

»Ich bin also unanständig?«

Alma wollte protestieren. Aber Felix hieß sie mit einer Handbewegung schweigen.

»Hör gut zu«, er sprach sehr leise, »was unanständig
ist, sag' ich jetzt dir. *Ich kann nicht sagen, dass ich Mama
vermisse.* Das ist unanständig.«

»Tja«, sagte Uschi nach geraumer Zeit.

»Tja«, sagte Alma.

Mir ist übel, dachte Felix.

»So ist es halt«, Uschi vermied es, Felix anzusehen, »mit
der Kunst, meine ich. Man kann sie nicht vom Leben
trennen. Ist ja gut, wenn sie berührt.«

»Felix«, sagte Alma, »unanständig hast nur du gesagt.«

»Na ja«, sagte Felix.

»Felix, worum geht es dir?«

Um gar nichts, dachte er. Er war weit davon entfernt
gewesen, Theo zu verletzen. Im Gegenteil. Der Mann lag
ihm seit Neuestem am Herzen.

»Man schreibt nichts Böses über seine Mutter«, hörte
er sich sagen.

Hatte er sich überhoben? War er zu heftig? War Alma
Stein gekränkt? Es schien nicht so. Ihr Blick war freundlich. Hatte Alma ihn gekränkt? Es spielte keine Rolle.
Was Felix sah, war eine Frau, die ihre Arme für ihn öffnete. Sie nahm ihn wieder an. Er hätte weinen können
vor Erleichterung. Dass Alma Stein ihn liebte, war ihm
unerlässlich. Für einen kurzen Augenblick war ihm gewesen, als zögen Wolken auf und die Verhältnisse, sein
Leben lang nur angenehm und immer knetbar, und
immer ins Vergnügliche, verrutschten unversehens, ja,
hinterrücks, ins Unvergnügliche hinüber –, Verhältnisse,
die ihm entzogen wären und nichts zu kneten mehr für
Felix' Finger, und keine Griffe mehr, rein gar nichts, was
Halt versprochen hätte.

Sie tranken später Tee. Sie tranken einen Meersburger von der Chorherrenhalde. Der Weißwein, wie manches andere auch, war ein Geschenk von Sebastiani. Aber weiterhin war Schreibwerkstatt. Sie hämmerten, sie sägten und sie klopften. Soweit es eben möglich war.

»Versuch es mal«, Felix wandte sich an Uschi, »tu so, als ob du Theo gar nicht kennst. Lies *Auferstehung* wie ein fremdes Buch.«

»Ich weiß, was du meinst«, Uschi grinste, »da sag ich einfach ›super‹. Ganz genau.«

»Stimmig«, sagte Alma, »eine Geschichte muss stimmig sein. Dann stimmt sie.«

»Prost!« Die beiden Frauen stießen an.

»Ich sage meinen Schülern – und meinen Schülerinnen auch«, Uschi kicherte, »Leute sag ich, gut erfunden ist gleich wahr.«

»Wahr im Sinne von wahrhaftig.« Alma nickte.

»Wahrhaftig«, sagte Felix, »tolles Wort.«

Er hob sein Glas und räusperte sich mehrfach, bis er lachen konnte wie sonst auch.

»Also, wenn ihr mich fragt«, Uschi unterbrach sich, »ach was!«

Zwei kurze Arme breiteten sich aus, zwei himmelblaue Augen strahlten Felix an. »Komm her«, rief sie, »und lass dich drücken!«

Sie legte, als er sich zu ihr niederbeugte, die Hände fest um seinen Nacken und zog ihn tiefer, als es nötig war, zu sich herab. Bevor er seine Augen schloss, sah er für einen winzigen Moment aus größter Nähe Brüste beben, ein Busen, gewaltig selbst im grauen Dämmer unter ihrer Bluse. Sie duftete ein bisschen nach Jasmin. Vielleicht auch Minze. Wenn er nicht sicher wäre, dass alle Frauen dufteten, so hätte er gesagt, sie dufte gar nicht.

Jetzt hatte Uschi aber glatt vergessen, was sie sagen wollte.

»Wenn wir dich fragen«, half Felix aus.

Uschis Blick blieb leer.

»Also, wenn ihr mich fragt«, Alma zeigte sich geduldig.

»Dich?«, fragte Uschi.

Alma stöhnte.

»Halt! Ich weiß es wieder«, Uschi winkte ab, »im Ernst. Gesetzt den Fall, ein anderer als Theo hätte diesen Text verfasst. Vielleicht ein ganz Berühmter.«

»Shakespeare?«, schlug Felix vor.

»Wie, Shakespeare?«

Alma grinste.

»Ach so! Haha. Oder, keine Ahnung –« Uschi war aus dem Tritt.

»Alma Stein?«, schlug Felix vor.

»Ja. Nein. Was soll das jetzt?«

Sie kamen nicht recht weiter. Letztendlich führte jeder Text den Leser auf die Spur des Menschen, der ihn geschrieben hatte. Man konnte aus sich selbst nun einmal nicht heraus.

»Das Autobiografische darf sein«, piepte Uschi, »es ist halt manchmal oberpeinlich.«

»Sicher«, sagte Alma, »zum Beispiel *Hölle, dazu hätte Leni etwas sagen können.*«

»Hammerhart!«

Der Fuß, die Kissen und der Hocker waren nicht im Gleichgewicht. Uschi stöhnte.

»Aber literarisch einwandfrei!«

»Dank«, Felix deutete einen Diener an, »sehr ausdrücklich.«

»Keine Ursache«, Uschis Bein lag wieder richtig, »auch wenn du nicht gemeint bist.«

»Uschi meint«, sagte Alma, »der Erzähler bist nicht du.«

Nicht Felix? Ja, wer denn dann?

»Der Erzähler ist ein anderer«, sagte Alma freundlich.

»Aber«, Felix rang nach Worten, »wer bin ich?«

»Ein anderer.«

»Wer sagt das?«, fragte Felix.

»Ein anderer.«

Felix lachte. Er hatte nichts verstanden.

»Die echte Mutter, Frau Markwart, meine ich, weiß man, wie die heißt?« Uschi wechselte das Thema.

»Leni«, sagte Felix.

»Aua!«

Felix nickte.

Ein Rind stand bei der Tenne. Es läutete und rupfte. Sie nahmen es gelassen hin. Erst als es still ward, warf Felix einen Blick hinüber. Ein schönes Augenpaar sah ihn mit ruhigem Interesse an. Auch Iphigenie – er nannte sie noch immer so – hatte schöne Augen, in denen aber das Verrückte saß.

»Theos Schwester«, sagte er laut, »war gestern auf dem Marktplatz. Ich habe sie gesehen.«

Minni Markwart? Das sagte er erst jetzt?

»Sie teilte Flyer aus. Dass sie Theos Schwester war, erfuhr ich sowieso erst hinterher.«

Felix war diskret. Viel ließ er nicht heraus. Er sprach von Theos wachsendem Vertrauen, von Nähe und vom

Zufall, der dazu beigetragen hatte. Er sprach von Iphigenie, vom kosmischen Orgasmus und vom Friedenswerk. Er sprach von Theos Krise und davon, wie Theo in Verzweiflung diese Schwester hatte dingfest machen wollen. Wie er ihn hatte scheitern sehen. Wie Theo nichts so sehr gefürchtet hatte wie die Peinlichkeit.

»Das alles«, sagte Alma in die Stille, die entstanden war, »ist also in *Auferstehung* eingeflossen.«

Felix zuckte mit den Achseln.

»Es ist dein Thema«, sagte Alma.

Sein Thema? Felix riss die Augen auf.

»Ich glaube schon.«

Almas Blick war schwer zu deuten, als sie ihm die Hand zum Abschied gab.

21

Vier Stunden später zog Felix seine Jacke enger. Die Friedhofsmauer strahlte Kälte ab. Der Garten des Sebastiani duftete nach Rosen und nach schwerer, dunkler Erde. Ein Hund schlug in der Ferne an. In den Lindenkronen gaben Vögel hin und wieder Laut. Ein Lüftchen streichelte die Wangen jener Handvoll Gäste, die noch draußen saßen. Es ging auf Mitternacht. Die Gläser wurden nicht mehr nachgefüllt. Drinnen sah man Schemen sich zwischen Tischen hin- und herbewegen hinter hellen Stores. Das Frühstück wurde eingedeckt. Die Bar war bereits dunkel. Das Sebastiani ging zu Bett.

Felix' Smartphone lag auf dem Tisch. Die E-Mail war von Benno. Er hatte sie bereits gelesen. Jetzt las er sie erneut.

Hab' heute wegen einer Sache Susanne angerufen. »Hallöchen«, sag ich, »alles gut?«, und rede ein paar Takte. Sie ist komisch. »Stimmt was nicht?«, sag ich. »Was soll nicht stimmen«, sagt sie, »dein Bruder ließ mich sitzen.« Peng. Aufgelegt. Kam mir vor wie ein Idiot. Mein Lieber, du kapierst es wirklich nicht. Die Frau ist Oberliga. Was sie an dir gefunden hat, weiß Gott allein. Und was machst du? Trägst sie auf Händen? Du hast nie was begriffen. Aber dass du so dermaßen dämlich bist, hielt nicht einmal ich für möglich. Benno

Cyrill schlief im Sessel gegenüber. Jetzt sah er hoch, erhob sich, machte einen Buckel, tat einen Riesensatz und sprang davon. Felix ging es dreckig.

Jemand näherte sich rasch.

»Da bist du«, sagte Theo Markwart.

Jenseits der Mauer schlug ein Käuzchen an.

»Schuhu«, sagte Theo.

Aus Felix' Kehle kam ein heiserer Laut. Die wenigen auf der Terrasse wandten jäh die Köpfe. Der Laut war qualvoll, spitz und langgedehnt wie bei einem Tier. Er weinte hässlich. Das Weinen schlug gegen seine Rippen, es schüttelte den Gartensessel. Es stieß jene ab in seiner Nähe. Er weinte roh und ungeschlacht. Von der Terrasse floh man hinein. Man drehte sich nicht nach ihm um. Nur Theo erntete gewisse Blicke, der dicht bei Felix stand, stocksteif, als habe er mit alledem rein nichts zu tun.

Am Teich lag Cyrill, eine schwarze Sphinx, scheinbar ins Unbestimmte träumend. Katzenaugen, denen in Wahrheit nichts entging. Nicht der Sessel, in welchem Felix schluchzte, die Hände vors Gesicht geschlagen, nicht Theo Markwart, der mittlerweile hinter diesem Sessel von einem Bein aufs andere trat, die Arme hob und fallen ließ, die Lippen öffnete und schloss, die Achseln zuckte, der sich entfernte, der zurückkam, nur Augenblicke später. Als er dem Schluchzenden ein frisches Taschentuch entgegenhielt, stand Cyrill auf, streckte seine Glieder, gähnte stark und ward Sekunden später von der Dunkelheit verschluckt.

Felix entging dies alles keineswegs. Aber sich zu rühren, die Hände vom Gesicht zu nehmen, ja, dies Gesicht womöglich Theo zuzuwenden war ein Gedanke, der ihm unerträglich schien. Er wäre nackt. Er wäre scheußlich. Er hätte keine Sprache. Er wäre mittellos. Er wäre keiner mehr. Solange er sich nicht bewegte, war er unsichtbar. Es ging ihm alles durcheinander. Es war ihm alles schwarz. Die Scham war schwarz. An Flucht war nicht zu denken. Die Blicke wären tödlich. Er käme niemals bis zum Haus.

Genauso wenig sah er sich imstande, mit einem leichten *Hallo, wie nett, mein Lieber, so setz dich doch* ein schönes Miteinander einzuläuten und Theo und sich selbst auf festen Grund zu stellen. Er fühlte warmes Nass durch seine Finger rinnen. Er ließ es tropfen. Es gab ihn nicht. Er war ein schwarzes Loch.

Theo war verschwunden, als er endlich hochsah. Es war totenstill.

Im Gartensessel gegenüber zuckte Cyrill mit dem Schwanz. Er schlief. Der Nachtwind spielte mit den feinen Pinseln, die aus den Ohren wuchsen.

»Du«, sagte Felix, »zu wem gehörst du?«

Ein Katerauge tat sich auf und schloss sich wieder. Die Frage war ein Witz.

Felix lachte wider Willen. Dem war es urgemütlich mit sich selbst. Der rührte keine Pfote. Wie ging das, dass Felix auch so war? Wie ging ein Katerwesen? Die Frage war absurd. Er machte sich zum Narren. Jenseits der Mauer rief das Käuzchen. Er fröstelte. Er stand von seinem Sessel auf.

Die Beine trugen ihn mit Mühe. Sein Gang war staksig. Die Furcht, auch jetzt noch, dass er gesehen werden könnte. In seinem Zimmer war es stickig. Er öffnete die beiden Fensterflügel weit, goss sich Wasser in ein Glas, trank es auf einen Zug im Stehen, füllte nach. Er setzte sich an seinen Narrenschreibtisch, schob das Glas zur Seite, zog den Laptop zu sich her und griff zur Maus. Es schlug drei Uhr drüben, als er zu schreiben anfing.

22

Das Kinderbild
von Felix Kammerlander

Unser Haus war groß. In allen Räumen hingen Bilder. Man konnte nichts erkennen auf den meisten. Sie waren sehr modern. Es gab in Papas Zimmer ein Porträt, das einen Jungen zeigte, der furchtbar hässlich war in meinen Augen. Die Nase lag neben dem Gesicht, zwei Augen waren ganz verrutscht. Es gab am unteren Rand noch eine Kindertrommel, die aber nur erkennbar war, wenn man es wusste. Der Junge trug ein blau-gelb kariertes Harlekin-Kostüm, ganz wie im Zirkus. Ich war damals noch klein. »Ganz ehrlich«, sagte ich zu Papa, »ich kann schon besser malen.« Papa lachte furchtbar und gab mir einen Kuss.

Mama hat Franzi porträtieren lassen und Benno später auch. »Drei Jahre«, sagte sie im Anschluss, »sind die schönste Zeit. Man muss ein Kind im Alter von drei Jahren malen lassen.« Franzi hing im Esszimmer. Auf dem Bild trug sie kurze Zöpfe mit blauen Schleifen und ein Dirndl, das aus Salzburg stammte. Ich zählte, wenn ich beim Essen nicht zu Wort kam, die weißen Spitzen am Halsausschnitt und auch die bläulich grauen Fleckchen mit Silberschimmer auf dem Stoff. »Du kannst ja gar nicht zählen«, sagte Franzi. Aber als ich in der ersten Klasse war, hat sie mir geglaubt, dass es siebenunddreißig waren. Franzi war fast sechs Jahre alt auf diesem Bild. Benno war auf seinem immerhin schon deutlich über vier. Man sah es leicht. Er sah ganz ernst und klug aus. Aber mit einem dunkelblauen Strickpullover, den ich schön fand, genau wie Mama. Beide Bilder fand ich sehr, sehr gut. So hätte ich nicht malen können. Benno hing neben Franzi. Wenn die Morgensonne darauf fiel, funkelten die Rahmen. Sie waren aber nicht aus Gold, das wusste ich. Sie waren nur vergoldet.

Weil ich der Jüngste war, schöpfte Mama aus früherer Erfahrung. Jetzt war sie klüger, sagte sie. Reizend sei Franzi nämlich nicht. Das würde niemand sagen. Aber gut getroffen. Ein Kind könne kaum mehr reizend sein in diesem Alter. Mama kannte Ausnahmen, aber Franzi zählte nicht dazu. Franzi streckte Mama die Zunge heraus. »Häng es doch ab«, sagte sie. Franzi war sehr frech. Benno hielt, wie immer, seinen Mund. Mein Bruder wollte keinen Ärger. Warum er allerdings sein wunderschönes Bild nicht mochte, verstand ich nicht. Konventionell, sagte er zu mir, und dass es wegkam, falls er je einmal etwas zu sagen hätte. »Konventionell?«, fragte ich, »wie meinst du das?« »Tote Hose«, sagte Benno, »kapiert?«

Ich hing im Wohnzimmer. Der Platz war für ein Bild der beste. Zwei Fenster gaben Licht auf beiden Seiten. Der reiche goldene Rahmen hob sich ab, wie Mama sagte, vom dunklen Braun des Möbels, das darunter stand. Die Kommode war von unserer Oma väterlicherseits. Papa hatte sie aufarbeiten lassen. »Franzi kriegt sie«, sagte er, »wenn ich mal nicht mehr bin.« Franzi hat gewusst, dass Papa nie etwas umsonst gesagt hat. Nach Papas Tod ließ sie sie holen. »Und wenn ich dafür hungern muss«, sagte sie, »und wenn ich zehnmal keinen Platz in meiner Wohnung habe.« Franzi war damals fünfundzwanzig. Die Wohnung war ein Kellerloch, aber schon in Pöseldorf. Franzi sah die Schuhe der Passanten, wenn sie am Schreibtisch lernte.

Die Malerin, die uns gemalt hat, war sehr bekannt in unserer Stadt. Ich sah die Bilder in den Glasschaukästen auf der Straßenseite ihres Hauses auf meinem Weg zum Kindergarten und später in die Schule. Jedes neue Bild wurde zunächst für einen Monat auf diese Weise ausgestellt. Manchmal standen Leute da herum und redeten darüber. Ich kam erst in den Kindergarten, als mein eigenes Bild schon eine Zeit lang fertig war. Es hing da schon bei uns.

»Ätsch, ätsch, Blöder, ein doofes Bild kann jeder«, skandierten die Jungen aus meiner Kindergartengruppe jedes Mal, wenn sie das Kind erkannten, auch später noch, wenn ich mich recht erinnere. Als mein Freund im Fenster hing, schrien sie so lange, bis der um sich schlug. Auch ich schrie mit. Sein Porträt hing neben einem ziemlich kleinen Mädchen mit langen Locken. Mein Freund war fünf, aber gut getroffen. Am nächsten Tag hing statt meines Freundes ein Blumenbild im Fenster.

Der Traum der roten Kammer lautete der Titel des Romans, den Mama las, während die Malerin mich malte. Ich erinnere das Atelier genau. Es roch nach Himbeeren und nach frischer Farbe. Es lag schrecklich viel herum. In einem riesenhaften Spiegel, der mitten auf dem Boden stand, sah ich die offenen Tuben mit den Farben, die Lappen, die Pinsel und die Bilder, die noch nicht fertig waren, die Tassen und Tabletts, die Blumentöpfe, den Riesenfarn, die Staffelei, den Papageien, die Malerin zur Hälfte, die Mama und mich selbst. Ich sei in allen Sitzungen sehr aufmerksam gewesen, sagte Mama. Die Malerin habe mich aufmerksam haben wollen. »Das Kind hat den bestimmten Ausdruck, den ich brauche«, sagte Mama, habe die Malerin zu ihr gesagt. »Bitte auf den Vogel schauen«, sagte die Malerin zu mir. Der schien immerzu etwas auf seiner dicken Zunge zu zerbröseln, während er von einem Bein aufs andere trat. Ein feines Kettchen um das Fußgelenk verband ihn mit der Staffelei, auf der er saß.

Die Sitzungen dauerten nie länger als zwei Stunden. Die Aufmerksamkeit des Kindes sei nach zwei Stunden weniger geworden, habe die Malerin behauptet. Mama hat sich auf die Künstlerin verlassen müssen. Es sei ihr oft schwergefallen, mit Lesen aufzuhören, sagte sie, das könne man sich denken. Sie habe anfangs noch geglaubt, dass eine Malerin doch weitermalen könne, bis ein Romankapitel abgeschlossen war, oder wenigstens die Episode, die Mama, wie alles, was sie las, vollkommen fesselte. Die Frau habe sich nicht einfühlen können, sagte Mama. Dass sie, mit ihrem Rücken, auf einem Klappstuhl habe sitzen müssen bei schlechtem Licht, sei noch hinzugekommen. Mama hat sich dennoch auf den *Traum der roten Kammer* eingelassen, aber sie hat kämpfen müssen, innerlich. Sieben Sitzungen reichten für ein Werk von diesem Umfang nicht. »Nicht so«, sagte sie. Die Mama hat sich für die Kunst geopfert, das war klar, und für mich auch. Einmal hat mich eine Frau, von Papas Seite, glaube ich, gefragt, ob mir das Buch gefallen habe, mit drei Jahren. Mir kam die Frage komisch vor. Die Mama las ja gar nicht laut.

Wie unbeschreiblich reizend, wie gut ich doch getroffen war, wie jedermann nicht anders konnte, als dies festzustellen und dies laut zu sagen, erinnere ich lebhaft. Mama lud anfangs laufend Leute ein. Sie tranken Kaffee, betrachten das Bild und hörten Mama zu, die von den Sitzungen erzählte, und von dem Rücken. Ich saß derweil auf ihrem Schoß. Oft saßen wir zu zweit, nur Mama und ich selbst, und sahen lange auf das schöne Bild. Ich liebte mein Porträt. Das schöne Bild war ein Geheimnis, das ich mit Mama teilte.

Vier Jahre später ehrte die Stadt die Künstlerin mit einer großen Werksausstellung. Für Kinderbilder aber war die Zulassung beschränkt auf solche aus den letzten beiden Jahren.

»Felix wird auch dort hängen«, sagte Mama, »verlasst euch darauf.« Sie ging am selben Tag noch zu der Malerin. Ich aber betrachtete im Wohnzimmer mein Bild.

Das Licht war günstig. Die Sonne stand schon schräg. Es war Oktober. Die Bäume waren bunt. Ich höre noch immer das Kratzgeräusch des Rechens draußen, sehe Benno Laub aufhäufen, sehe Franzi, die auf dem Rasen hockt und bockt. Ich sehe den Siebenjährigen drinnen auf dem Sofa liegen, den Oberkörper von den Kissen aufgestützt. Ich sehe ihn das Kind betrachten, das vis-à-vis hängt über der Kommode.

Das Kind war ich. Ja, ich war das. So sah ich mit drei Jahren aus. Sehr niedlich war die Nase mit dem aufgebogenen Nasenspitzchen, die Lippen samtig voll und rosa, nur locker aufeinander, lichtblau die Augen und hoch die Stirn, ein wenig steil, was dieser schmalen Kinderstirne etwas rührend Eigenes verlieh, dem eine blonde Locke, die absichtslos bis fast zur linken Augenbraue fiel, den Weg ins reinweg ganz und gar Entzückende zurückwies. Goldblond und gerade recht zerzaust schien mir der Lockenkopf das Prächtige schlechthin. Die dunkelblaue Trachtenweste hatte man mir stricken lassen müssen. Ich hatte gut behalten, wie teuer das gewesen war. Ja, das war ich.

Jetzt nicht mehr.

Das sagte mir der Spiegel in der Diele. Ein fremder Junge sah mich an. Mit sieben Jahren war meine Nase schmal geworden, scharf beinahe. Mein Haar war glatt und nachgedunkelt. Ich war ein Schulkind. Ich war dünn. Mir blieb der Trachtenjanker, den Mama aufhob, sonst blieb mir nichts. Ich hatte alles Reizende verloren. Ich war nicht zu erkennen auf dem Kinderbild. Ich war mit sieben Jahren schon verblasst.

»Du kommst mit«, sagte Mama, als es so weit war, »das versteht sich wohl von selbst.« Papa sah mich an. Ich hoffte, dass er mir helfe. Aber Papa zuckte nur die Schultern. »Ich sehe doch ganz anders aus«, brachte ich heraus. Mama sagte irgendetwas, was ich vergessen habe. Aber ich erkannte in der Art, wie sie mich ansah, dass man nicht darüber sprechen konnte. Es war zu groß. Es war zu schrecklich. Ich war erloschen. Mama dachte das, das zeigte ihr Gesicht. Es war eine Enttäuschung, die ich ihr zugemutet hatte. In Mamas Herz war einer, den es nicht mehr gab. Mir blieb die Scham. Dies alles auszusprechen, hätte mich und Mama umgebracht.

Mit einem Festakt wurde die Ausstellung eröffnet. Die ganze Stadt war da. Die Malerin gab mir die Hand. »Das ist er«, sagte Mama. Aber die Malerin tat fremd. Ich zog Mama weg. Ich wollte nicht, dass sie mit ihr sprach. Ich wollte nicht, dass die Malerin mich sah. Die Räume, die ineinander gingen, waren brechend voll. Am dichtesten war das Gedränge vor den Kinderbildern in dem schönen, hohen Saal im mittelalterlichen Teil des Ausstellungsgebäudes. Auch mein Porträt hing dort.

»Entzückend«, sagte Mama. »Es sticht heraus von Weitem.«

Ich hatte gerade meinen Freund gesehen in der Menge. Dann hing er hier? Er auch? Mein Herz tat einen Freudensprung.

Aber direkt neben mir hing nicht mein Freund, sondern dessen Schwester. Sie war drei Jahre alt und furchtbar niedlich, sowohl in Fleisch und Blut als auch auf dem Porträt, vor dem sie stand. Sie aß ein Eis, was nicht erlaubt war. Das Eis war brombeerrot. Ich sehe es noch immer auf das dunkle Holz des Bodens tropfen. Ich sehe ihre Kinderhand, die abgekauten Nägel und die Reste grünen Nagellacks. Ich sehe jene Frau, zunächst vor Mellis Bild, sich vor das meine schieben.

»Gott, ist der süß«, entfährt es ihr, ein Jubelschrei. Sie dreht sich um. Sie sieht umher. Wo ist der Engel? Ihr Blick geht über mich hinweg.

»Hier!«, ein Finger zeigt auf mich.

Ich sehe nur noch Finger. Ich sehe alle auf mich zielen. Ich sehe Augen auf mich starren –, bevor ich nichts mehr höre und nichts mehr sehe und alles um mich dunkel wird.

Mamas Finger war es nicht, der auf mich wies. Ihre Stimme war es nicht. Mama hat mich nicht verraten. Nein, meine Mutter kann es nicht gewesen sein. Ich würde, auch jetzt, da ich erwachsen bin und vierunddreißig Jahre alt, nicht schreiben, dass Mama mich der Schande ausgesetzt hat. Mama war nicht schuld, dass ich mir wünschte, tot zu sein.

23

Er musste eingeschlafen sein. Sein Kopf lag auf dem Tisch, der Laptop war noch hochgeklappt, als er erwachte. Er hörte eine Stimme auf dem Flur, er hörte Klopfen an der Türe. Er war benommen. Er war zerschlagen. Was war die Uhrzeit? Was trug er auf dem Leib?

Das Klopfen war beharrlich. Die Stimme war diskret. Er ging mit steifen Schritten bis zur Türe, hielt das Ohr daran und horchte. Finger trommelten. Theos Stimme. Felix öffnete die Türe, trat einen Schritt zur Seite.

»Morgen«, sagte Theo, »Frühstück draußen?«

Er kam nicht herein, sondern eilte fort in Richtung Treppenhaus.

»Lass dir Zeit«, rief er zurück und war im nächsten Augenblick verschwunden.

Felix brauchte allen Mut, dass er sich zeigte. Zögernd blieb er auf der Schwelle zur Terrasse stehen. Es schien ihm eine Ewigkeit, in welcher jedermann ihn ansah, bis endlich Theo winkte. Der saß allein am letzten in der Reihe der fünf Tische in einem hellen Streifen Sonnenlichts. Die übrige Terrasse und der größte Teil des Gartens lagen um diese Zeit bereits im Schatten der zwei Linden. Der Efeu an der Friedhofsmauer aber leuchtete im vollen Sonnenlicht, und auf dem schmalen Rasenstreifen an der Grenze funkelten Millionen Diamanten. Er war noch feucht vom Tau. Die Lindenkronen summten. Das Summen war wie goldener Honig, der schwer vom Löffel rann.

In Felix' Ohren aber schwoll das Summen an. Er fühlte den Boden der Terrasse nicht, die er durchquerte. Er sah die Münder sich bewegen, er sah Gesichter. Die Sicht verschwamm. Er ruderte durch eine Nebelbank.

»Hier«, sagte Theo, der ihn am Arm gepackt hielt, »setz dich«, er rückte einen Stuhl zurecht, »trink«, er schenkte Wasser in ein Glas, »ist für den Kreislauf«, er nickte sehr ausdrücklich. – »Du hörst mich schon?«, fragte er, nachdem er eine Weile zugewartet hatte, und Felix starr und stumm am Tisch saß, nach wie vor. In seinem Blick war Sorge.

Die nahm Felix wahr. Die Sorge war ein warmes, goldenes Pünktchen in Theos kühlen Augen. Die Sorge, die Güte und die Freundlichkeit darin – sie waren echt. In diesem Pünktchen war das Strahlen dieser Welt.

Ihm brach es los von innen. Es war dagegen nichts zu machen. Der Augenblick, in welchem ihm ein Rest von Kraft verfügbar schien, um ihm die Zügel wieder in die Hand zu geben, war verstrichen. Er überließ sich einem Tränenstrom – entsetzlich, lang und lustvoll. Das Taschentuch, das Theo ihm entgegenhielt nach einer Ewigkeit, in welcher alles Körper war und weiter nichts, beachtete er nicht. Es brauchte viel, bis er es endlich von ihm nahm.

Nach einer guten Weile zuckte er die Schultern und deutete ein Lächeln an. Was kann man machen, hieß das. Er saß ermattet im Terrassenstuhl. Der war gepolstert. Er saß bequem. Mehr noch, es war ihm mit sich selbst bequem. Ihm taten alle Knochen weh – und trotzdem war ihm federleicht zumute. *Heinrich, der Wagen bricht.* Er biss in eine Semmel.

»Bitte?«, Theo löffelte ein Bircher Müsli, »hast du was gesagt?«

Felix lächelte und schüttelte den Kopf.

Sie redeten nur wenig. Reist du ab, fragten sie einander. Aber nein! Sie würden bis zum Ende bleiben, selbstverständlich.

»Wie geht es deiner Schwester«, fragte Felix.

»Andere sind jetzt an der Reihe«, sagte Theo, »ich mache mich kaputt, verstehst du. Ich kann der Minni ja nicht helfen.«

»Nein«, sagte Felix.

»Die Klinik sagt, sie braucht jetzt Zeit.«

»Okay«, sagte Felix.

»Ich bin auch wichtig, haben die zu mir gesagt.«

»Und ob«, sagte Felix warm.

»Weißt du was, der Kerl ist polizeibekannt.«

»Welcher Kerl?«

»Na der, mit dem sie unterwegs war. Der mit dem Logo.«

»Ach ja.«

»Der sitzt in U-Haft!«

»Tatsächlich?«

»Wenn ich's dir sage. Von wegen Guru. Der zockt ab. Nur Frauen. Durch die Bank in ihn verknallt. Die Minni hat noch Glück gehabt, sagt die Polizei. Für den Fall, dass Geld geflossen ist, kann es noch nicht viel gewesen sein. Für einen Haftbefehl hat es gereicht. Sie wollen mit der Minni reden, wenn es ihr besser geht.«

»Vernehmen.«

»Sag ich ja. Und sie ist Zeugin beim Prozess.«

»Muss sie?«

»Sicher. Ist Pflicht. Was kann schon sein?«

»Ich bitte dich. Das ist doch sehr belastend. Zumal sie damit rechnen muss, dass andere Opfer da sein werden.«

»Sicher sind die da. Muss sie durch. Minni ist kein Weichei.«

»Du machst Witze!«

»Pass mal auf. Ich sage: Form bewahren.«

»Du?«

»Ich. Ist das Einzige, wenn du mich fragst.«

Aufs Neue versanken sie in Schweigen. Es lag nichts Peinliches darin. Felix verspürte mit Erstaunen das Fehlen jeden Wunsches, das eine oder andere zu sagen, damit sie etwas hätten, auf dem sich stehen ließe. Sie standen sehr behaglich, das fühlte er, auf irgendeinem Boden. Während sie noch eine Zeitlang Essen schaufelten – schaufeln hatte er von Franzi –, hing Felix eigenen Gedanken nach. *Ich kann nicht sagen, dass ich Mama vermisste.* Er wurde diesen Satz nicht los. Der tat ihm überhaupt nicht gut.

»Ich glaube, sie schließen das Büfett.« Theos Stimme.

»Oh«, sagte Felix, »ich habe gerade über etwas anderes nachgedacht.«

Es war nicht so, dass er den Horus ernsthaft hätte kaufen wollen. Dennoch zog ihn etwas zu dem Falken hin, sodass er, anstatt gleich nach dem Frühstück zu einer Tour mit Theo aufzubrechen, schnurstracks zum Trio auf den Marktplatz strebte.

Kein Trio. Er traute seinen Augen nicht. Der Horus war verschwunden. Zwischen Krokodil und Buddha klaffte eine samtene Lücke. Zu seiner eigenen Überraschung spürte er, wie Ärger ihn erfasste. Er fühlte sich düpiert, ja, hintergangen und war schon im Begriff, den Laden zu erstürmen, um Rechenschaft zu fordern, als direkt vor seinen Augen auf die leere Stelle eine fremde Statuette niedersank. Zwei Hände, weiß behandschuht, gaben die Madonna frei und zogen sich ins Ladeninnere zurück.

Da stand sie – nicht alterstrüb, nicht jugendfrisch – in Weiß und Himmelblau mit Anteilen von Silber an den Säumen ihres Kleides und reichlich goldenen Sternen auf dem Schleier, der über ihre Stirn bis zu den meeresblauen Augen reichte. Der Silberblick ließ keine Richtung zu und unbestimmt blieb auch das rosenfarbene Lächeln ihrer Lippen. Das Jesuskind auf ihrem Arm trug eine goldene Krone auf dem rosenfrischen Kinderkopf und reichlich weißes Windelwerk mit goldenen Säumen um den rosenfarbenen Leib und glich auf seine Weise der Mutter bis aufs Haar. Felix starrte wie gebannt darauf. Es war kein Preis genannt. Womöglich war er hoch. Nicht sein Geschmack, auf alle Fälle. Die Figur war kitschig, und angewidert wandte er sich von ihr ab. Er sagte dem Ladenfenster überhaupt adieu. Was davon übrig blieb, war eine leichte Übelkeit. Sie hielt nicht lange vor. Er sah nicht mehr hinüber, während er die Zeitung las und einen Kaffee trank am Tischlein, dem Brunnen vis-à-vis.

24

Der Marktplatz lag im Mittagssonnenlicht. Die Halle des Sebastiani war vom Prinzip her dämmrig. Wie stets, wenn er von draußen kam, war er auch dieses Mal für kurze Zeit ein Blinder. Auf halbem Weg zur Treppe aber sah er wieder wie ein Adler. Es gab infolgedessen kein Vertun. Nein, ein Vexierbild war es nicht. Nein, er war nicht verrückt. Jedenfalls nicht so. Ein Koffer war ein Koffer. Dieser hier, direkt vor seinen Augen, war ein Lady Light aus einer limitierten Sonderedition. Nachtblau und mit goldenen Sternchen übersät, lehnte er am Fuß des Sessels, in welchem Cyrill ruhte.

Felix schloss die Augen, tat einen tiefen Atemzug. Es kostete ihn Mut, noch einmal hinzusehen. Er sah nur Sterne, nach wie vor. Sonst war da wirklich nichts. Mein lieber Herr Gesangsverein. Das hätte noch gefehlt. Er ließ die die Schultern fallen vor Erleichterung. Nein, hier war kein fliederfarbener Mozartkugelsticker, der diesen Koffer einzigartig machte. Er klebte nicht am unteren rechten Rand der Vorderseite. – Vorderseite? Er schlug sich vor den Kopf. Wer sagte denn, dass dies die Vorderseite war? Wie kam er überhaupt auf Vorderseite? Als ob es eine gäbe. Er war ein Narr!

Den Koffer drehen und den Sticker sehen und wissen, was die Uhr geschlagen hatte, war Sache eines Augenblicks. Kein Zweifel. Er kannte Maße und Gewicht, er kannte diesen Koffer, wie man nur einen Koffer kennen konnte, den man wer weiß wie oft verladen hatte. Den hatte er, statt endlich aufzubrechen, ein jedes Mal im

letzten Augenblick erneut aus seinem Kofferraum her-
vorgeholt – und zugesehen, wie sie am offenen Heck
zum x-ten Mal den Inhalt überprüfte. Sich nicht dafür
geschämt, dass ihm ihr Hintern die Wartezeit verkürzte,
der tüchtig bei der Sache war und prächtig aus den Tiefen seines Hecks ins Freie ragte, was sich von selbst ergab,
wenn man sich bückte, und umso sprechender, wenn
man es gründlich nahm wie sie.

Es war Susannes Koffer.

Susanne selbst war mit Sebastiani ins Gespräch ver-
tieft. Im rot getupften Sommerkleid stand sie in gutem
Abstand bei der Palmengruppe drüben, riesenhafte
Wedel, fast transparent im Sonnenlicht, das in Streifen
durch die kleinen Sprossenfenster von draußen in den
Raum mit seiner niederen Balkendecke fiel und helle
Karos auf den dunkelroten Teppich zeichnete.

Während Felix noch um Fassung rang, gelähmt vom
Ansturm widerstreitender Gefühle, setzte Cyrill, als jage
ihn der Teufel, mit einem Riesensatz aus seinem Sessel.
Alles fuhr herum. Alles starrte her. Felix Kammerlander
war im Zentrum des Interesses. Louis nickte grüßend
mit dem ihm eigenen Ausdruck weltgewandter Wärme.
Susanne aber blitzte hoheitsvoll. Ihr Blick war kühl, mit
dem sie ihn ins Auge fasste. Ihr Blondschopf schimmerte
fast weiß. Er konnte nicht umhin, an Doris Day zu denken, der sie in diesem Augenblick erschütternd ähnlich
war. Sehr aufrecht, die Arme vor der Brust verschränkt,
stand sie auf bombensicheren Füßen – mit schmaler
Taille und rotem Gürtel, im ärmellosen Kleid, das oben
streng war, aber aufgeknöpft und unten weit und glockig
schwang und ihre Knie bedeckte, wenn auch nicht ganz,

denn etwas davon blitzte unterm Saum hervor und wies hinunter auf die ausdrucksvollen Waden, deren Festigkeit er fürchtete und liebte. Das schwüle Rot, das sie für ihre Lippen wählte, verlieh dem Eindruck strenger Ordnung ihrer tadellosen Zähne nur umso stärkeres Gewicht. Susanne war dialektisch. Auch ihr Mund war dialektisch. Sie war gigantisch. So herum und so herum. Er spürte es in seiner Magengrube. Aber, was er nicht mehr vermutet hätte, sehr stark auch anderswo, als seine Augen hinunterglitten zu den rot lackierten Zehen, die aus den offenen Spitzen ihrer weißen Pantoletten hinaus ins Freie durften. Sechs Zehen, die er einzeln kannte. Je drei, nur scheinbar gleich. Er hatte auf der Oberseite ihres rechten großen Zehs einmal vier blonde Haare ausgemacht, hingegen auf dem linken zwei, und diese ganz erheblich dunkler. Es war ihm gegen Ende der Beziehung nicht mehr wichtig vorgekommen. Aber jetzt, da sie leibhaftig vor ihm stand, sah er die Zehen zucken, ganz so, als freuten sie sich furchtbar, dass sie ihn wiedersahen.

Und er? Hätte er sie halten wollen? Hätte er die Arme für sie ausgebreitet? Denn darum ging es. Susanne war, wie fest sie ihre Beine tragen mochten, in diesem Augenblick von Kopf bis Fuß nichts anderes als eine, die gehalten werden wollte. Ein Blick genügte, dass ihm der Eindruck in die Knochen fuhr. Hatte sie die E-Mail am Ende doch nicht ernst genommen, bloß weil die schön gewesen war? Was tat sie hier? Und überhaupt, der Koffer. Sie hatte, um Himmels willen, doch hier nicht eingecheckt? Er griff sich an den Hals. Dort saß die Angst und auf dem Brustkorb auch. Er hob die Augenbrauen, wies auf den Lady Light zu seiner Rechten, tat ein paar Schritte auf sie zu und sagte anstelle jeden anderen Willkommens: »Du hier?«

Du hier. Mit kühlem Unterton und unverhältnismäßig laut. Noch im Reden erschrak er über seine eigene Stimme. Er hatte es nicht so gemeint. Er hatte nett sein wollen. Da waren die Gefühle, wie Haufen von gefallenen Blättern. Noch immer leuchtend bunt die einen, und andere, bereits vermodert und abscheulich. Im Garten seiner Seele wuchsen viele Bäume. Nicht alle warfen schönes Laub. Nicht alle blühten. Nicht alle trugen Früchte. Nicht alle Früchte schmeckten süß. Nicht alle – war er verrückt geworden? Das war doch dummes Zeug. Erneut griff er sich an den Hals. Er hätte nett sein sollen. Er hätte wissen müssen – hätte, hätte, Fahrradkette. Es war zu spät.

Du hier. Zwei Kugeln mitten in ihr Herz. Sie hatte gar nichts reden müssen. Er kannte diesen Gestus. Jetzt war sie nur noch imperial. ›Komm runter‹, hatte er gesagt und alles an Susanne wieder weichgeküsst. In ihrer besten Zeit. Jetzt war die schlechte Zeit. Die allerschlechteste, wenn das so weiterging.

»Wie geht es dir?« Ihm schien die Frage unverfänglich.

Wie hätte er es machen sollen? Sebastiani, auf den er hätte bauen können, war verschwunden. Da stand sie weiterhin. Ihr Mund ein Strich. Er hätte ihr in diesem Augenblick mit Freuden eine runterhauen können. So stieg sie also ein. Das war nicht imperial. Das war nur lächerlich. Das wurde nichts mehr. Der Magen zog sich ihm zusammen. Er öffnete den Mund und schloss ihn wieder.

Verschwunden war die Leichtigkeit, die ihm die Sätze auf die Zunge legte, und immer richtig, die Sätze, mit denen er die Dinge, bevor sie wirklich schwierig wurden, ins Nette übersetzte. Und alles wieder leicht verständlich war, nicht nur für ihn. Sie waren immer dankbar. Er hatte das einmal Menschlichkeit genannt. Wer das gewagt fand, mochte es erst einmal besser machen. Das Leichte war das Allerschwerste. Papas Spruch. Papa war nie leicht gewesen. Jetzt spürte er am eigenen Körper, wie schwer es war, wenn man nicht leicht sein konnte.

»Wohin?«, schnappte sie.

Dass er verstand, verstand sich.

Nirgends, dachte er.

»Draußen«, sagte er stattdessen, »vielleicht ist an der Mauer etwas frei.«

Es war ihm wirklich alles andere als wohl.

Das Tischlein stand entfernt. Sie schwiegen. Susanne starrte auf die Speisekarte.

»Die Tagessuppe«, sagte sie zum Kellner.

Nein, bitte, mehr wollte sie ganz sicher nicht.

Also die Tagessuppe, für ihn jetzt auch. Die Tagessuppenödnis, die sie gemeinsam löffelten, Susanne rascher als er selbst, ein Um-die-Wette-Löffeln, dem er sich nicht entziehen konnte, ein Tagessuppenlöffelrennen, das er gewinnen wollte, das er gewonnen hätte. Kurz vor der Zielgeraden aber – sein Teller war fast leer – ließ sie den Löffel fallen. Ein Blick genügte. Er schob den Teller weg und setzte sich gerade.

Zwei Eintrittskarten. Hier, bitte, auf dem Tisch. Sie sah ihn an. Sie war Erwartung.

Was für Eintrittskarten? Er kam nicht mit. Wo kamen die jetzt her? Was hatte er damit zu tun.

Ihr Blick war veilchenblau. Die Stimme Doris Days: Vielleicht las er, bevor er fragte. Weil auf den Karten alles stand.

Es dauerte, bis er begriff. Sie hatte Karten für die Schubertiade. War das ihr Ernst? Sie wollte heute noch nach Schwarzenberg?

Was er nicht hätte fragen sollen, weil sie ersichtlich bereits weiter war in einer Sache, wo sie Gefolgschaft brauchte, und zwar von ihm, was ihn nur umso mehr verwirrte. Sie sprach vom Festtagsdirndl und vom kleinen Schwarzen und von der Wahl, die sie gemeinsam träfen. Das war der Grund, dass sie den Koffer mit hereingenommen hatte. Herein hieß auf sein Zimmer. Dort zöge sie sich um und führte ihm die Outfits nacheinander vor. Für Schwarzenberg. Wo es nach diesem Abend weiterging mit Übernachtung und der Matinee.

Das war verlockend. Dennoch ließ er sich nicht täuschen. Sie baute einen Rahmen. Infolgedessen hielt er sich bedeckt. Freilich schön. Das gab er gerne zu. Wenn man ein Paar war. Das mit dem Paar sagte er nicht laut. Mit Händen war zu greifen, dass da noch etwas kam. Sie baute einen Spannungsbogen auf. Sie blinzelte. Sie streichelte den Kater. Susanne rot und weiß vor grünem Efeu. Sie war beim Liedgesang. Sie sprach vom Pianisten und von der Tastatur, auf die sie blicken würden, und von der ersten Reihe links. Sie sagte: Ganz ehrlich, er frage besser nicht, durch welche Hölle sie gegangen sei, um diese Karten zu bekommen. Retouren selbstverständlich, und überhaupt die einzigen, soweit sie wisse. Dass dies der Liederabend ihrer beider Träume sei.

Also Schubert?

Nicht Schubert. Aber Mahler.

Kindertotenlieder. Es lag ja auf der Hand. Sie könnten unisono Kindertotenlieder sagen. Aber Susanne sagte da gerade etwas anderes. Nicht imperial. Es kam verwaschen. Er verstand sie nicht. Niemand hätte sie verstanden bei dem Gesumme und Geschepper nebenan auf der Terrasse, wo alles Mittag aß, und bei der Lache, die einer aufschlug an einem Grab, vermutlich, jenseits dieser Mauer. Er konnte wirklich nichts dafür, dass sie es zweimal sagen musste, dass sie schwanger war.

Das saß. Kein Wort dazu von ihm. Es fand sich keins. Stille, die zu lang gewesen war. Als er die Sprache endlich wiederfand, war sie bereits den Kältetod gestorben. Was er im Folgenden noch redete von Vaterschaft, Verantwortung und Sorgerecht, gefror bereits in seinem eigenen Mund. Jetzt war der Garten eine Eiseswüste. Sie atmeten Polarluft.

Ihm blieb, sie auf den Parkplatz zu begleiten. Er lud den Lady Light in ihren Kofferraum. Der Kofferraum war lächerlich, ihr Smart war lächerlich. Aber imperial war sie da sowieso nicht mehr. Sie wäre über sein »Du hier« vielleicht hinweggekommen, beschied sie ihm, schon hinterm Steuer, und brach danach in Tränen aus. Er winkte nicht. Er stand nur da, sah hinterher. Kaum, dass sie in den Marktplatz bog, verschluckte sie die Menge. Er hatte plötzlich für sie Angst und später für sich selbst, als er auf seinem Weg ins Zimmer am Ende jenes langen,

nicht eben hellen Korridors die wasserblaue Isis sitzen
sah. Sie hielt in einer Hand ein Buch. Ihr Schoß war leer.

Es war der Aufzug, der ihn aus seiner Trance riss, ein
zartes »ding«, und gleich darauf Getrampel fester Wan-
derstiefel und Stimmen, die sich näherten. Vier, die er
passieren ließ. Sie trugen ihre Stöcke und die Nasen
hoch, weil sie schon in der Frühe aufgestiegen waren.
Die Hörner, sagten sie, bei Sonnenaufgang. Das musste
man gesehen haben. Und er genickt und ja gesagt und
kehrtgemacht, treppab, und an der Rezeption vorbei zur
Tür hinaus und Richtung Parkplatz und in sein kühles
Auto unter dem Kastanienbaum und los, nur immer
hinterher, nach Österreich hinüber.

Zwischen Flaggen und Plakaten fuhr er eine gute
Stunde später ohne Weiteres zu dem Hotel, in welchem
er sie stark vermutete. Kein anderes mehr als dieses, hatte
sie das Jahr davor gesagt. Er hatte ihretwegen für jene beiden Nächte ein Vermögen hingeblättert. Außen Schnitzwerk. Aber drinnen alles Gold und Rot und Samt. Auch
Susannes Abenddirndl war Samt gewesen und schwarz
und golden eingefriedet und sie selbst am Abend auf
der Treppe eine Wucht. Und er – im Samtfauteuil, der
Kühlste in der Halle – war ein paar samtene Treppen-
stufen hochgeströmt und hatte ihre Hand geküsst und
etwas in ihr Ohr geträufelt und ihre Gänsehaut gespürt.

Dort war Susanne aber nicht.

Wie soll ich dich denn finden. Er sang verhalten. Schaute
anderswo. Ein B&B, das ihr gefallen hatte. Er fragte
sogar da, wo er sie nicht vermutete. Er fragte nach in
den Pensionen zwischen Gartenzwergen. Er wartete mit
anderen an der Abendkasse. Er stand am Saaleingang. Er

sah die Leute vor der Tür sich stauen. Er hörte ihre Stimmen. Susanne war nicht da. Er sah sie einzeln durch die Saaltür gehen, er sah Verwunderung in dem Gesicht der Frau, die kontrollierte, ihr Zögern, die Karte, jetzt, bitte, weil sie die Türe schloss. Er sagte nein. Nein danke. Und dass er draußen stehen bleibe. Er sah sie mit den Schultern zucken und zur Garderobe gehen, wo Muße herrschte in dieser schönen Sommerzeit und wenig Mäntel an den Haken hingen. Wo man jetzt tuschelte, zu ihm herübersah. Auch von der Bar sah man zu ihm herüber. Weil er verrückt war? Und er? Er schüttelte den Kopf und winkte ab, mit Nachdruck endlich, weil man sich dort besonders schwertat und stets aufs Neue, kaum dass er hinsah, mit Gläsern und mit Striezeln lockte und auf den Abendteller wies und auf die Platte gleichen Namens wie der Saal, vor dessen Tür er harrte. Er hörte endlich Beifall toben, er hörte Pfiffe, er hörte Frauen juchzen. Er sah die Tür sich wieder öffnen. Die drinnen hatten andere Gesichter, als sie den Saal verließen für die Pause. Er sah in jedes einzelne Gesicht. Das von Susanne sah er nicht. Um zehn Uhr nachts war er so weit, dass er die Sache aufgab und ohne sie zurückfuhr.

Die Fahrt war höllisch. Seit einer halben Stunde goss es wie aus Kübeln. Es war stockfinster. Er schwamm den Riedbergpass hinauf durch Wassermassen, die ihm entgegenfluteten. Stimmen, urvertraut und sämtlich durcheinander, Lärm, der seinen Kopf zu sprengen drohte. Sein Blick war starr geradeaus gerichtet, wo alles blendete und alles ineinanderfloss. Die Hände krampften, als seien sie ans Lenkrad angeschmiedet. Ihm saß die Angst im Nacken, er stürze jeden Augenblick in eine

Schlucht und würde nie gefunden. Sein bitterer Tod. Susannes bittere Tränen. Sein vaterloses Kind. Susanne. Überhaupt nur sie. Es war ja alles ganz verkehrt herum. Es war ja plötzlich alles anders. Es wackelte ja alles, was er für gut, für richtig und für wahr gehalten hatte. Es schien ja nur noch um Susanne alles süß und warm und furchtbar richtig. Es war ja alle Seligkeit bei ihr und alles Falsche, alle Trübnis seine Sphäre. Mein lieber Herr Gesangsverein, sie hatte hoch gepokert. Was tun. Wenn jemand ihm das sagen könnte! Er kam nicht hinterher. Kam die ganze Zeit schon nicht mehr hinterher. Er hatte keinen Reim dafür. Einmal im Schreibkurs, und dann so.

Es war fast Mitternacht, als er das Auto unter der Kastanie parkte. In Theos Zimmer sah er Licht. Er nahm die Treppe. Nach kurzem Zögern bog er in die Beletage und klopfte bei ihm an – vergeblich. In seinem Bett warf er sich hin und her und tat kein Auge zu.

25

Unfassbar groß war die Erleichterung am Morgen, dass ihm kein Wrack begegnete im Spiegel. Im Zustand freundlicher Gelassenheit sah ihn sein Phallus an mit heiterer Zuversicht, auf die er bauen durfte. Dass er in dieser Nacht geschlafen hatte, bewies ein Traum, an den er sich erinnerte, als er das Wasser über seinen schönen Männerkörper laufen ließ. Der Traum ging so:

Die Sonne scheint, die Luft ist leicht, der Wiesenpfad ist breit genug und eben. Er schiebt den Kinderwagen ohne Mühe. Das Baby schläft. Die Decke ist so dick, dass er das Kind nicht sehen kann. So ist es gut. Die Leute grüßen. Da schau her. Ein Baby. Nein bitte, das Baby schlafen lassen, sagt er. »Wie heißt er«, fragt ihn ein Mann. Er überlegt, ob er das wissen kann. Es scheint ihm so. Er ist der Vater. Es ist ihm peinlich, dass er den Namen diesem Mann nicht nennen kann. Er weiß aber, dass er nur die Decke aufzuschlagen braucht. Dann wüsste er den Namen seines Sohnes. Es kostet ihn Mut. Es ist verboten, das Baby aufzudecken. Er hebt mit einem Ruck die Decke hoch. Er sieht ein schönes Buch darunterliegen, das in der Luft zu Staub zerfällt. Sein Herz ist schwer. Er legt die Decke auf das Häuflein Staub. Er setzt sich mit dem Kinderwagen wieder in Bewegung. Er kehrt nicht mehr heim. Er ist an allem schuld.

Er schrieb den Traum mit Bleistift auf die Frühstückskarte, die hinten freie Fläche ließ, und fügte, weil es ihm in den Sinn kam, schon senkrecht und am Rand hinzu: *Verbrannt ist alles ganz und gar, das arme Kind mit Haut*

*und Haar; ein Häuflein Asche bleibt allein. So wunder-
hübsch und zart und fein.*

»Immer fleißig.«

Theos Stimme, aufs Unverschämteste gepflegt. Das
Ölige jedoch war ganz verschwunden. Er nickte, als dieser »Darf ich?« fragte, den Stuhl nach hinten zog und
Platz nahm vis-à-vis. Im Erker herrschte Dämmerstunde,
obgleich der Tag noch kaum begonnen hatte. Tief war
die Hängelampe auf den Frühstückstisch herabgezogen.
Theo löffelte und gabelte und schnitt. Felix starrte auf
die Frühstückskarte. Vorerst fiel kein Wort. Draußen
trommelte der Regen. Drinnen war warmes Licht.

»Susanne«, hörte Felix sich nach einer Weile sagen,
»Susanne, meine Freundin –«, er brach ab.

»Schon klar«, Theo grinste, »deine Ex.«

Felix fuhr zusammen. Seine Ex.

»Die Frau, von der du dich getrennt hast«, sagte Theo
seidig.

»Sie war hier.«

Theo schob das Bircher weg und dehnte sich hinauf zu
voller Größe. Was Felix sah, war ein trainierter Brustkorb unterm Poloshirt, verhaltene Kraft, die ihren Atem
nicht vergeudet, und eine Hand, die sich durch dichtes
Blondhaar grub, um es hernach zu glätten in einem weiteren Akt von katzenhafter Eleganz, die Felix Iphigenies Taschenspielerhand vor Augen rief. Die Geste war
verführerisch und irgendwie auch so, dass er auf den
Pullunder schauen musste, wo er das Feste wiederfand,
die Logik und den Halt. Administration, durchfuhr es
ihn, ging so. Der dunkelblaue Strickpullunder war die

dünne Schicht, die diesen Mann von Iphigenie, seiner Schwester, trennte.

»Was ist?« Theo riss die Augen auf.

»Nichts weiter.« Nichts weiter hieß, dass etwas Weiteres nicht sagbar war.

»Stimmt was nicht?« Theo sah an sich hinunter.

»Der Pullunder –«

»Ist dir kalt?« Theo fuhr nach hinten. »Willst du den –«

»Nein, nein«, schnitt Felix ihm das Wort ab, »nein, mir ist nicht kalt, nein, wirklich nicht.«

»Was dann. Was ist damit?«

»Anständig. Ausgesprochen.«

»Da bin ich aber froh.«

»Ja«, Felix sprach leichthin, »so wirken dunkelblaue Strickpullover für gewöhnlich.«

»Ich glaube, dass du ein bisschen spinnst, mein Lieber.« Theo schaufelte und schnitt sich weiter durch sein Morgenessen.

»Lass dich nicht stören, schau gerne weiterhin auf den Pullunder, den meine Mutter für mich strickte.«

Er nickte Felix freundlich zu.

»Deine Mutter?«

»Mütter stricken. Frauen überhaupt. Minni strickt«, er butterte ein Vollkornbrötchen, »und Cilly«, er biss hinein, »vielleicht nicht ganz so viel. Im Übrigen auch Ev.«

»Ev?«

»Sicher. Hat sie doch gesagt. Dass sie Schafe für die Kindertagesstätte strickt.«

»Nicht Schafe«, Felix grinste, »Schweinchen. Schafe darf sie nicht.«

»Grotesk«, Theo schüttelte den Kopf, »da hast du Kinder, und gleich so. Ich würde es nicht machen. Als Vater, meine ich. Mal abgesehen davon, dass ich nicht stricken kann. Melone?«, er spießte eine Scheibe auf, »ist zuckersüß. Hier!«

»Ich –«, Felix starrte die Melone an, »ich –«

Die Frucht fuhr auf und nieder. »Ja?«

»Ich – sie – Susanne, meine ich –«, er blinzelte, brach ab.

Theos Hand stand still. »Sie strickt auch?«

»Strickt? – Nein, doch – soviel ich weiß.«

Sie schwiegen. Der Schnitz blieb auf der Gabel. Die Kerne glänzten im feuchten roten Fleisch.

»Susanne«, sagte er, »bekommt ein Kind.«

Der Schnitz fiel weich aufs Körbchen mit dem Brot. »Von mir.«

Theo zog die Luft ein.

»Kam überraschend. Für mich auch.«

»Und du?«

»Und ich? Siehst du sie irgendwo?«

»Sie will dich nicht?«

»Sie wollte. Sie will. Was weiß denn ich. Da stand ihr Koffer. Ich war, Herrgott, ich hab's verbockt.«

»Verbockt?« Es klang, als habe Theos Mund sich an dem Wort verbrannt. »Du meinst« – er trank Orangensaft in tiefen Zügen – »hurra geschrien hast du nicht.«

»Nein. Nicht so. Sie war verletzt. Mensch, was tätest du an meiner Stelle?«

»Mich fragen, was ich will. Entschuldige«, er griff nach dem Pullunder, betrachtete ihn prüfend, drehte ihn auf rechts, erhob sich, zog ihn über, strich ihn glatt und setzte sich erneut.

»Ich bin ihr hinterhergefahren. Ich ruf sie an. Sie drückt mich weg.«

Theo schob den Teller weg, rückte ein Stück ab vom Tisch, schlug die Beine übereinander, nahm sich Zeit.

»Dein Kind?«

Die Betonung lag auf ›dein‹.

Für einen winzigen Moment war Felix, als zöge Theo ihm den Boden weg. Susanne eine Trickserin und er ein Idiot. Was maßte der sich an? Was gab der sich auf einmal bauernschlau? Der schaute ihn verschlagen an. Als sei es seine Lust, Susanne, das Kind und Felix selbst herabzuziehen.

»Aber sicher«, entfuhr es ihm, und plötzlich lachte er. »Was glaubst denn du?«

»Ja, Menschenskind«, rief Theo, »ja, wenn das so ist!« War so.

»Was sitzt du überhaupt noch hier?«

Was saß er hier? Er hätte diesen Mann umarmen können, als er sich gleich darauf erhob und ging.

Er reiste nicht gleich ab. Er schrieb.

Die E-Mail an Susanne war sehr schön. Als er sie überlas beim Mittagsläuten, war er berührt, ja, ernsthaft überrascht. Wie innig er der Kindersache sich verschrieben hatte, wie glühend er Susanne liebte, wie er sie träumte mit dem Kind an ihrer Brust – da stand es, schwarz auf weiß. Er suchte lange nach der rechten Schrift in seinem Schreibprogramm und fand sie nicht. Rein probehalber schrieb er von Hand die ersten Sätze auf Hotelpapier. Es machte sich recht schön, zumal das Logo ihm entgegenkam mit einem S von eleganter Linienführung, ein S wie von Susanne. Er übertrug, was auf dem Bildschirm stand, mit leichter Hand auf cremig weißes Bütten. Sein blauer Inky-Stift ersetzte leicht den Füller, den er schon lange nicht mehr hatte.

Er übergab den Brief der Rezeption. Er checkte aus. Er fragte nach Sebastiani. – Der Senior war zu Frau Stein hinauf. – Wie, zu Frau Stein? War wieder Schreibkurs? – Da war man überfragt. – Sie sagten aber, er sei oben? – Soweit man wusste, ja.

Er bog infolgedessen nicht zur Bundesstraße ab. Er fuhr hinauf zu Alma Stein. Er war nervös und trat aufs Gas, blieb schließlich stecken zwischen Kühen, die ihm entgegenkamen, als er um eine Kurve schoss. Ein Schwanz schlug gegen seine linke Seitenscheibe, rechts rieb sich ein Hinterteil am Glas. Im Braun der Schmiere war Dunkelgrünes zu erkennen. Das Auto schwankte. Er saß fest. Ringsum nur Leiber, Hufschlag, feuchte Nasenlöcher, Muhen, grässlich. Augäpfel, verdreht, fast weiß vom Irrsinn. Die Zunge, die seine Scheibenwischer leckte, wies Schleimig-Gelbes auf, ein Schaum, der Bläschen warf auf seiner Windschutzscheibe. Ohren mit weiß und rot gestreiften Etiketten, Mäuler, rosarot und breit und feucht.

Aber er schrie nicht. Es hätte keinen Sinn gehabt. Er schloss die Augen und kroch in sich hinein. Er spielte toter Mann – bis es von hinten hupte. Von oben kam Verkehr. Von Kühen keine Spur. Er trat aufs Gas und schoss nach vorn.

Die Vogelscheuche flatterte im Beet. Frackschöße, vom Wind bewegt, als wollten sie ihn grüßen. Draußen war sonst keiner da. Aber in der Küche tunkten Alma, Louis und Wiggi ein. Felix schlug süßer Dampf entgegen von frischem Hefezopf und von Kaffee. Schon gaben seine Knie nach in dem Gefühl – verstörend wonnig –, dass Alma ihn für immer zu sich nähme.

Bei seinem Anblick hörten alle drei mit essen auf.

»Guten Appetit!« Sein Lächeln war gewinnend. »Ich bin vielleicht ein bisschen spät?«

Spät?

Es kühlte in der Küche ab. Drei, die am Tisch zu Eis gefroren, und in der Türe einer, dem es wie Schuppen von den Augen fiel. Verspätet war er nicht. Er war hier falsch. Es fiel kein Wort. Die Stille dröhnte. Dann sah er Almas Lippen sich bewegen, sah Louis zu Alma etwas sagen, sah diese nicken, sah diesen sich erheben, den freien Stuhl am Tisch nach hinten ziehen. Für Felix, bitte sehr.

Ihm drehte sich der Kopf.

Die Hand war warm, die ihn zum Tisch zog und zu dem freien Stuhl, demselben, auf dem er schon einmal gesessen hatte, Ev gegenüber hinterm Hefeteig, bis sie verschwunden war, bis er sie nur noch hatte tupfen hören.

Das Glas mit Wasser kam von Winterhalter.

»Schaust aus wie eine Leiche.«

Er trank in tiefen Zügen. Sie sahen schweigend zu.

»Und?«, Wiggi nahm das Glas, »genug?«

Er nickte.

»Kurs ist keiner, klar?« Wiggi machte runde Nasenlöcher.

»Klar«, sagte er, »es war nur so«, er zögerte, »ich hatte mir gedacht –«

Er sah zu Louis hinüber, der Almas Freund war, was er ja hätte wissen können, – vielleicht auch der von Winterhalter – und sich Kaffee nachgoss. Louis durfte das.

»Klar«, sagte er ein weiteres Mal.

Er war kein Freund. Er war ein Kunde. Das hier war im Preis nicht inbegriffen.

»Es muss ja nicht dein letzter Kurs gewesen sein«, sagte Alma freundlich, »es kann ja weitergehen. Das nächste Mal, wer weiß, mit einem eigenen Manuskript?«

»Die Warteliste«, Wiggi grinste diabolisch, »Schatz, ist voll.«

»Ich sprach vom nächsten Sommer, Schatz.«

»Ich auch.«

Wiggis Adamsapfel stieg nach oben. Spitz stand das Bärtchen ab vom Kinn, beschirmte, so gut es konnte, den dünnen Hals, von dem der Strickpullover weiten Abstand hielt. Wolle, fettig weiß, als sei sie nach dem Scheren nie gewaschen worden. Almas schmutzig weißer Stricksack glich dem von Wiggi bis aufs Haar.

»Du reist ab?«, fragte Louis.

Er trug ein schwarzes Samtband um den Hals und lächelte. In seinen Augen aber war abgrundtiefe Traurigkeit, in die sich Liebe mischte mit den Gedächtnisspuren einer großen Passion.

»Nun, ja. Wieso?«

Oh, bitte, er hatte wohl geglaubt – weil sie den Koffer bei sich hatte –, die schöne Frau – nicht wahr.

»Susanne!«

Bitte, es ging ihn selbstverständlich gar nichts an.

Sebastiani hielt mit etwas hinterm Berg, es war ihm anzusehen.

»Da schau her.« Wiggi machte runde Nasenlöcher.

»Ich glaube«, Alma sprach gelassen, »dass wir sie bereits kennen.«

»Susanne?« Felix riss die Augen auf.

Statt einer Antwort fragte Alma: »Hast du nicht etwas über sie geschrieben? Die Sache mit den Leselampen?«

»Das war Theo«, erwiderte er kalt.

Er winkte freundlich in die Runde. Nein, bitte, er fand allein hinaus.

Er hoffte bis zuletzt, dass Alma Stein ihm folgte. Sie ließe ihn nicht wirklich gehen. Nein. Aber Alma ließ ihn gehen. Er hörte keine Schritte. Er hörte sie nicht rufen. Er drehte sich noch einmal um, bevor er in sein Auto stieg. Aber außer ihm war wirklich niemand da.

26

Es war absurd, die Alsterwitwe auf der Heimfahrt zu besuchen.

Wahrscheinlich lebte Jette Ditters gar nicht mehr. Ganz abgesehen davon, dass sie ihn gar nicht zu ihr ließen. Und überhaupt die Frage, was er bei ihr zu suchen hatte. Insofern hätte er nicht sagen können, was ihn veranlasste, die Autobahn nach Norden zu verlassen, um der Beschilderung zu folgen bis zu dem Klinikmoloch auf dem Höhenzug im Norden der Stadt Ulm. Er tat es, ohne nachzudenken. Die Fahrt war kurz genug. Es war die Parkplatznot schlussendlich, die ihm die Zeit verschaffte, dass er sich ernstlich wunderte. Weil er in diesem Augenblick jedoch die Parkbucht seines Lebens vor sich sah, ließ er es laufen – geradeaus. Er brauchte nicht einmal zu lenken. Schwupp, stand er drinnen. Schwupp, war er ausgestiegen.

»Ja«, sprach er im Vorübergehen zu der Faust im Inneren des Wagens, der seinetwegen nicht zum Zug gekommen war, »das kommt davon, wenn man nicht Erster ist.«

»Zu Henriette Ditters, bitte«, er lächelte gewinnend.

Die Rezeption blieb unbeeindruckt.

»Sind Sie verwandt?«

»Nein«, sagte er.

»Eben.« Die Frau sah über ihn hinweg.

»Wie meinen Sie das?«

»Wie ich es sage.« Ihr Twinset hatte ein Tigermuster.

»Eben«, sagte Felix.

»Sie«, sie schöpfte Luft, »hier ist kein –«

»Eben.«

»Danke«, sagte die Frau, »der Nächste, bitte.«

Er kannte die Abteilung nicht, in welcher Jette lag. Falls sie überhaupt hier lag. Im Grunde war er chancenlos. Weil aber das Augenpaar der Tiger Lily in seine Richtung spähte, durchquerte er, anstatt hinauszugehen, aus purem Trotz die Eingangshalle in Richtung Toiletten, bog aufs Geratewohl davor rechts ab in einen menschenleeren Seitenflur, den er der Länge nach durchmaß und einen weiteren ebenso, vorbei an Wartenden auf Stühlen zu beiden Seiten, die ihm mit mattem Interesse entgegensahen, um in der Folge Kurs zu halten auf einer gelben Linie, die seit geraumer Zeit schon auf dem Boden eingezeichnet war. Auf einer blauen schritt er zügig weiter, die linker Hand sich überraschend einflocht, und blieb dieser treu, als beide Linien sich trennten bei einer Sesselgruppe, in welcher niemand saß. Die gelbe strichelte fortan in einen sonnenhellen Flur hinein. Die blaue aber endete abrupt an einer Türe, die keine Klinke hatte. Der Klingelknopf daneben blinkte rot. Es war die Intensivstation.

»Sie können ruhig läuten«, sagte eine Kinderstimme.

Felix fuhr herum. Der Junge auf dem Stuhl war klein genug, dass er die Füße baumeln lassen konnte. Er trug Sandalen an den nackten Füßen.

»Ehrlich. Sie können läuten.«

Felix kam nicht mit.

»Sie kommt nicht raus.« Der Junge seufzte.

»Wer?«

»Die Schwester.« Die Kinderhand wies auf die Türe mit den Öffnungszeiten.

»Ah«, sagte er.

»Um vier Uhr darf man rein.« Die Kinderstirne legte sich in Falten. »Aber manche nicht.«

Felix' Uhr zeigte viertel vor vier. Sie ging, soweit er wusste, vor.

»Ich darf hinein«, sagte das Kind.

»Selbstverständlich«, sagte Felix.

»Aber nicht immer.« Es kam mit kleiner Stimme, ganz so, als müsse er sich dafür schämen.

»Verstehe«, sagte Felix aufs Geratewohl, »je nachdem.«

Der Junge nickte heftig. Die nackten Beine schlenkerten verschärft. Felix wusste nicht, was ihn auf einmal dazu trieb, sich hastig zu entfernen, um aufs Geratewohl zunächst, dann aber zielbewusst der Tasse mit dem Kaffeedampf zu folgen, die ihn alsbald zu einer heißen Theke inmitten einer Palmengruppe führte. Mit zwei Tüten, aus denen der Geruch von warmem Schinken und von Käse stieg, trat er den Rückweg an zur Intensivstation und setzte sich erneut. Zwei Sandwiches, die sie jetzt schweigend aßen. Bisweilen sah das Kind ihn von der Seite fragend an.

»Ich warte auch«, sagte er.

Er wartete ins Blaue. Er wartete, weil da der Junge wartete. Aber die Kinderaugen brannten.

»Ich will zu einer Freundin«, ergänzte er.

»Ich will zu Papa.« Der Junge musterte ihn scharf.

»Dein Papa –«, er wies zur Türe.

Der Junge nickte stumm.

Wieder war es still. Die Jungenfinger zerbröselte den Rest des Brötchens, während Felix' Blick nach unten wanderte zum neongelben Rucksack unterm Stuhl, auf dem der Junge saß. Ein Kinderrucksack mit einer Klarsichthülle auf der Vorderseite, in der ein Schülerausweis steckte. Das Lichtbild schien amtlich und eigenartig fremd.

Er war tief in Gedanken, als es auf einmal summte. Das Blinklicht war erloschen. Die Türe vis-à-vis ging auf. Schon war der Stuhl an seiner Seite leer. Der Junge? Längst hochgeschnellt. Der war schon an der Türe, der wollte ganz hinein. Da stand die Schwester auf der Schwelle. Sie breitete die Arme aus. In ihren Augen stand ein hartes Nein. Felix sah die Lippen unterm Mundschutz sich bewegen. Er sah den Jungen ringen, sich in den Krankenschwesterarmen winden. Die blieben stark. Da wandte er sich ab, weil er es nicht ertrug, stand auf und machte sich davon.

Er stieß, wo Gelb und Blau verschiedene Wege gingen, auf jemanden, der zwar zur Seite wich, jedoch nicht rasch genug. Die Frau war aus dem sonnenhellen Flur herausgekommen. Sie trug am Arm diverse Kleidungsstücke – Mantel, Jacke, wie es aussah – und führte einen Koffer mit. Sie war, man konnte es nicht anders sagen, in Schweiß gebadet. Ihr rotes Oberteil war über ihrer eindrucksvollen Vorderseite dunkel von der Nässe. Etwa zwei Meter hinter ihr lag eine helle Lederjacke auf dem Boden, die ihr vom Arm gerutscht sein musste. Als sie sich rührte, hatte er diese bereits aufgehoben. Die Jacke, federleicht und butterweich, war für die Frau, die vor ihm stand und schnaufte, entschieden viel zu klein.

»Das gute S-tück!«

Flüchtig dachte er an Hamburg, während er ihr zusah, wie sie mit einem stumpfen Zeigefinger prüfend über eine Stelle strich, wo das Leder um Nuancen dunkler schien.

»Hier, sehen Sie – die S-telle.«

Sie ist aus Hamburg, dachte er.

»Sie sind wohl nicht von hier?«, sein Blick in ihre Augen war seelenvoll und tief.

»Aus Hamburg. Immer schon gewesen.«

Was sie nicht sagte. Und heute durfte sie nach Hause? Er wies auf ihren Koffer.

Bewahre. Sah man das nicht? Sie brachte Sachen und nahm andere mit. Für wen? Das war ja wohl egal. Oder ihretwegen nicht egal. Wenn es ihm guttat. War ja kein Verbrechen. Konnte jeder wissen, dass die Chefin hier lag. Und auch noch so.

»Immer schlecht, wenn unterwegs etwas passiert.«

»Ich sage nichts dazu. Nur, dass sie gar nicht hätte fahren sollen.«

»Ach!«

»Hat auch mein Mann gesagt.«

»Ist das wahr!«

»Sicher ist das wahr. ›Die Schreiberei‹, hat er direkt gesagt, ›ist Kappes!‹«

»Wo einer recht hat«, sagte Felix, »hat er recht.«

Er half ihr noch ins Taxi. In einer knappen Stunde fuhr ihr Zug. Ach ja: Die Chefin, für die sie putzte, wusch und kochte, hieß Henriette Ditters. Sie lag im neunten Stock auf Zimmer neun neun sieben. Die Tiger Lily knirschte mit den Zähnen, als er mit ernstem Blick ins Innere der Klinik strebte und schien ihm nachzusehen, bis sich die Aufzugstüre hinter ihm geräuschlos schloss.

Der neunte Stock war exklusiv. Ein Scheich in Weiß glitt ihm entgegen. Drei Damen strömten nach. Drei sanfte Augenpaare streiften ihn mit Blicken, märchenhaft und tief. Augen, in schwarze Schleier eingebettet. Ein leises Lüftchen regte sich auf der Privatstation und bauschte alle Tücher, die schwarzen und die weißen.

Sein Klopfen war dezent. Er lauschte. In Neunneunsieben tat sich nichts. Flink schaute er nach links und rechts, bevor er auf die Klinke drückte und wäre fast zurückgeprallt im Angesicht des orthopädisch überbauten Klinikbettes, das alles andere in den Schatten stellte in dem durchaus nicht kleinen, lichten Raum mit seiner Glasfront, vor der zwei Sessel standen und ein gewaltig großer Rosenstrauß in einer Bodenvase. Das Tischlein an der Wand, die kleine Packung Mon Chéri, den Traubenzucker und das Alpenveilchen entdeckte er im Näherkommen. Dahinter stand ein Stuhl.

»Hallöchen«, sagte er. »Ich bin es. Felix.«

»Wie nett, mein Lieber«, sagte Jette behutsam, aber fest.

Er atmete den Duft von frisch gewaschenem Haar, als er sich zu ihr niederbeugte. Zwei Küsschen, allenfalls gehaucht, auf ihre sanft getönten Wangen. Er sah den Glanz auf ihren Lippen, die weiße Perle im Alsterwitwenohr – und die Manschette um den Hals.

»Hallöchen«, sagte er ein zweites Mal, griff nach dem Stuhl und rückte ihn in ihre Nähe.

»Ich darf mich nicht bewegen«, sagte sie, »so setz dich doch.«

Nicht bewegen. War sie gelähmt? Die Frage brannte lichterloh.

»Drei Wochen lang.«

Er saß auf Kohlen.

»Dann lassen sie mich laufen.«

Laufen!

»Jette«, rief er, erleichtert wie noch nie, »wirst sehen, du springst hernach wie eine Gämse.«

Er sah den schmalen Pflasterstreifen ganz oben rechts auf ihrer Stirn sich wölben, ein Tierchen in der Farbe ihrer Haut, als sie den Arm bewegte und nach der Fernbedienung tastete, die neben einer Kleenex-Schachtel auf dem Nachttisch lag. Nein, bedeutete sie ihm mit der anderen Hand, nicht helfen. Und während sich ihr formidabler Kopf auf seinem Kissen hob, etwa auf Augenhöhe mit ihm selbst, hielt sie den Knopf gedrückt mit ihrem rot lackierten Zeigefinger in einer Art von Wohlanständigkeit und guter Sitte, als schenke sie den Tee ein oder reiche die Platte mit den Keksen weiter.

»Gämse?« Das Tierchen krümmte sich erneut auf ihrer Stirn.

Eine Weile fiel kein Wort. Er musterte ihr linkes Bein, schräg aufgestützt von einer Schiene, die übers Bett hinaus ins Freie ragte. Die nackten Zehen waren bleich, als seien sie vom Schrecknis noch ermattet. Er starrte auf den Schlauch darunter, in dem es gelb und rötlich schäumte. Wundsekret, das sich kaum merklich weiterschob direkt vor seiner Nase in einen Beutel, der rechter Hand an Jettes Bett befestigt war. Es schien nicht viel damit. Das Ding aus dickem, nur mäßig transparentem Material war flach wie eine Flunder.

Siebzehn Jahre war es her, dass er ein ebensolches Ding an einem ebensolchen Bett in einer ebensolchen Klinik hatte hängen sehen. Die Stadt war eine andere gewesen. Papa lag auf der obersten Etage. Bei Föhn, hieß es, sah man das Alpenpanorama. Vielleicht nicht im November. Wenngleich die Möglichkeit bestand. Er hatte zu alledem nur nicken können. Als ob dies wichtig wäre. Als ob dies zählte. Jetzt, da sie wussten, dass keine Hoffnung blieb. Jetzt, da sie täglich mit dem Ende rechnen mussten. Klipp und klar. Die Klinik baute auf die Wahrheit. Was man zu diesem Zeitpunkt für seinen Vater tat, dies hatten sie betont, war eine Möglichkeit des Aufschubs. Die allerwinzigste. Man ließ nichts unversucht. Auch dieses klipp und klar.

Da hatten sie sich in der Nähe eingemietet, Benno, Franzi und er selbst. Es war ganz billig. Die Jahreszeit war günstig. Wie lange, wurden sie gefragt. Was hätten sie da sagen sollen? Es wäre Lebenszeit, die sie dem Papa zugewiesen hätten. Darf es offenbleiben, er, zu dem Makler, und der ihn angesehen, irgendwie, und bloß genickt.

Es waren sieben Tage.

Sieben Tage, die Papa noch zu leben hatte. Täglich hatten sie am Bett gestanden, Franzi stets am unteren Ende, die Brüder seitlich. Alle vier hatten freien Blick durchs Fenster. Aber Felix stimmte das Novemberlicht so traurig, dass er die frühe Dämmerung willkommen hieß. Er war im Lampenlicht dem Papa näher.

Meist lag der Vater mit geschlossenen Augen da. Man hätte sehr gewünscht, dass er tatsächlich schliefe. Es war nicht ausgeschlossen. »Papa schläft nicht. Papa hört verschärft«, Franzi mit Entschiedenheit. Auch Felix selber hatte das Gefühl gehabt, sein Vater sei in diesem Zustand nichts anderes als ein Lauschender und fange alles ein im Himmel und auf Erden – und alles aus der Hölle, wenn sie das Morphium nicht zur rechten Zeit gegeben hatten. Aber ihr Vater schlug doch von Zeit zu Zeit die Augen auf. Dann war es automatisch Franzi, die er als Erste sah. Es schien ihnen genau so richtig, so wie es richtig war, dass Felix redete, nur er allein, auf jene lässig warme Art, wie sie ihm eigen war und die er meisterlich beherrschte. Darüber hatten sie kein Wort verlieren müssen. Des Kummers ungeachtet und der Angst, die ihm im Nacken saß, war es ihm überraschend leichtgefallen. Sein Ton war sanft gewesen, hob alle Mühe auf. Dann herrschte Schwerelosigkeit im Raum, ein Stündchen oder zwei, nur selten länger. Es war ihm bisweilen vorgekommen, als spreche es von ganz allein und sprudelte und tändelte und tupfte, ein federleichtes Redebächlein, für das er Sorge trug. »Klappe«, hatte Benno dennoch irgendwann gezischt, ihm einem Rippenstoß versetzt, »hör endlich auf. Du redest Müll.« Und Felix ohne Weiteres zurückgeboxt. Es kam davon, weil Bennos Nerven blank gelegen hatten, und seine eigenen vielleicht auch. Aber Franzis Blicke machten, dass sie schleunigst wieder einvernehmlich nickten. Also weiterreden. Benno trotzdem: »Du bist besoffen von dir selbst.« Felix war die Spucke weggeblieben.

Er hatte Papa sieben Leidenstage redend durchgebracht. Sie sprachen auf der Station darüber. Als Papa jedoch allen Ernstes starb, war er verstummt. Sie hatten alle drei nur auf die Angst in Papas Augen starren können. Die Angst war so, dass ihnen graute. Er hatte Benno zittern sehen. Vielleicht war es nicht richtig, dass Franzi

Papas Decke angehoben hatte. Nicht viel. Und doch genug, dass sie die Füße sahen, jetzt über beide Knöchel blau verfärbt, ein dunkles, scharfes Blau im harten Weiß der Bettbezüge. Franzi hielt diese Beine mit beiden Händen fest. Sie klammerte um Haut und Knochen. Als das Blaue schwarz geworden war, lagen Papas Füße endlich still. Franzis Hände aber waren mager, als sie losließ, gealtert und erschöpft.

Die Mama war zu spät gekommen. Sie waren ihr im Klinikflur begegnet. Er hatte sie ganz fest umarmt. Es hatte ihm so schrecklich für sie leidgetan. Sie hatte sich beeilt, so sehr sie konnte. Nicht eines Blickes hatte Franzi sie gewürdigt. Aber er hatte die Mama zusammenzucken sehen, als hätte diese ihr im Vorübergehen etwas zugezischt.

Es war so still. War Jette etwa eingeschlafen? Er fuhr herum. Das war sie nicht. Sie hatte ihn, im Gegenteil, betrachtet.

Ja, hatte sie. Du liebe Güte, habe sie gedacht. So in Gedanken.

»Ja mei«, er zuckte nur die Achseln.

Sie lachten beide. Es schien zunächst, als wüssten sie danach nicht weiter. Er wandte sich zum Fenster, betrachtete die Rosen und summte den Refrain von *Heidenröslein.*

»Röslein, Röslein, Röslein rooot –«

Jettes Stimme war grabestief, obgleich es rein melodisch an dieser Stelle ganz klar nach oben ging. Das ›rooot‹ klang unbeschreiblich. Er dachte an die Halsmanschette. Oder fehlte das Gehör?

»Röslein auf der Heieieiden«, sein eigener Tenor.

Er liebte« seine Stimme. Also beide, und von vorne. Sie nickte bloß begeistert. Jette glühte rot in ihrer weißen Halsmanschette. Er hätte sie am liebsten abgelichtet für Sebastiani, von dem die Rosen stammten, ganz zweifellos. Und dann das Bild sofort an Louis per Whatsapp.

Und der wilde Knabe brach 's Röslein auf der Heiden
O weh! Er ahnte Fürchterliches.
Musst es eben leiden.
Bei ›brach‹ war Jette bereits stimmlich durcheinander. Bei ›leiden‹ schossen ihr die Tränen förmlich aus den Augen. Mein lieber Herr Gesangsverein. Wie ungeschickt! Das hätte man sich denken können. Als ob sie nicht den Hals gebrochen hätte. Um Haaresbreite das Genick. Sie hätte tot sein können. *Spiel mir das Lied vom Tod.* Wie ging das gleich?

»Der Tod singt schön«, sagte er laut. Es war ihm ernst.
»Was weißt denn du vom Tod«, Jette funkelte ihn an.
Franzi, die im Oberstock gesungen hatte. Mama, die gelesen hatte. Franzi, die nicht hätte singen sollen, und doch gesungen hatte, mehr und länger, als es nötig war. Der Mama zuleide. Er hatte nichts dagegen machen können. *Sei guten Muts, ich bin nicht wild.* Wenn ich halt üben muss, Franzi, zu ihm. Wenn sie halt üben soll, er, zu Mama. Mama, die in der Lesespannung war. Mama, die ihn nicht angesehen hatte. *Sollst sanft in meinen Armen schlafen.* Franzi, die dieses Lied dem Papa vorgesungen hatte, als Mama nicht im Haus gewesen war.

»Nichts«, gab er zur Antwort.
Sie schwiegen wieder. Es wäre an der Zeit gewesen, dass sie vom Unfall sprachen und von Theos Schwester und vom Schreiben überhaupt. Ein jeder las es im

Gesicht des anderen. Sie brachten es nicht fertig. Auch das war offensichtlich. Ins Leichte aber fanden sie nicht mehr zurück. Nach ein paar Sätzen gaben sie es auf. Und doch blieb etwas, hing in der Luft. Er konnte noch nicht gehen.

»Das Schreiben ist tieftraurig«, das Sprechen fiel ihm schwer, »ich hätte das im Leben nicht gedacht.«

Da schlug die Tür auf. Arzt, Schwester, noch weitere, ein weißer Zug umrundete die Bettstatt. Der Blick aus grauen Oberschwesteraugen traf Felix schwer. Flink sprang er auf, warf Jette eine Kusshand zu und federte hinaus, den Gang durch die Station zurück bis ganz hinaus zum Aufzug, wo alles sich verlief.

Als sich die Aufzugstüre unten öffnete, sah er von Weitem schon die Tiger Lily an der Rezeption. Sie sprach mit irgendjemandem, das war erkennbar. Aber außer ihr schien niemand da. Er nickte freundlich im Vorübergehen. Da sah er erst den Jungen sitzen – auf einem Drehstuhl neben einem Unterschrank auf Rollen, den er mit beiden Händen hin- und herbewegte, aus Langeweile, wie es schien. Die Tiger Lily lächelte und sprach von oben recht Gütiges hinunter zu dem Kind. Das antwortete etwas, worauf sie beide lachen mussten. Aber das Gesicht des Jungen war vom Weinen noch gerötet.

Vom Eingang näherten sich Schritte. Energisch und klack, klack. Die Tiger Lily hob den Rucksack eilig hoch. Der Junge lud diesen eilig auf. Die Tiger Lily nickte grüßend. Der Junge tat ein paar zögerliche Schritte. Die Frau war businesslike, die dessen Hand ergriff und raschen Schrittes über hellen Marmor klack, klack hinüberstöckelte zur Nische mit den Kassenautomaten. Im nächsten Augenblick sah man die beiden in der Drehtür und draußen bei den Leuten, die zu den Parkgaragen strömten. Nur Augenblicke später waren sie verschwunden. Die Tiger Lily zuckte mit den Achseln.

27

Susanne stillte.

Die Tür zum Nachbarraum stand offen. Von seinem Schreibtisch aus sah er ihr zu. Er hatte sich nicht umgedreht, obgleich er ihr den Rücken kehrte. Dicht vor ihm nämlich, etwa auf Augenhöhe, hing an der Wand ein Spiegel. Er brauchte, wenn die Türe offen stand, nichts weiter tun, als geradeauszusehen. Er war sich sicher, dass Susanne nichts davon bemerkte. Von ihrem Platz aus auf der Couch war dieser Spiegel nicht zu sehen. Der war sehr schön, wenngleich ein bisschen blind vom Alter. Weil ihm persönlich die verhaltene Eleganz des Rahmens sehr am Herzen lag und weil der Spiegel insgesamt recht klein war, schien ihm der Platz nicht schlecht gewählt. Es war nicht die Funktion, sondern das Objekt als Ganzes, das den Ausschlag gab. »Was willst du mit dem Spiegel, sprich.« Franzi, in Papas Arbeitszimmer, hatte ihn angegrinst. Wölfisch, irgendwie. Damals hatten Benno, Franzi und er selbst nach der Beerdigung das eine oder andere herausgeholt. Sachen, an denen Mama kein Interesse hatte. Um diesen Spiegel hatte er mit Franzi streiten müssen. »Der ist doch in sich selbst verliebt«, hatte Benno überlaut gesagt. »Nur kein Neid!« Er hörte sich bis heute. Das vergaß er nicht. Benno war nie schön gewesen. An diesem Tag jedoch sah er geradezu erbärmlich aus. Er hatte sich wohl eine Weile nicht rasiert. Sein Bart war spärlich, die Farbe kränklich rot. Er war erschöpft. Sie waren alle drei erschöpft gewesen. Aber Benno hatte Pickel, noch Jahre nach der Pubertät, und er litt fürchterlich darunter. »Sorry, Mann«, er hatte sich bei ihm entschuldigt, am Tag darauf bereits, wenn er sich recht erinnerte. Aber Benno hatte nur irgendwie mit einer Hand gewinkt. Kein Wort. Nichts, nur diese Linie mit der Hand, ein müder Bogen, der eine halbe Sache blieb. Sein Bruder hatte nicht darüber reden wollen.

Der Spiegel war Empire. Ein echtes Schmuckstück, das gegenwärtig in Susannes Wohnung hing. Warum? Weil Hannes auf der Welt war und Felix bei Susanne wohnte. Hannes, den sie Hänschen nannten. Man würde sehen, hatten sie gesagt, wie es sich anließ. Sie hatten sich ein halbes Jahr gegeben. Danach hieß es entweder Wohnung suchen, und wenn es nach Susanne ging, ein Haus. In dem Fall wären sie zu dritt. Andernfalls zog Felix, der seine eigene Wohnung nicht gekündigt hatte, in aller Ruhe wieder bei sich ein.

Das war der Stand der Dinge. Wer hätte das gedacht. Sein Sohn war Mitte Februar zur Welt gekommen. Jetzt war der März schon fast vorüber. Fünf Tage noch bis Ostern. Wie rasend schnell verging die Zeit. »Was willst du«, Theo zu ihm am Telefon – zwei Wochen war das auch schon wieder her –, »jetzt hast du eine Linie.«

Das war der Fall. Er hatte fleißig Quellen ausgewertet, geforscht, und was an Material jetzt zur Verfügung stand, das durfte sich wahrhaftig sehen lassen. Noch in der frühen Neuzeit war vielerorts das Wort für Kind und Knecht identisch. Mein lieber Herr Gesangsverein! Er selber sprach von Kindersklaven. Es war erschütternd. Er durfte gar nicht daran denken. »So furchtbar traurig«, er zum Chef, und wie im Vergleich die Kinder heutzutage glücklich waren. Der Chef, der ihn schon immer hatte leiden können, ermunterte ihn ernsthaft, die Habilitation zu planen. »Ich bin ein Mann mit Zukunft«, sagte Felix neuerdings, wenn er am Morgen aus der Dusche trat. Es gab kein Du, bedauerlicherweise. Susannes Badezimmerspiegel war ein Witz und obendrein verstellt mit Sachen. Er konnte sich darin nicht sehen lassen.

Es war verhältnismäßig früh am Tag. Das Frühstück war vorüber. Das Hänschen trank schon wieder an Susannes Brust. Es trug ein Pudelmützchen auf dem Kopf, auf das die Morgensonne schien. Auch auf das Jäckchen schien die Sonne. Das Mützchen und das Jäckchen waren reizend. Sie waren weiß wie Schnee. Winterhalter hatte sie gestrickt. Susanne fotografierte, was das Zeug hielt. In Burckartsried und anderswo schlugen Hänschens Bilder im Stundentakt in anderer Leute Smartphones ein.

Susanne selber saß im Schatten. Sie war aus ihrem Bademantel bisher nicht herausgekommen. Ein Weiß, auf dem ein Schleier lag. Auch auf Susanne selber, fand er, lag ein Schleier. Sie wirkte angegraut. Vermutlich lag dies an den Lichtverhältnissen. Und dennoch wurde er die Vorstellung nicht los, ihr Platz sei auf dem Speicher und nicht auf dieser Couch. Das war gemein von ihm. Dass er sich gar nicht schämte, wunderte ihn ernstlich. In dieser Weise hatte er bislang nicht denken müssen. Er wäre einfach auf Distanz gegangen. Distanz – er kostete das Wort –, es schmeckte süß.

Da saß sie. Ließ ab und an den Blick durchs Zimmer schweifen. Ihm schien es Gleichmut. Andere mochten von Verzückung sprechen. Er war sich sicher, dass sie ihn nebenan vergessen hatte. Sie hätten vielleicht plaudern können. Es waren, wenn es hoch kam, drei Meter, allerhöchstens vier, die ihn von ihr entfernten. Und doch lag zwischen ihnen eine Welt. War so, auch wenn es kitschig klang. Sie stillte. Das Stillen schien ein Zustand. Daneben gab es – nichts. Und er? Saß da und schaute zu. Was sah er? Nichts. Auch keine Brust. Vor allem keine Brust. Gerade jetzt, wo ihre Brüste göttlich waren. Er war verrückt danach. Und weiter? Nichts weiter. Bedauerlicherweise verlegte ihm das Hänschen den Zugriff und die Sicht. Ihm blieb der Pompon auf der Mütze, der sich rhythmisch hob und senkte im Einklang mit dem Saugen und Hinunterschlucken, das mit gelassener Entschiedenheit vonstattenging. Es war gerade diese analoge Form der Übertragung, die ihn besonders kränkte. Von welcher er den Blick nicht lösen konnte. Er blieb außen vor. Aber drinnen spielte die Musik. Er hasste diesen Bommel.

Umso verrückter hatte sie getan. Das Päckchen aufgerissen. »Gott, wie süüüüß!« »Komm runter«, hätte er das sagen wollen? Als er dann doch den Mund aufmachte, hörte sie ihn gar nicht mehr, weil sie schon Winterhalter an der Strippe hatte. Der Pompon. »Pom-Pom.« Zwei Schüsse aus Susannes Mund. Und aus dem Hörer Winterhalter, der zurückgeschossen hatte. Rein zum Spaß. Wie ziemlich beste Freunde. Aber ja!

Wie das gekommen war? Indem die tief Verwundete an jenem Julinachmittag im Jahr davor, anstatt allein von Burckartsried nach Schwarzenberg zu fahren, schnurstracks zum Einzelhof hinaufgebogen war. Nicht etwa, um Felix zu verleumden. So eine war Susanne nicht. Die Gründe waren andere. Die Felix nicht kapierte. Weil

seinesgleichen nichts kapierte. »Was für Motive«, hatte
er gefragt. Und sie: »Rein menschliche.« Und jenen Blick
gehabt.

Prompt hatte Winterhalter Susanne, wie vordem Uschi
Lammerskötter, an seine Brust genommen. Für ein paar
Tage hatte Seligkeit geherrscht im Zwischenzimmer.
Vier Leute, die am Küchentisch gesessen hatten, als er
selber tags darauf ein letztes Mal hinaufgestiegen war.
Über Susanne keinen Ton. Susanne, direkt nebenan im
Zwischenzimmer – und keinen Mucks gemacht! Alma,
Theo, Louis im Bund mit Winterhalter. Die nur darauf
gewartet hatten, dass er verschwinden möge. Wie oft
Susanne in der Folge schon in Burckartsried gewesen
war, hätte er nicht sagen können. Ihr Ding. Seines sicher
nicht. Nur dass die Pompons neuerdings vor seiner, Felix',
Nase tanzten, und er das Bild von Pompons in Winter-
halterfingern nicht aus dem Kopf bekam. Und nicht das
Auf und Ab und Ruck und Zuck des Ziegenbärtchens,
wenn dieser Kerl am Stricken war. Oh, ganz gewiss, der
strickte weiter. Der stichelte und nähte. Der Adamsapfel
hopste auf und nieder. Ein Rumpelstilzchen, das sich vor
Freude nicht zu lassen wusste im Winterhalterhals. Die
Pompons da hineinzustopfen war ein Impuls, dem Felix
seinerseits nur zu gern nachgegeben hätte. – Dies alles
ging ihm am Schreibtisch durch den Kopf. Vom Spiegel
lassen konnte er die Augen freilich nicht.

Susannes Augen glänzten matt. Sie richtete an niemanden das Wort. Sie lauschte keiner Seele. Das Smartphone? War auf stumm gestellt. Er wusste das. Sie aß
auch nichts vom Bienenstich, ein schmales Stück, das er
von seinem für sie abgeschnitten hatte, mit Gäbelchen

und mit Serviette. Der Teller war aus Porzellan. Die Platte war aus Glas. Es hatte laut geklirrt. Das Tischlein hatte er verrückt, damit sie ihre Haltung nicht verändern musste, um an den Bienenstich heranzukommen. Es schien, als habe sie dies alles gar nicht wahrgenommen. Die Liebste sah durch ihn hindurch.

Da wuchs die Lust ins Riesenhafte, dem handgestrickten Wicht zu zeigen, wo der Hammer hing, und ihn mit einem Schlag hinwegzufegen. Er würde ihn zermalmen. Weil Felix Kammerlander sich von keinem Hänschen klein den Weg verlegen ließ zu Brüsten und allem Übrigen, worauf er Anspruch hatte. Nur er allein. Schon stand er auf. Besann sich. Anstatt das Hänschen zu zerschmettern, ging er bloß hin und schloss die Tür.

Susanne kochte um die Mittagszeit. Er trug derweil das Hänschen auf dem Arm. Wie hätte sie sonst kochen wollen. Das sah er ein. Es brauchte seine Zeit, ganz klar, bis so ein Kindchen reif genug war, dass es sich selbst genügte. Die Bilderbücher, Klötzchen, die Püppchen, Tierchen und vieles andere mehr, mit dem das Hänschen spielen würde – es gab für alles eine Zeit, auch das verstand er mittlerweile –, füllten gegenwärtig einen großen und zwei kleine Körbe. Die kleinen hatte Susanne auf seiner, auf Felix' Seite unters Bett geschoben. Mit dem großen hatten sie, ganz ehrlich, nicht gewusst, wohin. Theo: »Stolperfalle.« Da hatten sie den Korb, der im Prinzip sehr schön war, ins Badezimmer stellen müssen.

Das Bad war klein. Der Korb stand vor dem Spiegel. Sein Ebenbild blieb Stückwerk. Der Anblick deprimierte ihn allmorgendlich. Er hätte diesen gern vermieden. Dem Spiegel war jedoch nicht zu entkommen. Es fehlte schlicht der Platz. Was immer er versuchte, um seinen Standpunkt zu verlegen, der Spiegel fing ihn ein, nur um ihm vorzuführen, was zwischen Korb und Windelbox und Wickeltisch noch von ihm übrig war. Die Augen zuzumachen war alles, was ihm blieb, wenn er sich nach dem Duschen mit dem Handtuch trockenrieb.

»Bist du Adonis, oder was.« Susanne zu ihm neulich und gänzlich unvermutet in der offenen Badezimmertür. Er hätte um ein Haar gelächelt und genickt. Was ihn daran gehindert hatte – es hatte ihn im Nachhinein beschäftigt –, war zweifellos der Anblick, den diese selber bot. Sie trug das Hänschen auf dem Arm, das frisch gewickelt war. Er sah dergleichen neuerdings mit einem Blick. Bis auf die Windel war das Hänschen nackt. Susanne war es auch. Ein Tropfen Milch jedoch hing an der Warze ihrer rechten Brust. Adonis hätte ihr in dieser Situation, wo alles Euter war und tropfte, vielleicht nicht gutgetan. Es war nur ein Gefühl gewesen. »Was weiß denn ich.« Er hatte sie dabei nicht angesehen.

Wasweißdennich. Das fragte er sich öfter neuerdings. Denn seine neue Lage war kein Zuckerlecken. Mit der Erkenntnis aber, dass dieser Zustand sich für eine unbestimmte Zeit nicht ändern würde – womöglich nie –, war dieses Wasweißich nichts anderes als ein Brandbeschleuniger. Denn dass es knallte, war so gut wie sicher. Mehr als ein Streichholz war nicht nötig. Das gab er schriftlich. Andere mochten dies gerne anders sehen. Bloß musste er da lachen. Hatte Theo Kinder? Alma? Winterhalter? Von Benno und von Franzi ganz zu schweigen. Die Franzi hatte eine Rassel aus dem Senegal geschickt, die leider nicht bei ihnen angekommen war.

28

Susanne kochte, wie gesagt. Weil ihm das Hänschen auf der Schulter eingeschlafen war, gab er ihr stumme Zeichen, die sie sofort verstand. Sie könnten jetzt gemeinsam Mittag essen. Probieren sollte man es schon. Hier kam der Stubenwagen. Lautlos. Die Rollen hatte er geschmiert. Susanne schob auf Zehenspitzen. Sie rollte mit den Augen. Jetzt nur kein Fehler. Sie flehte tonlos: nicht wecken, um Gottes willen. Langsam. Behutsam. Das Kind aus Felix' Arm hinüber in den Wagen, auf dass es weiterschliefe. Dann hätten sie die Hände frei. Gelungen war dies freilich bisher nie. Stets wachte Hänschen auf und schrie.

Diesmal nicht.

Sie starrten sprachlos auf den Cherub. Ja, schlafe selig, du Lieblicher, und süß … Dann aber grinsten sie wie auf Kommando, als hätten sie ihm einen Streich gespielt. Weg hier. Sie nickten einvernehmlich. Die Zeit lief weiter. Es blieb ihnen vielleicht ein Stündchen oder zwei.

Sie zogen sich gerade aus, weil sie, anstatt zu essen, noch lieber miteinander schliefen, als nebenan der Cherub schrie. Nun, das kam vor, sie nickten und lächelten einander zu. »Nein«, sagten sie, »jetzt ist gut. Jetzt sind wir auch mal dran.« Es war nur so, dass es im Stubenwagen um Tod und Leben ging, nach allem, was herüberdrang an nackter Not und himmelschreiender Verzweiflung. Wie hätte Felix Kammerlander es bitte machen wollen? Das sage ihm mal einer. Da war er sehr gespannt. Sein eigenes Begehren jedenfalls nahm bereits ab, und zwar rasant. Susannes Hintern blühte freilich noch. Insofern blieb doch etwas. Das fanden beide, das wäre ja gelacht, zumal ein jeder in des anderen Augen einen festen Willen sah. Susanne hätte sich vielleicht nicht auf den Rücken legen sollen. Vielleicht kam es von der Bewegung, dass jetzt die Milch aus ihren Brüsten tropfte. Da war es mit ihm aus.

Am Abend aber saßen sie recht freundlich beieinander auf der Couch und sahen fern. Das Hänschen machte Bäuerchen auf Felix' Schulter. Bisweilen vernahmen sie ein lilienzartes Hick. Dann fühlte er ein bisschen Warmes in die weiße Baumwollwindel sickern, die über seiner Schulter lag. Weil Hänschen gut getrunken hatte, und weil sie ihn zunächst nicht würden wickeln müssen, war ihre Situation nicht schlecht. Sie richteten sich auf ein halbes Stündchen ein. Gelegentlich nickten sie einander zu in stillem Einverständnis. Mehr war im Augenblick nicht möglich.

Die Fernbedienung hielt Susanne in der Hand. Sie zappte durch, schon nach verhältnismäßig kurzer Zeit. Er, Felix, hätte bei dem Spielfilm länger durchgehalten. Das Setting tat ihm wohl. Die Leute auch. Das Haus war schön und die Familie fröhlich, die darin wohnte. Was hie und da nicht rundlief, sanierte eine Oma, die Alma ähnelte. Alma Stein. Auf einmal wünschte er sie her. Sie würde alles, alles wenden.

»Wieso, der Film ist doch ganz putzig«, sagte er. »Komm, schauen wir den fertig.« Das Zappen nämlich hatte nichts geholfen. »So lange, wie er schläft.« Denn Hänschens Kopf lag mittlerweile schwer auf seiner Schulter.

»Versuch doch mal, dich darauf einzulassen«, setzte er hinzu.

Netter, fand er, konnte er es nicht mehr sagen. Sie zu umarmen und dergleichen mehr schien ihm riskant. Zu viel Bewegung, und Hänschen wachte wieder auf. Er sah sie von der Seite an. Der Eindruck, dass Hänschen ihr in keiner Weise ähnlich war, bestätigte sich wieder. »Schön für dich«, Susanne, superlässig, »sehr schön. Dann brauchst du deine Vaterschaft nicht anzuzweifeln.« Er hatte nur gelacht. Das tat er sicher nicht. Das Hänschen war durch und durch ein Kammerlander. Benno, hätte man gesagt. Entschieden Benno, was ihn persönlich rührte. Da gab es Fotos, an die er sich erinnerte. Er würde Mama danach fragen, wenn er das nächste Mal nach Hause ging.

»Ich schau mir diesen Scheiß nicht länger an.« Susanne, unvermittelt.

»Ja, und? Was willst du machen?«

»Die Serie weiterschauen.«

Sie meinte *Twenty Four*. Sie waren bei der zweiten Staffel.

»Auf DVD. Na super!«

Das wurde immer besser. Sie hätte dafür zur Kommode gehen müssen. Vier Schubladen, von denen die unterste am schwersten gängig war. Im Grunde gar nicht. Wenn überhaupt, so brachte er es fertig. Dort lagerten die DVDs.

»Dann sag doch du.« In ihrer Stimme lag etwas, das er nicht mochte.

»Ich sag ja. Weitergucken.«

Das Hänschen pupste. Es knallte in die Windelhose.

Er korrigierte nach, was sich vom Kind auf seinem Arm verschoben hatte. Noch kamen Hänschens Atemzüge regelmäßig.

»Tu das. Ich lese derweil. Das wird man ja noch dürfen.«

Ein Taschenbuch lag aufgeschlagen auf dem Beistelltischchen linker Hand. Soweit er wusste, lag es auf diese Art schon lange dort. Er hätte es ihr reichen können, wenn seine Hände frei gewesen wären.

»Muss das sein?« Er sah die Ruhe auf der Couch gefährdet.

»Ja!!«

»Psst. Nicht so laut.«

»Weil du es nicht kapierst.«

»Stimmt. Du kannst doch immer lesen.«

»Du vielleicht. Ich sicher nicht. Wann, bitte, hätte ich wohl lesen wollen? Da bin ich sehr gespannt.«

»Beim Stillen beispielsweise?«

»Bist du verrückt?«

»Wieso? Die Mama las beim Stillen.«

»Wie, die Mama?«

»Meine Mama. Sechzehn Bände *Angélique*.«

»Sag das noch mal.«

»*Angélique*. Sechzehn Bände.«

»Vorher. Das mit dem Stillen.«

»Sag ich doch. Beim Stillen las die Mama sechzehn Bände –«

»Du glaubst es wirklich.«

»Nur mal als Beispiel«, sagte er eilig, »musst du nicht können.«

»Du glaubst es wirklich«, wiederholte sie.

»Was glaube ich?«

»Nichts.«

Herrschaftszeiten. Ansagen wie diese vertrug er schlecht. Das bog er lieber ab.

»Da bin ich aber froh.«

Er legte das rechte übers linke Bein und lehnte sich zurück, soweit ihm Hänschen das erlaubte. Die Hoffnung stieg. Der Film lief weiter. Der Ton jedoch war abgestellt. Er würde warten können. Sie saß bequemerweise noch immer neben ihm. Damit dies auch so bliebe, vermied er es, sie anzusehen. Er hatte nicht begriffen, was sie meinte. Es schien erledigt, Gott sei Dank.

Leider nicht.

Susanne war feuerrot, als sie sich plötzlich wieder an ihn wandte, und ihre Hände zitterten. Auch ihre Lippen zitterten. Er hatte sie noch nie so hocherregt gesehen. Sie musste sich mehrfach räuspern. Sie tat sich schwer, und als sie endlich redete, klang ihre Stimme fremd.

»Du weißt es wirklich nicht?«

Er brachte keinen Ton heraus.

»Du hast keine Ahnung?«

Er schüttelte den Kopf.

»Dass deine Mutter nie gestillt hat?«

Nie gestillt? Ihn hatte sie gestillt. Die anderen nicht. Er wies auf sich. Er wollte es ihr sagen.

»Nie.«

Ihm wurde übel.

»Du weißt nicht, dass du am Verhungern warst?«

Verhungern glitt mit ihm hinab ins Dunkel. Danach war alles still.

»Es war der Kreislauf«, Susannes Stimme.

Sie tupfte seine Stirn mit einer nassen Windel. Sie tat geschäftig. Nein, sagte sie, wundern brauchten sie sich nicht. Die Wahrheit war kein Spaß. Sie fragte sich im Nachhinein, wie sie es anders hätte machen können. Sie wüsste aber echt nicht, wie.

Er sagte nichts dazu. Er mochte ihre Stimme nicht. Er öffnete die Augen – und schloss sie wieder. Er mochte ihr Gesicht nicht mehr. Er mochte ihre Hand nicht spüren und nicht das feuchte Tuch auf seiner Stirn. Er mochte sie nicht atmen hören. Er mochte ihren Duft nicht riechen. Er mochte ihre Nähe nicht. Er mochte diese Frau nicht mehr. Dass dies sich nicht mehr ändern würde, ließ ihn das Blut gefrieren. Sie war ihm nicht mehr lieb. Von Stund an hatte alles sich verkehrt. Susanne war ihm widerwärtig.

Die Folge war, dass er am Tag darauf den Spiegel abnahm über seinem Schreibtisch und zu sich nach Hause schaffte. Es war das erste Mal, seit Hänschen auf der Welt war, dass er die eigene Wohnungstüre wieder aufschloss. Er schritt, den Spiegel unterm Arm, die Räume ab, betrachtete das eine oder andere Möbelstück, die Bilder und Plakate, den Toaster in der Küche, der spukhässlich war, die Serie der Kupferpfannen überm Herd, blieb vor dem leeren Kühlschrank stehen, der nicht summte. Der freie Stecker lag am Boden. Den hob er auf mit seiner freien Hand und drückte ihn mit Macht zurück in seine Dose. Der Kühlschrank rumpelte. Licht fiel durch die offene Tür heraus. Da zog er aus dem hellen Spalt den Besenstil und schlug die Türe zu. Er ließ den Blick ein letztes Mal durch seine Küche wandern, bevor er sie verließ. Den Spiegel aber nahm er mit ins Arbeitszimmer, sinnierte vor der Lücke in der Bücherwand. Weil es die einzig freie Fläche war – er hätte sich nicht umzusehen brauchen –, hängte er den Spiegel in Gottes Namen an seinen alten Platz zurück.

Er hätte dringend fortgemusst. Die Uni lag nicht um die Ecke. Stattdessen blieb er da. Als ob nichts anderes denkbar wäre, zog er aus einem der Regale dem Spiegel gegenüber mit sicherem Griff den Band heraus, um den es ihm zu tun war. Im Nachhinein schien ihm, als sei er nur des Buches wegen überhaupt hierhergekommen. Es war der Prachtband seines Vaters, den er auf seinen Schreibtisch legte. Die Seite – es gab ja nur die eine – schlug sich fast von alleine auf. Er setzte sich nicht hin. Sah nur hinab, verzaubert augenblicklich vom Lächeln im Gesicht der Göttin, die stillte, saß und träumte. Die Sehnsucht, dass er der Horus sei und trank und träumte und alles stillvergnügt, war ihm nicht neu. Jetzt aber wuchs sie ins Unermessliche. Er war verrückt vor Sehnsucht.

Verzweiflung packte ihn, die sich im nächsten Augenblick in Wut verwandelte. Er fasste blind hinein ins Grünlichblaue, riss aus dem Buch heraus, was seine Hände fassten, zog und zerrte am sehr soliden Glanzpapier, wrang es wie nasse Wäsche aus, fluchte, keuchte, riss aus und aus und aus und ließ erst ab, als nichts mehr zu zerreißen war und seine Finger bluteten. Der Band war nicht mehr kenntlich. Ein schauerliches Etwas in einem Meer von Schnipseln blieb auf dem grauen Teppichboden liegen, als er hinausging und hinter sich die Türe zuschlug.

29

Noch vor dem Osterfest zog Felix bei Susanne aus. Drei Tage folgten, in welchen er mit keiner Menschenseele sprach. Drei Nächte, in welchen er sehr wenig schlief. Ein Zeitraum, in dem er grübelte und googelte und sich verlor und nichts mehr wusste von sich selbst und immer weniger von der Passion für seine Mutter. Als er zu guter Letzt auch noch zur Kenntnis nehmen musste, dass *Angélique* nicht sechzehn, sondern vierzehn Bände hatte, und diese Anzahl sich nicht änderte, er mochte recherchieren, wie er wollte, brach ihm der Boden weg. Am vierten Tag – Karfreitag – war er so weit, dass er sich aus der Couch emporarbeitete. Er ging kaputt, wenn er so weitermachte. Er duschte, trank Kaffee und aß ein Knäckebrot. Im Radio lief die Matthäuspassion. Es war die Stelle mit dem Hahn, der dreimal krähte. Ja, dachte er, ganz recht. Verrat ist doch das Allerschlimmste. Er lachte laut und bitter. Die schöne Arie mit dem Erbarmen aber, die auf dem Fuße folgte, war weit entfernt, ihm gutzutun. Sie ließ ihn, im Gegenteil, sein Elend nur umso stärker spüren. Noch vor der Hälfte brach er ab.

Als Theo anrief, gab er sich wortkarg, verstummte schließlich ganz.

»Bist du okay?« Ein scharfer Ton. »Ist was mit Hänschen und Susanne?«

»Ich habe sie verlassen«, sagte er.

Stille, in welcher Felix Geräusche von Motoren hörte und Musik, die er nicht einzuordnen wusste.

»Warum?«

Weil alles falsch ist. Konnte er das sagen? Er schwieg. Er wartete.

»Komm herauf. Du fährst doch Ski?«

Felix fuhr mehr als gerne Ski.

Theo war auf dem Weg nach Burckartsried. Er wohnte im Sebastiani. Neuschnee war meterdick gefallen und alle Lifte in Betrieb. Karsamstag bis Dienstag in der Folgewoche fuhr Theo nichts anderes als Ski.

»Ich komme morgen«, hörte er sich sagen. »Buch mir ein Zimmer. Sei so freundlich.«

Karsamstag stand er zeitig auf und packte. Das brauchte seine Zeit. Ein Koffer füllte sich allein mit Skibekleidung. Da war des Weiteren die Stiefeltasche. Da war die Reisetasche mit den Tools. Da waren zwei Paar Skier, da war der Träger, den er aufs Autodach montierte, und die Notwendigkeit, zu tanken. Er kam erst nach dem Mittagessen los. Bedauerlicherweise staute es sich auf der Autobahn, kaum dass er aufgefahren war. Von Ulm ab hieß es praktisch Stop-and-go. Bei seiner Ankunft war es dunkel. Von Schnee war keine Spur. Die Luft von Burckartsried war frühlingshaft. Er atmete, als er im Freien auf dem Parkplatz stand, tief ein und aus, bevor er sich gemächlich Richtung Eingang in Bewegung setzte. Gepäck und Skier blieben vorderhand im Wagen. Er würde nach dem Skistall fragen müssen. Zwei Reihen weiter parkte Theos schwarzer BMW.

In allen Fenstern brannte Licht, in allen Häusern um den Marktplatz schien es warm und gut. Selbst in den stark herabgedämpften Lichtverhältnissen der Ladenfenster lag die Verheißung von Geborgenheit. Das Glück lag direkt hinter den Fassaden. Ein Pärchen, das am Brunnen stand, sehr eng, und plötzlich auseinanderfuhr, um in Gelächter auszubrechen, strebte nach einer Art von Hin und Her, bei dem er stehen blieb, um zuzusehen, energisch jenem Café zu, vor welchem er im Jahr davor gesessen und Iphigenie getroffen hatte, die Minni Markwart hieß und Theos Schwester war.

Der Brunnen selbst war abgedeckt. Kein Wasserstrahl, kein Plätschern. Die Silhouette des Heiligen auf seinem Sockel und der Kopf des Kindes hoben sich scharf ab vor einem Himmel, an dem der volle Mond sein kaltes Licht der Erde zur Verfügung stellte. Ein klarer, schwarzer Himmel, wie seine eigene Stadt ihn nicht mehr kannte. Die Nacht war schön. Schön war der Platz. Am schönsten aber schien ihm das Sebastiani. Im Schein des Lampenpaares funkelten die Nägel und Beschläge der schweren Eingangstüre. Da war die Jahreszahl, die er behalten hatte. Er stellte fest, dass er sich freute, stemmte die schwere Türe auf und trat hinein.

Der erste Blick fiel automatisch auf den gewaltigen Kamin, in dem ein Feuer prasselte. Er lag dem Eingang gegenüber am anderen Ende des ausgesprochen langen, schmalen Raumes. Die Halle war fast leer. Vom Speisesaal herüber kamen Stimmen. Es war die Zeit des Abendessens. In jenem roten Sessel aber, der für sich stand, nicht anders als im Jahr davor, saß Jette Ditters, die ihm entgegensah und winkte. Die Überraschung war vollkommen. Er hatte sie seit Ulm nicht mehr gesehen und gesprochen! Im Näherkommen tat sich in Jettes seidig braunem Schoß ein gelbes Auge auf – und schloss sich wieder. Linker Hand stand Theo, die Hände in den Hosentaschen, und lächelte ihm zu. Sebastiani aber breitete die Arme aus.

»Da schau her!«

Louis nette Art, der Ausdruck echter Freude, die Festigkeit, mit der er Felix in die Arme schloss – da war es wieder. Wie hatte er das nur vergessen können. Louis' Wärme strömte auf ihn über. Der stellte keine Fragen. Der sagte gleich: Nein, bitte, er müsse nichts erklären. Er sei allein heraufgekommen. Gut.

Beim Essen waren sie zu viert. Nichts anderes hätte Louis geduldet. Sie hatten es gemütlich. Nichts Schwieriges zunächst. Die Rede war vom Schnee, der nur noch oben lag, und von den Pisten, die keine Talfahrt mehr erlaubten, von der Saison, die fast vorüber war. Dann aber waren sie bei Jette. Louis sprach von Mühsal und von Jettes Zähigkeit und von der Aussicht, dass sie bald ganz in Ordnung käme. Im Grunde blühe sie schon jetzt.

Sie sahen Jette strahlen. Sie waren hochgestimmt. Vor allem Louis sprang auf das Reizendste mit Jette um. Sie waren zweifellos ein Paar. Der Blick, mit dem er sie bedachte, mit dem er jedes Gäbelchen begleitete, das sie zum Munde führte, Louis' Seligkeit, wenn sie das Häuflein Speise hinunterschluckte, machten Worte überflüssig. Man war erneut vertraut. Fast so, als habe man sich nie getrennt. Was Jette gar nicht »selbstvers-tändlich« fand. Sie hoben ihre Gläser. Sehr zum Wohl!

»Als hätten wir erst gestern noch geschrieben«, sagte Felix.

Das mit dem Schreiben hätte er nicht sagen sollen. Schreiben war ein Wort, das Jette nicht vertrug. Als sie es merkten, war es zu spät. Schon war in ihr der Sommer wieder hochgestiegen. Schon wankte ihr Gemüt, und ihre Finger zitterten. Sie hielt die Gabel schräg, das Häuflein Speise rutschte, durchaus nicht schnell, man hätte es noch retten können. Weil aber alles sich um Jettes Rettung drehte, verlor, was nur noch lose an der Gabel hing, den Halt. Püree von Roten Beten klatschte schwer aufs weiße Leinentuch herab, so heftig, dass es spritzte. Da hörte Jette mit dem Zittern auf. Sie warf die Gabel auf den Tisch, erhob sich halb und halb, als ob sie etwas sagen wollte, besann sich aber, und setzte sich erneut.

»Nur über meine Leiche.«

Wenn hier geschrieben wurde, fuhr sie noch diese Nacht nach Hause. Weil sie nicht schrieb. Und nie geschrieben hatte. James war durch keine Schreibwerkstatt zurückzuschreiben. Schrieb einer seine Toten –

»Liebste«, Louis' Stimme, von Natur aus angenehm, war jetzt womöglich sanfter noch als die der Mutter, »wer sagt denn, dass du schreiben sollst. Schau her, ich schreibe auch nicht.«

»S-timmt.« Jette nickte tapfer. Setzte sich erneut zurecht auf ihrem Stuhl.

Sie lachten alle vier ein bisschen und fuhren mit dem Essen fort.

»Felix schreibt ja auch nicht«, sagte Jette unvermittelt.

»Wir schreiben alle nicht. Ich jedenfalls habe es nicht vor.« Theo wies auf Felix. »Du doch auch nicht.«

»Nein«, sagte Felix, »wir fahren Ski.«

Das meinte Jette nicht.

Was meinte sie denn dann?

Dass Felix überhaupt nicht schrieb und niemals schreiben werde. Nicht anders als sie selbst.

»Oh, doch!« Louis hauchte einen Kuss auf Jettes Hand. »Da irrst du dich.«

Er wandte sich an Felix.

»Wie hieß das gleich, was du im Kurs geschrieben hast?«

»*Auferstehung*«, sagte Theo trocken.

Es war jedoch gut möglich, fügten sie hinzu, dass Jette diesen Text nicht kannte. Dass sie ihn nicht mehr hatte lesen können. Das Manuskript war damals vor dem Frühstück schon herumgegangen. Als PDF. Von Ev. An jenem fürchterlichen Tag. Es spielte aber keine Rolle. Nur dass der Text von Felix war, das sollte sie doch wissen.

»Sie kennt ihn«, sagte Felix leise. »Sie mag ihn nicht.«

»Das s-timmt«, auch Jette sprach jetzt leise, »denn so etwas gehört sich nicht.«

In die Stille, die jetzt folgte, platzte Cyrill. Wie es gekommen war, sie hätten nichts dazu gewusst. Er musste aus dem Stand gesprungen sein. Kein Zwischenstopp, auf einem Schoß etwa, auf einem freien Stuhl. Vier schwarze, substanzielle Pfoten wie aus dem Nichts auf ihrem Tisch, der etwas abseits stand in einer Nische, die sie vor Blicken schützte. Der Kater zwischen Tellern, Gläsern und Besteck. Das Hinterteil unfassbar ordinär direkt vor Jettes Augen, ein Schwanz, der auf und ab fuhr. Die rosenrote Katzenzunge, die in die silberne Sauciere schnellte und wieselflink und zierlich Sahnesoße schleckte. Jettes Hand, die hochfuhr zum Zeichen des Protests. Louis' ausgestreckte Arme in dem Versuch, sein Katzenvieh zu packen. Der Ausdruck frommer Bosheit im gelben Augenpaar, das ihn fixierte. Theo, Felix, die hochgefahren waren und hinter ihren Stühlen tänzelten und bebten, als schlügen sie beim Tennis auf. Der Schnurrbart, den Cyrill wischte, der Spritzer Soße, der Jettes Auge traf, und Jette selbst, die ihre Stimme wiederfand, als Cyrill längst vom Tisch und über alle Berge war.

Sie hätten sich woanders niederlassen können. Sie wollten es nicht mehr. Stattdessen sagten sie einander Gute Nacht. Vielleicht bis morgen Abend. Sie legten sich nicht fest. Etwas war in der Luft, das ihre Stimmung trübte. Nicht Cyrill, oder doch nicht so. Sie hätten sprechen sollen. Das ging nicht mehr. Nur Jette setzte an mit etwas, das sie dann doch nicht sagte. Sie folgte Louis quer durch die Halle in einen fremden Trakt.

Felix' Zimmer lag erneut auf einem Seitenflur, jedoch ein Stockwerk höher als das erste Mal, und als er aus dem Fenster sah, war da kein Friedhof, sondern eine schmale Gasse und etwas Grün von ein paar Tannen und sehr viel Grau von einer Gartenmauer. Das Gästehaus dahinter blitzte weiß hervor. Es schien, wie viele Häuser hierzulande, in jenem Pseudoalpenstil erbaut, der ihm persönlich gar nicht lag.

In diesem Zimmer hier war alles weiß. Ein warmer Ton auf Wänden, Tisch und Stuhl, auf Schrank und Bett. Nur um Nuancen wich der Sessel davon ab. Es war der Teppich, der den Raum entfaltete, ein sichtlich altes Stück in kaltem Rot. Ein weitaus größerer vom gleichen Typ lag, seit er denken konnte, im Zimmer seines Vaters. Sie hatten ihn das Rote Meer genannt. Kein Wunder, dass er sein neues Zimmer mochte. Er hatte Lust, in diesem Sessel zu versinken und weiter überhaupt nichts mehr. Er wusste aber, dass ihm die Ruhe dazu fehlen würde, solange seine Skier nicht gerichtet waren. Er nahm das ernst. Von Kindheit an war er daran gewöhnt, das Optimale aus den Skiern und dem Schnee herauszuholen – und aus sich selbst. Die Art und Weise, wie er in einen unberührten Hang hineinglitt, um eine frische Spur zu ziehen, war, wenn er Susanne glauben durfte, nichts weniger als begnadet.

Der Skistall lag im Keller und war niedrig, aber groß. Vor allem war er warm und trocken, denn Heizungsrohre zogen sich entlang der Decke. An den Wänden ringsum Skier, auf niederen Lattenrosten Stiefel und Equipment aller Art. Felix war dem Anschein nach der Einzige, der sich um diese Zeit hier noch zu schaffen machte. Insofern hatte er den groben Holztisch, der in der Mitte frei im Raum stand, für sich allein. Bald überlagerte der Duft von Wachs den leichten Schweißgeruch und überhaupt das Muffige, das von den Materialien kam, die hier gelüftet wurden. Was ihm vonnöten war, um seine zwei Paar Skier herzurichten, entnahm er seiner Reisetasche, die neben ihm am Boden stand.

Zwei Skier, die schon fertig waren, hatte er gerade vor die Wand gestellt, als Theo vor ihm stand, den er nicht hatte kommen hören. Da war es allerdings bereits halb elf, und eine gute Stunde würde ihn das nächste Paar noch kosten.

»Du bist's.«

Felix' Ton war freundlich. Was er jedoch hier tat, beanspruchte ihn ganz. Er machte keinen Hehl daraus. Als sei kein Theo dicht vor seiner Nase, galt seine Sorge einzig jenem Ski, der auf dem Tisch in einer Art von Schraubstock in Position gehalten wurde, kopfüber, sodass die Unterseite oben lag. Prüfend fuhr er mit dem Zeigefinger der Länge nach darüber, das alte Wachs schien weggetupft. Das Fläschchen mit der Tinktur, die er dazu benötigt hatte, verschraubte er mit Sorgfalt und stellte es beiseite. Was er jetzt brauchte, war die Abziehklinge.

»Was wird das?« Theo schien interessiert.

»Ich zieh' ihn ab.« Felix schabte. »Da könnten minimale Kratzer sein, verstehst du.«

»Die kriegst du mit dem Ding doch gar nicht weg.«

»Die Kratzer nicht. Aber Kratzer haben Aufwerfungen. Die krieg ich damit weg.«

Theos Finger strich über eine makellose himmelblaue Unterseite.

»Vielleicht«, sagte er.

»Sag es, wenn du noch was spürst.«

»Ich spüre nichts. Hat dieses Ding auch einen Namen?«

»Das ist die Abziehklinge. Stammt aus dem Fundus meines Vaters. Furchtbar scharf. Wirklich alles kriegst du natürlich niemals weg.«

Theos Blick war schon beim Wachs, zwei Stifte, rot und gelb.

Felix schüttelte den Kopf. »Erst schmirgeln.«

»Ich dachte, wir gehen noch in die Bar.«

Felix, tief über den Ski herabgebeugt, schmirgelte und wischte, pustete und äugte, prüfte, weil er Partikel, auch allerwinzigste, nicht brauchen konnte. Das kostete im

Schnee Geschwindigkeit. Theo schien er nicht gehört zu haben.

»Ich meine hinterher, wenn du hier fertig bist.«

Statt einer Antwort steckte Felix den Stecker des Bügeleisens ein. Die Dreifachdose, die er zu diesem Zwecke eigens mit sich führte, hatte er mit Klebeband am Tisch befestigt. Theo stand ratlos. Felix hätte darauf wetten können, dass dieser seine eigenen Skier nie selbst gerichtet hatte. Die Frage danach konnte er sich sparen.

Als aber Felix mit erhobenen Armen, das Bügeleisen in der einen, die beiden Stifte in der anderen Hand, unendlich langsam Wachs hinuntertropfen ließ auf seinen Ski – zwei Farben: rot und gelb –, schien für Theo alles darauf hinzudeuten, dass hier kein Amateur am Werk war, und dass die Prozedur sich in die Länge ziehen könnte, eventuell.

»Was schätzt du, wie lange du noch brauchst?«

Wie lange Felix brauchte?

Seine allerersten Skier hatte Papa abgezogen. Er war dadurch, wie vordem Benno, das schnellste Kind im Skiverein gewesen. Jahrelang hatten sie zu Hause abgezogen. Stundenlang gesäubert und getropft, verteilt und eingebügelt mit unendlicher Geduld. Wachs, das nicht hatte brodeln dürfen. Skier, die Zimmerwärme haben mussten. Überschüsse, die wieder abzuziehen waren. Ein Belag, den sie zu guter Letzt gebürstet hatten und poliert. Ein Sportgeschäft, ein einziges, das diese Art von Bürste überhaupt nur führte. Ein allerweichstes Tuch.

Die Mama, die nicht Ski fuhr. Die oben las, wenn sie im Keller wachsten. Die von Leichenduft gesprochen hatte, der sich vom Keller aus im ganzen Haus verbreite.

Die trotz geschlossener Kellertüre litt. Gelb war der Duft von Honig. Was auf der Packung stand, hätte zwar nicht stimmen müssen. Aber Papa, Benno und er selbst fanden auch, dass gelb, wenn überhaupt, nach Honig roch. Mama hatte laut gerufen, sie hätte nie geglaubt, dass sie einmal in einem Leichenschauhaus würde lesen müssen. Prompt hatte Papa die Skier zu Hause nicht mehr gelb gewachst. Prompt war beim nächsten Jugendabfahrtsrennen Benno auf den siebten Platz zurückgefallen. Sie hätten für gemischten Frühjahrsschnee rot/gelb gebraucht. Er hatte seinen Bruder weinen hören und fürchterliche Sachen brüllen. Er selber hatte sich in Mamas Zimmer nicht hineingetraut. Nur zugehört, wie dieser drinnen Mama angeschrien hatte. Auch Papa hatte draußen eine Weile zugehört. Dann war er, ohne Felix zu beachten, einfach weggegangen. Dass er selber damals Mama nicht geholfen hatte gegen Benno, hatte er sich nie verziehen, und nach wie vor kam er sich wie ein Schurke vor, wenn er das gelbe Wachs zum Einsatz brachte. Selbst jetzt, in diesem fremden Keller, erging es ihm nicht anders. Er konnte nichts dagegen machen.

Drei Skier waren mittlerweile fertig. Den vierten hatte er soeben auf den Tisch geholt.

Wie lange er noch brauchte?

»Kommt darauf an. Mal sehen, wie er ausschaut.«

Theo nickte, stand bequemer, richtete sich ein. Schon gut, hieß das, ich schau dir zu.

Felix werkelte voran. Die Heizungsrohre zirpten. Einmal knirschte draußen Kies. Ein Fenster war gekippt. Dahinter lag ein Lüftungsschacht. Stimmen aus irgendeiner Tiefe. Gelächter im Inneren des Hauses von

Männern und von Frauen. Theo, die Hände in den Hosentaschen, stand nach wie vor gebeugt, die Augen dicht an allem, was am Ski geschah.

»Verbrenn dir nicht die Nase.«

Felix ließ Rot und Gelb heruntertropfen. Von draußen kam eine neuerliche Salve von Gelächter. Theo grinste.

»Was lachst du?«

»Lachen – ich?«

»Du.« Felix sprach mit Nachdruck.

»Ich dachte –«

»Du dachtest was?«

Das Wachs. Der Duft.

»Was ist damit?«

»Nichts. Es riecht nach Leichenschauhaus.«

30

Der Ostersonntag brachte alle noch einmal herauf. An allen Liften bildeten sich Schlangen. Zwei Pumuckl verstärkten die Mickymaus am Kinderkartenhäuschen. Die Bergstation sang *Schubidu, Dideldu*. Die Liegestühle vor der Burckartshütte bremsten die Wirtin aus, die mit den Käsespatzen rannte. Die Hörner feierten das Ende der Saison bei idealen Schneeverhältnissen und dunkelblauem Himmel – bis etwa gegen Mittag. Von da ab leerten sich die Pisten. Der Schnee war allzu nass und schwer.

Felix huldigte dem Grundsatz, dass jede Piste besser sei als keine. Insofern stand es für ihn außer Frage, dass er den Nachmittag noch mitnahm. Das Trüpplein jener, die allen Schneeverhältnissen gewachsen waren, war klein genug. Bisweilen schien es ihm, er sei der einzig Lebende auf Skiern, nachdem auch Theo aufgegeben hatte. Von Bogentechnik, die jetzt nötig wäre, hatte der von vornherein nichts wissen wollen. Der war ein Schönwetterfahrer durch und durch. Der war in Richtung Gondel abmarschiert und mittlerweile längst im Tal. Okay, hatte Felix nur gesagt. Er selber hatte nicht umsonst am Morgen zwei Paar optimale Skier hier heraufgeschleppt.

Ein Stündchen würde er noch fahren können. Der Schnee schmolz rasch, und wo er hinsah, trat bereits grauer Fels zutage. Außerhalb der Piste lag scheinbar Schnee genug. Um diese Tageszeit jedoch war dieser auch für ihn zu schwer. Am Morgen hätten sie womöglich Firn gehabt. Mit Theo war an Fahren außerhalb der Piste jedoch nicht zu denken. Was hatte der sich aufgeregt! In dieser Jahreszeit, bei diesem Wetter? Es gingen doch Lawinen ab. Wer passte eigentlich auf Felix auf, wenn Theo nicht dabei war? Und ob er lesen könne. Außerhalb zu fahren war verboten.

Mit den Lawinen hatte Theo falschgelegen. Die waren bei dergleichen Schneeverhältnissen sehr unwahrscheinlich. ›Verboten‹ galt dennoch ganz grundsätzlich. Da gab er Theo recht. Für diesmal hatte er verzichtet. Ein zweites Mal ließ er sich das Vergnügen nicht mehr nehmen. Was gab es Schöneres, als die eigene Spur im unberührten Schnee zu hinterlassen? Dann schnitten seine Skier wie Skalpelle tief hinein in weiße Haut. Das mache ihm mal einer nach!

›Verboten‹ hatte Theo überlaut gesagt, und Leute hatten sich nach ihnen umgedreht. Eine Mollige im rosaroten Anorak hatte extra ihre Sonnenbrille abgenommen, bevor sie abgefahren war mit großen runden Bögen, die ihm gefallen hatten. Sein eigener Stil war ähnlich.

Er fuhr alleine mehrfach von der Burckartshütte ab zur Bergstation und wieder mit dem Sessellift hinauf. Anfangs nahm er Rücksicht, beschrieb sehr schöne, große Bögen, die Langsamen im Blick, und ging auf Tempo allenfalls, wenn er die Strecke übersah. Bald leerte sich jedoch die Piste. Er brauchte unten nicht mehr anzustehen. Bisweilen schien ihm, er schwebe ganz alleine hoch. Er hoffte dringend, sie hätten ihn im Auge und schalteten nicht etwa ab. Er müsste ja erfrieren die Nacht hindurch im Freien, und seine Leiche plumpste am Morgen steif gefroren in die Tiefe. Er fand, dass diese Angst nicht unbegründet sei. »Urerfahrung«, Susanne, im Jahr davor und ihn ganz heilig angesehen. »Welche Urerfahrung«, hatte er gekontert. »Lass Mama aus dem Spiel.« Denn dass es gegen seine Mutter ging, war sonnenklar. Wie peinlich, hatte er gedacht. Wie arm im Geiste. Die Mama fuhr nicht Ski. Allein schon deshalb war die Gleichung lächerlich. Die Angst kam aus dem Hier und Jetzt. »Klar?«

»Bist du sicher?« Ihr Silberblick.

Er ließ die Skier baumeln, während er an diese Szene dachte.

Schrak hoch. Sie büßten doch nicht etwa Tempo ein? Die machten doch nicht etwa Schluss? Der Blick nach unten. Sein Entsetzen. Er spränge in den Tod! Aber die Rosarote stand senkrecht unterhalb und winkte zu ihm hoch. Mein lieber Herr Gesangsverein. Die traute sich was zu. Die Mollige. Die mit den großen, runden Bögen.

Beim nächsten Mal warf sie sich in den Sessel neben ihn – im allerletzten Augenblick. Ganz so, als sei dies ihre letzte Chance, noch irgendwie hinaufzukommen. Der Helm und insbesondere die Sonnenbrille ließen wenig Möglichkeit zu sehen, was sie für eine sei. Es blieb die Nasenspitze. Ein Blick nach unten zeigte kurze Skier. Der Unterschied zu seinen eigenen betrug geschätzte dreißig Zentimeter. Auch ihre Beine waren kurz. Ihm schien bei längerer Betrachtung, er habe noch in keinem Sessellift so kurze Beine neben sich gehabt. Er musste allerdings in Rechnung stellen, dass er in puncto Frauenbeine überhaupt nur lange gelten ließ. Insofern war die Sache relativ.

Die Bergfahrt währte knappe acht Minuten. Er hatte aus purer Langeweile die Zeit gestoppt, die Eisenträger mitgezählt. Elfmal der Ruck. Elfmal die Hand der Molligen am Bügel. Ihr Handschuh rosarotes, butterweiches Leder. Kaum oben angekommen, glitt sie auch schon zur Seite weg und war im nächsten Augenblick verschwunden. Ein Motor heulte auf. Verseufzte. Der in dem Häuschen grinste. Der Liftbetrieb war eingestellt. Kapiert?

Bevor er abfuhr, sah er sich um. Drüben lagen Leute in den Liegestühlen. Die Burckartshütte schenkte aus. Viel Zeit blieb denen nicht mehr. Die letzte Gondel fuhr von der Bergstation um sechs hinab ins Tal. Wer die versäumte, konnte sehen, wo er blieb. Die Piste war nicht einfach. Das brauchte Zeit.

Er holte Luft – stieß ab und ließ es laufen. Kurzschwung. Tempo. Die Sicht blieb gut. Vielleicht ein wenig mau. Kein Thema jedenfalls. Gleich kam der Ziehweg, danach die sogenannte Autobahn. Er war so gut wie unten. Aber hinterm Ziehweg stand die Nebelbank. Er schoss hinein. Er war von einem Augenblick zum andern blind. Lichtpunkte tanzten und verschwanden, sobald er sie fixierte. Die Augen schmerzten. Nebel war ein Teufelszeug. Gleitgeräusche, Stimmen, die sich näherten, die sich entfernten. Wo war die Bergstation? Er hätte keine Richtung weisen können.

Das Irrlicht schickte ihm der Himmel. Es war ein Leuchtpunkt, vermutlich auf dem Rücken eines Anoraks. Dem fuhr er hinterher. Es war nicht einfach. Er fokussierte. Nur dieser Punkt. Damit er nicht verloren ging. Die Bergstation sah er infolgedessen nicht. Er war auf einen Einkehrschwung nicht vorbereitet – und nicht auf eine Frau. Sein Bremsmanöver kam zu spät. Er fuhr von hinten langsam, aber sicher direkt in sie hinein. Sie kippte lautlos seitwärts. Ihn nahm sie mit. Die Landung war erstaunlich hart.

Aus dem Inneren des Restaurants drang schwaches Licht. Der Schnee war hier naturgemäß zertrampelt. Direkt am Eingang hatte sich ein trüber See gebildet. Der helle Anorak direkt vor seiner Nase war mit dunklen Spritzern nur so übersät. Und weil sein eigener Hintern wehtat, war anzunehmen, dass ihrer ebenfalls Blessuren aufwies, wenngleich der sich im Augenblick sehr weich und umfangreich und engstens an ihn presste. Er hielt sie weiterhin umschlungen, obgleich es nicht mehr nötig war. Als sie sich endlich umsah, erkannte er die Mollige. Da ließ er los.

»Sorry, ehrlich.«

Sie sah ihn an. Er hatte wohl nicht alle.

»Ich hab' Sie nicht gesehen.«

»Ich bitte Sie. Sie sind mir hinterhergefahren.«

»Weil ich nichts gesehen habe.«

Ob sie jetzt lachen solle?

Wieso lachen? Nebel war nicht lustig. »Ach so«, sagte er, als er begriff.

War sie sauer?

»Sind Sie sauer?«

Er machte sich zum Narren. Die lachte über ihn. Die hatte ihm gerade noch gefehlt. Das konnte er jetzt echt nicht brauchen. Mein lieber Herr Gesangsverein. So tief war er auf Skiern sein Lebtag nicht gesunken. Die waren hin. Das sah er auch noch kommen. Verdammt noch mal. Ihm fehlte derzeit wirklich alles. Auf dem Grunde allen Übels aber lag die Bitternis. Die Bitternis, dass Mama ihn verraten hatte. Er kam darüber nicht hinweg.

Die Mollige war nicht sauer. Er folgte ihr ins Restaurant, ein Ritter von der traurigen Gestalt. Die Stube dampfte. Die Schiefertafel mit den Speisen hing über dem Büffet. Er war versucht, die Mollige, die in der Schlange vor ihm stand, ein wenig hochzuheben – und erschrak. Die Vorstellung, er halte Hänschen auf dem Arm, war ihm zuwider.

Sie nahm das Wiener Schnitzel. »Mit Pommes und Salat.«

»Ein Kaffee?« Er lud sie ein. Es schien ihm richtig.

Sie war so frei.

Der hinterm Tresen zeigte auf die Käsesahnetorte.

»Zweimal«, sagte Felix.

Zwei schwer beladene Tabletts. Zwei letzte Plätze an einem langen Tisch bei anderen. In einer Stunde fuhr die Gondel. Dann schlossen die hier auch. Bis dahin gaben sich Versprengte, vereinzelt und in Gruppen, die Klinke in die Hand. Die Feuchtigkeit nahm zu. Die Hitze ebenfalls. Die Fenster waren blind vor Nässe. Sie tauschten Blicke. Das hätten wir, hieß das. Sie konnten hochzufrieden sein.

»Felix«, er hob das Glas, »Felix Kammerlander.«

»Angie Klopstock.«

Sie trug die Haare kurz. Ein heller Wirbel über ihrer Stirne, fast mittig, aber eben doch nicht ganz, bildete den Fluchtpunkt, auf welchen alles Übrige von ihr hinauszulaufen schien. *Ick bün all hier* sprach dieses allerfeinste Pinselchen zum Kirschenmund, zur sehr geraden, schmalen Nase, auch zu dem weißen Bubikragen und zur Perlenkette. Das Büschel Haar hielt ihre Stirne frei. Schob wie die Nase alles Kugelrunde, Butterwindelweiche, den Gestus des Verhaltenen ins Offene hinüber, wo alles möglich wäre. Er dachte flüchtig an Susanne. Angie, erfuhr er, kam von Angelika. Das stand in ihrem Pass und nirgends sonst. Angelika ging gar nicht.

Angelika. Er war erstarrt. Er wäre auch bei Angela zu Eis erstarrt. Angelika und Angela und Angelique. Die Wortfamilie war weitverzweigt. Er aber witterte den Duft von Angélique auch bei entferntesten Verwandten. Ein Pesthauch. Ein Gift, das sich durch seine Seele fraß. Sein Leid hieß Angélique. Vierzehn Bände, die er in keinem Bücherschrank des Elternhauses je gesehen hatte. Er hatte nie danach gesucht. Er hatte diese Bücher nicht gebraucht. Es war ja nur der Satz. Mamas Satz, ihr erster, der sich in seinen Körper eingeschrieben hatte. Der ihn zum Glückskind machte und über Benno, Franzi, auch über Papa weit hinausgehoben hatte. Aber Mama log. Sie hatte nicht gestillt. Mamas erster Satz war falsch gewesen.

Angie Klopstock betrieb mit Leidenschaft ihr Essenswerk. Keine Störung, rein gar nichts, auch kein Allernettestes von seiner Seite, wenn ihm danach gewesen wäre, hätte sie geduldet. Sie strahlte dies entschieden aus. Die Ähnlichkeit mit Alma Stein war augenfällig, nicht nur, was diesen Punkt betraf. Er hatte schon im Sessellift an Alma denken müssen. Soviel er wusste, war diese derzeit in Berlin. Er hatte ohnehin nicht vorgehabt, sie aufzusuchen. Sie liebte ihn nicht mehr. Mit dem Gefühl war er im letzten Sommer von ihr weggegangen.

Angies Finger fischten nach dem Kuchenteller. Ein Blick zu ihm hinüber aus dunklen Augen. Dichte Wimpern, seidig wie der Pinsel über ihrer Stirn. Nicht Almas

Augen. Nicht die von Ev. Nicht wie Susannes. Aber doch von fern bekannt.

»Was ist deine Richtung?«, fragte sie.

Er wusste, was sie meinte.

»Geschichte. Ich bin Historiker.«

»Lehrer?«

»Uni. Mit einer halben Stelle«, er zuckte mit den Schultern, »am Lehrstuhl für frühneuzeitliche Geschichte.«

Er trank den letzten Schluck Kaffee.

»Was machst du?«, fragte er, »beruflich, meine ich.«

Sie hatte Schlagrahm an der Stirn, ein Klecks kurz unterhalb des Wirbels.

»Informatik. *Klopstock Analytics* bewertet Aspekte von Personen auf der Grundlage von Daten.«

Aspekte von Personen?

»Profiling. Für unsere Auftraggeber.«

Ihm blieb die Spucke weg.

»Was dagegen?« Angie Klopstocks Blick war kühl.

Er zuckte mit den Schultern. Profiling verband er mit Almas Schwefelgelber Reihe. Profiling in *Mord und Zeit* war weiblich. DCI Amy Chong – den Namen hatte er behalten – war keiner Seele zugetan. Sie liebte einzig ihren Rechner. Ein Begehren, das rechnerseits erwidert wurde. Die Stelle in dem Krimi hatte ihm gefallen. Es war die einzige gewesen. Das Paar in seiner Klause schaufelte gerade jene Daten mit besonderer Lust ans Licht, die man im Dunkel besser aufgehoben wüsste.

»Profiling«, fragte er, »ist das nicht sehr belastend?«

Er war ein Idiot. Das gab ihm ihre Miene zu verstehen.

»Schwierig«, sagte er, »ich meinte schwierig.«

»Daten«, sie spielte mit der Perlenkette, »sind das Einfache schlechthin. Dahinter«, sie richtete den Blick ins Unbestimmte, »kommt nichts mehr.«

Sie sah ihn prüfend an. Das war die Eigenschaft von Daten.

»Binär. Eins – Null. Schon klar.«

Das war bekannt. Das ließ ihn kalt. Da blieb er locker.

»Was heißt binär?« Gescheite Augen, die auf ihn gerichtet waren.

»Binär? Sag ich doch. So oder so. Dies oder das.«

»Falsch. Dies oder gar nichts.«

»Worin liegt der Unterschied?«

»Dass sie nichts bedeuten. Elektronische Daten sind reine Spannungszustände. An, aus. Verstehst du? Sie stehen für rein gar nichts.«

Spannungszustände. Er lehnte sich zurück. »Auch recht.«

Wusste Angie überhaupt, was Spannung war? Grundentspannt, die ganze Frau. Entspannter ging nicht mehr, wie sie da saß und schnitzelte und Pommes einsog und von entspannten Daten redete, mit denen sie hantierte.

Wenngleich sie keine Ruhe gab. »Du willst es nicht verstehen.«

»Alles, was du willst.« Er hatte Lust, dem Thema Farbe zu verleihen. Es perlte leider an ihr ab. Sie tunkte ein, sie gabelte und säbelte. Und weiter tat sie nichts.

»Ich will ganz unbedingt verstehen.«

»Daten bedeuten nichts«, sie legte ihr Besteck zur Seite, »das ist der Dreh- und Angelpunkt. Das Simple, verstehst du, macht sie beliebig anschlussfähig. Es gibt nichts simpleres als –«

Weiter kam sie nicht. Ihr Nachbar fuhr herum und strahlte. »Hörts ihr? Simpel – alle miteinander!«, er gab ihr einen Rippenstoß, »Prost.«

»So wie du«, schrie es von weiter oben.

»Obersimpel!« Salven von Gelächter.

Der hinterm Tresen legte auf. Die Stimmung, ohnehin schon bestens, hob sich weiter. Bei *Küss die Hand, schöne Frau* erreichte sie den Siedepunkt.

»Alle!« Der hinterm Tresen drehte lauter.

Küss die Hand, schöne Frau. Ihre Augen sind so blau. Angies Augen waren braun. *Tirili, Tirilo, Tirila.* Angies Stimme übertönte alles. Ihm schien, sie singe falsch. Ob sie ihn hörte umgekehrt, konnte er nicht fragen. Er wäre stimmlich nicht mehr zu ihr durchgedrungen. *Kille, kille.* Brüllendes Gelächter. *Schatzibu, Schatzibo.* Sie schwenkten ihre Gläser. *Schmusibu, schmusibo.* Angie hob die Kaffeetasse. *Schalali, schalala.* Deduktive Algorithmen. *Dideldu, dideldei.* Abduktive Algorithmen. *Schatzibu, Schatzibo.* Die Schönheit der Benutzeroberfläche. *Gell, jetzt sei doch nit aso.* Kapiert?

»Die Schönheit«, brüllte Felix, »ganz genau!«

Draußen standen sie noch fünf Minuten. Die frische Luft tat ihnen gut. Angies kurze Skier lagen leicht in ihrer Hand. Man hätte meinen können, sie trüge eine leere Einkaufstasche. Er sah zu ihr hinab. Sie sah zu ihm empor. Digitalisieren, sagte sie, bedeute die Verdoppelung der Welt. Er war von ihrer Kompetenz erschüttert. Sie sprach von Datensätzen und Verknüpfungen. Von Mustern, vom Entbergen. Von immer neuen Updates. Von Big Data, von Profiling und von *Klopstock Analytics*.

»Was glaubst du wohl«, aus ihrem Mund stieg weiße Atemluft zu ihm herauf, »was sich da alles so verknüpft. Das hättest du dir niemals träumen lassen. Die Muster deckt der Algorithmus auf. Dann sehen wir, was die Person, um die es geht, für eine ist.«

»Als Mensch?« Er riss die Augen auf.

Sie brach in schallendes Gelächter aus.

In der Gondel stand sie hinter ihm. Sicher war er aber nicht. Er hatte sich zu Anfang nach ihr umgedreht, auf Augenhöhe mit ihm selbst jedoch in ein Gesicht geblickt, das er kein weiteres Mal verkraften würde. Sie standen dicht an dicht in der Kabine wie Sardinen in der Büchse. Vor ihm, auf Höhe seines Mundes, glühte feuerrot ein Ohr, in das er nur hineinzubeißen brauchte. Er atmete tief ein und aus und schloss die Augen für den Rest der Fahrt. Es brauchte lange, bis er endlich ausgestiegen war. Er wartete am Fuß der Treppe, die zum Ausgang führte. Als niemand mehr herunterkam, gab er es auf – für diesmal nur. Er musste Angie wiedersehen. Es schien ihm unumgänglich.

Der Skibetrieb war eingestellt. Dennoch fuhr er am Tag darauf hinauf zur Bergstation. Die Sicht war mau. Man fror auf der Terrasse, und drinnen war es ungemütlich. Was hatte er sich da gedacht? Er hatte nicht im Ernst erwarten können, dass Angie hier herumsaß. Mehr war bekanntlich in dieser Jahreszeit bei schlechten Schneeverhältnissen auf einer Bergstation nicht möglich. Er war ein Idiot gewesen. Er fand sie kinderleicht mit

einem Finger auf der Maus. Die digitale Spur, auf welche
er sich setzen würde, um Angie Klopstock zu entbergen.
Entbergen war von ihr gekommen. Das Wort war groß.
Dann wären auf dem Bildschirm ihre Augen. Er sann
dem eine ganze Weile nach. So schön war der Gedanke,
dass ihm die Tränen kamen.

Beim Mittagsläuten fuhr er talwärts. Die Gondel hatte
er für sich. Er sah hinunter auf die stumpfen, winter-
grauen Matten. Er meinte, die Einzelhöfe zu erkennen,
auch diese blass. Nichts vom leuchtend Weiß und nichts
von Glockenläuten bis fast hinauf zur Hörnerkette. Der
Wiesenweg zu Alma. Die sanften Augen, die hinterm
Draht auf ihn gerichtet waren. Angies Augen. Mit einem
Seufzer stieg er unten aus. Sein Auto parkte vor der Tal-
station. Er hatte vor dem Frühstück ausgecheckt. Es
reichte ihm. Er fuhr nach Hause.

Sie waren nämlich, was Susanne anbetraf und Hänschen, am Ende doch noch über ihn gekommen, am
späten Abend in der Bar, als er schon gar nicht mehr
auf sie gerechnet hatte. Auch Theo, wenngleich gemäßigter als etwa Louis, was etwas heißen mochte, und
gemäßigter als Jette, was keine Kunst gewesen war.
Nicht dass sie etwa laut geworden wäre. Bewahre. ›Abscheulich‹, ›unans-tändig‹, ›bodenlos‹ war kalt gekommen und schmerzte umso stärker. ›Unentschuldbar.‹ Er
habe oben ausgespielt. Oben, das war der Einzelhof.
Wo sie am Nachmittag gewesen waren. Louis und Jette
sowieso. Theo, um einfach mal Hallo zu sagen. Oben,
wo ihnen Winterhalter mit Dampf- und Rohr- und
anderen Nudeln gekommen war, süß und ostermäßig.

Und später noch mit einem Lammkarree, das Jette hatte stehen lassen müssen. Winterhalter, sie hatten alle drei genickt, war außer sich gewesen. Der hatte alles direkt von Susanne. Der habe regelrecht geschäumt. Der hole alle beide hoch. Jawohl, das Hänschen auch. Da werde Alma nicht gefragt. Das mit Alma hatte allerdings nur Louis herausgehört. Felix war stumm geblieben. Nur aufgestanden und hinausgegangen irgendwann, als er es nicht mehr ausgehalten hatte.

»Nimm dich in Acht, mein Lieber«, Theo, der ihm gefolgt war, »wenn du so weitermachst, verlierst du alles.«

31

Den ersten Tag nach seiner Rückkehr ließ er verstreichen. Am zweiten machte er sich auf in seine Heimatstadt. Die Fahrt war kurz. Gut eine Stunde später stand er vor seinem Elternhaus. Im Garten blühten die Forsythien, der Weißdorn und die beiden Mandelbäumchen links und rechts der Eingangstür. Er hätte läuten können. Aber er schloss auf, wie immer, und trat ein. Mama wusste nichts von seinem Kommen. Möglich, dass sie gar nicht da war. Auf seiner Uhr war es halb zwölf.

Er ließ sich Zeit. Tat ein paar Schritte durch die Halle, blieb in der offenen Küchentüre stehen, den Blick zum Fenster, das nach hinten auf den Garten ging. Der Apfelbaum, sah er, fing bereits an zu treiben. Die alte Leiter für die Apfelernte lehnte noch am Stamm, nicht anders als in seiner Kinderzeit. Aber Franzi war damals ohne Leiter hochgeklettert. Hatte ganze Nachmittage in der Krone zugebracht bei schönem Wetter und Tagebuch geschrieben und gelernt. Angeblich. Er hatte ihr geglaubt, selbst dann noch, als sie zu zweit im Baum verschwunden waren. Den Jungen hatte er gekannt vom Sehen.

Er erinnerte das Foto wieder, das Benno auf der Leiter zeigte. In diesem Haus, wo alles zu ihm sprach, wo jedes Möbelstück, wo jede Pflanze Bedeutung trug, gewann der Bruder Raum – Erinnerung, gestochen scharf. Die drei Geschwister bei der Apfelernte. Der Ältere, überredlich, überfleißig. Die Äpfel hatte der allein gepflückt. Der hatte sich so schwergetan. Was hatte der sich abgemüht. Aber kein Apfel war am Ende noch am Baum gehangen, nicht einer. »Da hängt nichts mehr«, Bennos Stimme, die immer tief gewesen war, nie eine Jungenstimme. Rau, auch bitter. Schon damals stand etwas in Bennos Kehle, das diesem Ton das Reine nahm. Immer hatte er sich für den Bruder räuspern müssen. Ihm war es vorgekommen, als spräche der dann leichter. »Über Benno ist die Pflicht verhängt.« Franzis Stimme. Stand sie hinter ihm? Er war bereits herumgeschnellt auf seiner Küchenschwelle, als er bemerkte, dass er sich hier zum Narren machte. Franzi war in Afrika. »Verhängt.« Er war ein Knirps gewesen. »Verhängt«, hatte er bestätigt, laut, als wisse er genau, was Franzi meine. Er sah sich nicken. Er legte Bedeutung in seine Kinderstimme. Über Benno, das hatte er verstanden, war die Pflicht verhängt und alles andere auch, was Franzi, so sie es überhaupt bemerkte, mit Selbstverständlichkeit und Anmut übersprang. Gottgewollt. Auch dieses Wort war Bennos Sphäre. Mit demnächst fünfunddreißig Jahren schien ihm das Wort in tiefer Ferne und erbleicht.

In jenem Herbst, der ihm vor Augen stand, war er zu klein gewesen, um selber in den Apfelbaum zu klettern. Vermutlich, um ihn zu beschäftigen, hatte man ihm eingeschärft, die Leiter festzuhalten. Weil die sonst wackelte. Und er? Ließ los, kaum sah er sich allein. Hopste hin und her und tänzelte. Schrie »ätschi, bätschi«, reizte den Bruder bis aufs Blut, der Äpfel auf ihn schleuderte, die allesamt danebengingen. »Fallobst.« Franzis Stimme von ganz oben jedes Mal, wenn Bennos Apfel mit stumpfem Ton den Rasen traf. Das war von Franzi sehr gemein gewesen. Das sah er mittlerweile ein.

Dann aber hatte sich das Laub bewegt, ganz so, als wechsle Franzi in der Krone ihre Position. Ihr Fuß in der Sandale war unversehens zwischen herbstlich bunten Blättern aufgetaucht. Sie schlenkerte damit. Sie wackelte mit ihren rot lackierten Zehen. War sie verrückt geworden, hatte er gedacht. Das würde Benno sich nicht bieten lassen. Der war nicht ewig in sein Pflückgeschäft vertieft. Der schaute irgendwann hinauf.

Das war der Fall. Natürlich wirkte es verheerend, was braun gebrannt auf Höhe seiner Nase tanzte. Zehn Zehen, von denen fünf im nächsten Augenblick verschwunden waren. Dies schon. Den anderen Fuß jedoch hielt Bennos Eisenfaust umklammert. Von seinem Standpunkt auf dem Rasen – nah genug auf alle Fälle – war deutlich zu erkennen, dass Benno Franzis Fuß mit aller Macht nach unten zog. Ob er sich seiner, Felix', Gegenwart, bewusst war? Und wenn, was hätte es geändert? Dem trat die Ader an der Schläfe dick hervor. Der war in Zorneswut. Dem wäre niemand beigekommen. »Idiot«, schrie Franzi aus der Krone, aber nicht mehr glockenklar. Was ihn betraf, so war von Hopsen gar nichts mehr gewesen. Er hatte hochgestarrt und keinen Laut hervorgebracht. Sie sollte fallen. Darunter tat es Benno nicht. Ein Ruck war durch den Baum gefahren, als Franzis Körper schwer herabschlug. Als sei kein Ast und nichts, was diesem freien Fall die Wucht genommen hätte. Die Stille, als sie am Boden lag. Das Grauen beider Brüder, weil sie sich gar nicht rührte.

Franzis Knöchel war gebrochen. Der Vater hatte sie vom Krankenhaus mit einem grünen Gips zurückgebracht. Felix war an jenem Tag, der endlos schien, spät abends noch vor Papas Tür gestanden. Die Stimmen drinnen waren stark herabgedämpft. Bennos Stimme, Papas Stimme. Franzis Stimme nicht. Franzi hatte auch danach sehr lange nichts gesprochen, auch nicht mit ihm. Er hatte Angst gehabt, sie bleibe stumm für immer. Er war ein Knirps gewesen – er liebte dieses Wort, weil es ihn rührte – und hatte keinen Zeitbegriff gehabt. Die Mama aber hatte, wenn er sich recht erinnerte, das Lesen auch an jenem Unglückstag nicht wirklich unterbrochen. Ihr Kopf war aufgetaucht am Fenster. Ob sie herausgekommen war? Gesehen hatte er sie nicht.

Papas Türe, der Küche gegenüber, war nur angelehnt. Neugier packte ihn und mehr noch Ärger. Niemand hatte etwas hinter dieser Tür verloren. Fast hätte er geklopft. Im letzten Augenblick ließ er es sein. Was war nur mit ihm los? Papa war siebzehn Jahre tot. Er stieß sie auf mit Macht – und war sogleich gelähmt vom Anblick, den das Zimmer bot. Bücher über Bücher lagen teils in Stapeln, teils in wildem Durcheinander auf Schreibtisch, Sofa, auf Hockern, Beistelltischen, auf jeder kleinsten freien Fläche. Er hob vom roten Teppich Bücher auf. *Don Quichotte. Das Heptameron. Nana.* Er hob andere Titel auf, fremde, mehr davon, als er vermutet hätte. Die Regale an den Wänden wiesen Lücken auf, waren in Teilen leergeräumt. Wo war das Kinderbild mit den verrutschten Augen? Er sah den Abdruck an der Wand, wo es einmal gehangen hatte. Drei Wäschezuber voller Taschenbücher standen dicht beieinander auf der schwarzen Ledercouch. *Chandler, Ambler, Hammet, Highsmith.* Die schwarz und gelbe Edition. *Bloch, Millar, Lowndes, Conrad.* Krimis, von Papa hochgeschätzt, zerlesen, durch mehr als eine Hand gegangen. »Schund«, hatte Mama Papa direkt ins Gesicht gesagt. Felix hatte Mama trösten müssen, weil Papa mit ihr furchtbar laut geworden war. – Jetzt aber, schien es, löschten sie die Stimme seines Vaters aus.

Er machte auf dem Absatz kehrt und warf die Türe hinter sich ins Schloss.

Die Frau, die in der Diele ihm entgegenkam, gehörte zu der Sorte, die in Büchern lebte. Nicht so wie Papa. Von Mama ganz zu schweigen. Ein Duft von Sauerbier, er konnte sich nicht helfen, haftete ihr an. Ihre Weiblichkeit war möglich. Man hätte diese unter Pluderhosen und allem Übrigen, was überweit um ihren Körper wogte, vielleicht finden können. Sie trug Pagenkopf und eine ausdrucksstarke Brille. Das Lederband vor ihrer Brust ließ ihn an Iphigenie denken.

Seine Schwester, hatte Theo in Burckartsried zu ihm gesagt, dichte in der Klinik weiter. Vielleicht werde sie gedruckt. Man wisse jedoch nicht, wann sie nach Hause dürfe. Theo, fand Felix, war ein anderer Mensch, seit Iphigenie fort war.

Die mit den Pluderhosen war das Bücherantiquariat. Sie nahm nicht alles mit, das hatte sie Frau Kammerlander deutlich machen müssen. Weil sich das rechnen musste. Zwei Tage noch, dann war sie durch. Frau Kammerlander las. Darüber konnte sie nur froh sein. In ihrer Branche.

»Bestimmt«, sagte er und spürte, wie sie ihm nachsah, als er die Diele überquerte. Er hörte sie etwas hinter seinem

Rücken rufen. Sie sollte besser ihre die Klappe halten. Er war, er konnte nicht umhin, nicht gut auf diese Frau zu sprechen. Sie brauchte ihm wahrhaftig nicht zu sagen, wo seine Mutter war.

Mama. Wie immer hatte sie die Beine hochgelegt. Sie kehrte ihm den Rücken zu. Der große Raum war lichtdurchflutet. Die bodentiefe Glasfront bot Blick auf Rasen und Gebüsch. In einiger Entfernung stand die Magnolie in voller Blüte. Er hatte den Weg durchs Esszimmer gewählt, um an der Flügeltüre zu verharren, die einen Spaltbreit offen war. Das kannte er. So hatte er in früheren Zeiten unzählige Male ins Wohnzimmer hineingesehen. Wie damals blieb er stumm. Da war die Mama auf der Couch. Da hing sein Bild, sehr reizend, vis-à-vis. Das Buch, in welchem seine Mutter las, war großformatig, ein schwerer Band auf ihrem Schoß. Sie schloss ihn, ohne ihn aus der Hand zu geben, wobei sie ihn senkrecht stellte, oder doch steil genug, dass der Titel in sein Blickfeld rückte. Die Mama las Homer. ILIAS. In Gold auf dunkelblauem Hintergrund.

Rein bildlich reckte er den Hals. Die Geste half ihm sehr, den Blick zu schärfen.

Ein zweigeteiltes Cover. Der tote Jüngling auf der unteren Hälfte hatte reiches blondes Haar. Ein griechisches Gesicht, geschlossene Augen, im Liegen dem Betrachter zugewandt.

Jetzt blätterte die Mama um. In ihrem Fall hieß das, dass sie die Seite peitschte. Niemand anderen hatte er auf diese atemlose Weise jemals lesen sehen. Ihr schwarzes Haar, mit Silberstreifen angenehm durchmischt, war zu einem Zopf zurückgebunden. Ihr Pullover, ihre Hose waren unauffällig, elegant und teuer. Mit Mama, hatte er vor Jahr und Tag gesagt zu seiner Schwester, habe Papa sich sehen lassen können. »Papa hat diese Frau zu Unrecht angebetet, bloß weil sie lange Beine hat«, Franzi, wörtlich. Ein böser, gallenbitterer Ton. Ihn hatte dies empört. Er hätte damals Franzi gern dafür geschlagen. Jetzt nicht mehr.

Ob diese Frau gut aussah? Sicher. Zu prüfen brauchte er dies nicht. Und wenn sie hässlich wäre, was jedermann bestritten hätte, brauchte er es auch nicht mehr zu prüfen. Er prüfte auch das Kinderbild nicht mehr. Er sah ja, dass es reizend war. Er stieß der Mama auch den Dolch nicht in den Rücken. Er richtete an Mama gar nichts mehr. Sie hatte ihn verraten. Sie war in einer schwarzen Kammer seiner Seele weggesperrt.

Ihre Handbewegung, nicht leicht erkennbar, ihm aber urvertraut. Gleich, hieß das, ich muss noch fertig lesen. Die rasche Wendung ihres Kopfes. Ein Hauch von Lächeln. Seine eigene Handbewegung. Sein eigenes Lächeln, der Mama urvertraut. Ich warte draußen, hieß das.

Diesmal nicht. Er wandte sich nach Mama nicht mehr um. Er schloss die Flügeltüre hinter sich. Er schied von ihr. Er ließ ihr sein Porträt zurück. Der Reizende, für immer vis-à-vis. Die beiden älteren Geschwister durch eine Tür getrennt im Speisezimmer. Ihr angestammter Platz.

Hänschen, ganz zweifellos, schlug in die Linie Kammerlander. Er nahm sich Zeit. Er stand vor dem Porträt des Bruders. Er gab sich Mühe, prüfte, fahndete nach Unterschieden, auch allerkleinsten. Er fand sie nicht. Hänschen war Benno aus dem Gesicht geschnitten. Da gab es kein Vertun.

Unten rief er im Vorübergehen »Tschüss« hinein in Papas Zimmer. Der Pagenkopf tauchte hinter den Wäschekörben auf. Tschüss? Dann bitte schön die Haustür schließen. Bei Durchzug war es mit ihr aus.

Ihr Lieferwagen stand am Gartentor. Das Heck war offen. Papas Bücher. Er schaute besser nicht hinein. Er war ein bisschen zugeparkt inzwischen. Er musste stark rangieren. Wehmut befiel ihn, wie immer, wenn er durch sein altes Viertel steuerte. So wohnte er selber nicht. Susanne, da war er überzeugt, wäre lieber heute noch als morgen in jede dieser Villen eingezogen. Susanne war eine Villenfrau. Sein Bruder war ein Villenmann. Oberliga, alle zwei. Susanne, Benno. Er konnte nichts anderes mehr denken, während er am Steuer saß. Er brauchte nur wenig Augenmerk für den Verkehr. Er fuhr die Strecke blind. Die Dinge rückten in Gedanken von ihm ab. Er ordnete sie neu. Er hatte ein ganz starkes Bauchgefühl. Benno, Hänschen und Susanne. Das war, was er sich wünschte. Das wäre richtig – aus seiner Perspektive. Das Hänschen ging ihm ab. Aber nicht so. Das Hänschen war ein Neffe. Auch Susannes Hintern ging ihm ab – das Wort allein in seinem Kopf war mehr, als er beim Fahren nebenher vertrug. Der Mensch konnte nicht aus

sich heraus. Aber er liebte Susanne nicht. Er hatte kein
Kind von ihr gewollt. Das blieb die Wahrheit. Er würde
ihr dies diesen Abend schreiben müssen. Sie hatte ein
Recht darauf. Um seine Mutter machte die Wahrheit
einen Bogen. Auch das war wahr. Das hatte er inzwischen eingesehen. Angies Augen und die Algorithmen
griffen nach und nach von ihm Besitz. Bald waren sie
das Einzige, woran er auf der Rückfahrt denken konnte.

32

Felix hätte nicht geglaubt, dass Angie Klopstock ihn erschüttern könnte. Nicht so. Er war mit ganzer Existenz von ihr ergriffen. Er hatte von Glückseligkeit gesprochen. Zwei Stunden war das her. Vielleicht auch drei. Jetzt hob und senkte ihre nackte Schulter sich im Rhythmus ihrer Atemzüge. Er hatte sich im Bett ein wenig aufgerichtet, den Kopf auf seinen Arm gestützt, und sah ihr dabei zu. Das Deckbett war verrutscht. Er zog es höher.

Das Zimmer war in fahles Licht getaucht. Sein Blick glitt über einen Sessel von unbestimmter Farbe bis zu dem Fenster, dessen beide Flügel offen standen. Die grünen Läden aber waren zugezogen. Hinter den Lamellen schimmerte der Tag herauf. Auf der Kommode rechter Hand erkannte er die Umrisse des Falkengottes. Angie hatte die Figur erworben. Was immer aus der Tiefe den Weg ans Licht des Tages fand, erweckte ihre Leidenschaft. Entbergen. Ihre Sphäre. Sie grub halt gerne aus. Was unterm Boden war, sah man nun einmal nicht. Es war ihr bitterernst gewesen. Was, bitte, war **_Klopstock Analytics_** anderes als Archäologie? Des einen Algorithmus war des anderen Grabwerkzeug. Man war auf Augenhöhe. Und auf den Horus war sie überhaupt schon lange scharf gewesen. Angie war aus Burckartsried. Sie hatte jene Augen. Er war an sie verloren.

Ihr Körper wechselte die Stellung. Ein Knie berührte seine Hüfte. Er gab den Druck zurück und zog die Decke vollends über sie. Ein Allgäumorgen war stets frisch. Er flüsterte: »Du weißt um mich.« Er hätte auf der Stelle wieder mit ihr schlafen können. Er schmiegte sich an ihren weichen Leib. *Angélique.* Er kostete das Wort. Er zog sie enger an sich und schloss erneut die Augen.

Winterhalter ging ihm durch den Kopf. Den sah er jetzt in neuem Licht. Er hatte vieles nicht gewusst von dem, was Angie über Wiggi nach und nach herausgelassen hatte. Sie kannte Wiggi, wie jedermann in Burckartsried. Dass Ludwig Winterhalter sperrig war und Alma Stein geradezu auf rabiate Weise liebte, kam nicht von ungefähr. Der Unfalltod des älteren Bruders, so Angie, sei fürchterlich gewesen. Sie geize für gewöhnlich mit dem Wort Tragödie. Hier sei es angebracht. Der Vorfall bleibe letzten Endes nicht erklärbar. Dergleichen komme eigentlich nicht vor. Und doch sei es passiert. Der Bulle, ein Zuchtstier, mit Preisen überhäuft, habe den erfahrenen Landwirt in seiner Box zerquetscht. Mit Zylinder und im Frack habe der vor irgendeiner Feier noch rasch bei seinem Tier vorbeigeschaut. Der Vater habe seinen Ältesten im Stall gefunden und fortan keine Silbe mehr gesprochen. Er sei binnen Jahresfrist hinweggestorben. Die Mutter hinterher. Es habe böses Blut gegeben, böse Zungen. Was tat der Jüngere in Berlin? Wieso kam der nicht heim? Angie habe sich das auch gefragt. Was war so wichtig in Berlin? Nun, da er hier sei, drücke ihn der Kummer schwer, noch mehr die Schuld. Die Überzeugung, dass mindestens die Mutter leben könne, wenn er, der Sohn, der Kleine, sie nicht im Stich gelassen hätte.

»Er hat es aber«, hatte Felix nur gesagt, »aus einem starken Grund. Den wir nicht kennen.« Angie hatte sich erstaunt gegeben. »Wenn du mehr weißt«, hatte er hinzugefügt, »dann sag es mir.« Sie aber hatte bloß den Kopf geschüttelt. Sie hatte nicht darüber reden wollen. Sonnenklar. Er jedenfalls war bei dem Stichwort Mutter heikel. Wer es mit Felix reizend haben wollte, war gut beraten, das Wort nicht in den Mund zu nehmen. »Mutter?«, sein neuer, harter Ton, »bleib mir vom Hals.« Er wusste, dass seine Mutter Hänschen, ihren Enkel, noch immer nicht gesehen hatte. Ihr fehlte jedes Interesse. Benno nahm dies schwer. »Mein armer Freund«, hatte er gesagt zu seinem Bruder, »du wirst nicht darauf rechnen können, dass sie das Lesen euretwegen unterbricht.«

Ja, es war Benno, der so bitter litt. Hänschen war sein Sohn. Der Gentest ließ keinen Raum für Zweifel. Sein Bruder war damit herausgekommen. Susanne nicht. Im Stehcafé, das Butterhörnchen in der einen, den Teller in der anderen Hand, um Krümel abzufangen. Kalkweiß war der gewesen. Der rechnete mit allem. Der schielte auf die Straße. Der war auf Flucht gepolt. »Entspann dich«, hatte er entgegnet, »es überrascht mich nicht.«

Tatsächlich hatte Bennos E-Mail vom Sommer des vergangenen Jahres den Gedanken bereits angestoßen. Susanne, Oberliga. Was immer es gewesen war, um dessentwillen Benno bei ihr angerufen hatte, so kam man jedenfalls am Telefon nicht damit weiter. Benno war zu ihr gefahren – und über Nacht geblieben. Es war banal und billig. Seit jeher war sein Bruder auf sie scharf gewesen. Er würde einen Preis entrichten müssen. Susannes Preis, damit sie bei ihm bliebe, war das Elternhaus. Mamas Tage waren neuerdings darin gezählt. Benno, hieß es, suche für die Mutter eine Wohnung. Kein Zuckerlecken. Die Mama und Susanne. Einander spinnefeind. Das Schwere, dachte Felix, indem er sich wohlig auf die andere Seite drehte, war einmal wieder über Benno und keinen anderen verhängt.

Noch war es sommerlich. In Angies Garten blühten Rosen zwischen sehr soliden Büschen sogenannter Fetter Hennen. Vom Frühstück stand noch alles auf dem Tisch. Sie trugen Sonnenbrillen. Die Sonne brannte heiß auf die Terrasse. Sie redeten nur wenig. Sie waren wortlos beieinander. Als Angie unversehens ins Haus verschwand, sah er ihr träge nach – und sperrte Mund und Nase auf, als sie im dunkelroten Abendkleid mit Diadem im Haar erneut ins Freie trat. Das führte sie ihm vor. Die Robe war gewagt. ›Schwül‹ war das Wort, mit dem er innerlich hantierte beim Anblick ihres tiefen Dekolletés. Sie hatte es allein gekauft. Gefiel es ihm?

Er war an Schwarzenberg geschult und nahm es leicht.

»Wenn du mich fragst«, er schob die Sonnenbrille auf die Nasenspitze, zog eine Augenbraue hoch, tat so, als ob er ernstlich überlege.

Sie lachte herzerfrischend, laut und – falsch. Doch, dachte er, ihr Lachen war tatsächlich falsch. Falsch in dem Sinne, als es im Tonraum frei flottierte. Kein Laut aus ihrer Kehle, der sich zu einem anderen ins Verhält-

nis setzte. Ein Lachen, das keiner Harmonie verpflichtet
war, sei diese noch so weit gefasst. Er sagte nicht: Ganz
ohne Kleid steht dir am besten. Es wäre allzu dämlich.
Es war auch gar nicht nötig. Sie lachte weiter, während
sie die Träger löste und das Kleid zu Boden glitt. Das Diadem behielt sie auf. Da stand sie. Er aber fackelte nicht
lange, lud sie auf seine Schulter und trug die Zappelnde
ins Haus zurück.

Den größten Teil des Nachmittags verbrachten sie im
Bett. Angie döste. Seine Finger spielten mit dem feinen
Pinsel hellen Haars über ihrer Stirn. Er zwirbelte und
drehte. Ließ die Gedanken und die Blicke schweifen.
Durchs Fenster erkannte man mit bloßem Auge die
Einzelhöfe auf dem Höhenzug. Aufs Neue kam ihm zu
Bewusstsein, dass er in weniger als einer Viertelstunde
zu Fuß bei Alma oben wäre. Die Schreibwerkstatt, hieß
es, sei diesmal ein Erfolg gewesen. Schön, dachte er.
Aber ohne ihn. Er – und schreiben? Wie käme er dazu!
Schrieb einer, der wahrhaft glücklich war? Der möge sich
bei Felix Kammerlander melden.